SCIENCE FICTION

Herausgegeben
von Dr. Herbert W. Franke
und Wolfgang Jeschke

Vom gleichen Autor erschienen außerdem
als Heyne-Taschenbücher

Straße der Verdammnis · Band 3310
Die Insel der Toten · Band 3366
Der Tod in Italbar · Band 3434
Heut wählen wir Gesichter · Band 3444
Herr des Lichts · Band 3500
Corwin von Amber · Band 3539

ROGER ZELAZNY

DIE GEWEHRE VON AVALON

Fantasy-Roman

Deutsche Erstveröffentlichung

WILHELM HEYNE VERLAG
MÜNCHEN

HEYNE-BUCH Nr. 3551
im Wilhelm Heyne Verlag, München

Titel der amerikanischen Originalausgabe
THE GUNS OF AVALON
Deutsche Übersetzung von Thomas Schlück

Redaktion: F. Stanya

Printed in Germany 1977
Umschlagzeichnung: Enrich Torres, Barcelona
Umschlaggestaltung: Atelier Heinrichs, München
Gesamtherstellung: Mohndruck Reinhard Mohn OHG, Gütersloh

ISBN 3-453-30445-4

1

Ich stand am Ufer an der Küste und sagte: »Leb wohl, *Schmetterling!*«, und das Schiff wendete langsam und glitt wieder ins tiefe Wasser hinaus. Ich wußte, daß es an den Steg des Leuchtturms von Cabra zurückkehren würde, denn jener Ort lag den Schatten nahe.

Als ich mich abwandte, fiel mein Blick auf die schwarze Linie der Bäume in der Nähe. Mir war klar, daß mich ein langer Marsch erwartete. Ich setzte mich in diese Richtung in Bewegung und nahm dabei die notwendigen Anpassungen vor. Nächtliche Kühle lag über dem stummen Wald, und das war gut.

Ich hatte etwa fünfzig Pfund Untergewicht und konnte von Zeit zu Zeit nicht richtig sehen, doch mein Zustand besserte sich allmählich. Ich war mit der Hilfe des verrückten Dworkin den Verliesen Ambers entkommen und hatte mich in Gesellschaft des trinkfesten Jopin wieder etwas erholt. Jetzt mußte ich mir einen Ort zum Verweilen suchen, einen Ort, der einem anderen Ort ähnlich war – einem Ort, den es nicht mehr gab. Ich machte den richtigen Weg ausfindig. Ich schlug ihn ein.

Kurze Zeit später verweilte ich an einem großen Hohlbaum, mit dessen Vorhandensein ich gerechnet hatte. Ich griff hinein, nahm meine versilberte Klinge heraus und gürtete sie um. Es zählte nicht, daß sich die Waffe irgendwo in Amber befunden hatte – jetzt war sie hier, denn der Wald, durch den ich schritt, befand sich in den Schatten.

Ich wanderte mehrere Stunden lang dahin; die unsichtbare Sonne stand dabei irgendwo links hinter mir. Dann ruhte ich mich eine Zeitlang aus und marschierte weiter. Ein hübscher Anblick, die Blätter und Felsen und die toten Baumstümpfe, die lebenden Stämme, das Gras, die dunkle Erde. Es war angenehm, all die zarten Gerüche des Lebens aufzunehmen und sein Summen, Surren und Zwitschern zu hören. Bei den Göttern! Wie teuer mir meine Augen waren? Nach fast vierjähriger Blindheit wieder sehen zu können, war einfach unbeschreiblich! Und mich in Freiheit zu bewegen . . .

Mein zerschlissener Umhang flatterte im Morgenwind, während ich tüchtig ausschritt. Ich muß über fünfzig Jahre alt ausgesehen haben, mit meinem faltigen Gesicht, dem abgemagerten, dürren Körper. Wer hätte in mir den Mann erkannt, der ich wirklich war?

Meine Schritte führten mich durch die Schatten, auf einen Ort zu. Doch so sehr ich die Füße bewegte, so sehr ich durch die Schatten schritt, einem bestimmten Ort entgegen – ich erreichte dieses Ziel nicht. Offenbar war ich doch etwas weichherzig geworden. Es geschah das folgende . . .

Ich stieß auf sieben Männer am Straßenrand. Sechs waren tot, grausig zerstückelt. Der siebente lehnte halb zurückgeneigt mit dem Rücken am moosbedeckten Stamm einer alten Eiche. Er hielt die Klinge im Schoß, und an seiner rechten Flanke schimmerte eine große Wunde, aus der Blut strömte. Im Gegensatz zu etlichen Toten trug er keine Rüstung. Seine grauen Augen waren offen, wirkten allerdings ziemlich glasig. Die Knöchel seiner Schwerthand waren aufgeschunden, und er atmete nur sehr langsam. Unter buschigen Brauen hervor beobachtete er die Krähen, die den Toten die Augen aushackten. Mich schien er nicht wahrzunehmen.

Ich streifte die Kapuze über und senkte den Kopf, um mein Gesicht zu verbergen. Dann trat ich näher.

Ich hatte ihn früher einmal gekannt – ihn oder einen Mann, der ihm sehr ähnlich war.

Als ich mich näherte, begann seine Klinge zu zucken; die Spitze wurde gehoben.

»Ich bin ein Freund«, sagte ich begütigend. »Möchtet Ihr einen Schluck Wasser?«

Er zögerte einen Augenblick lang und nickte dann.

»Ja.«

Ich öffnete meine Flasche und reichte sie ihm.

Er trank und hustete, setzte die Flasche erneut an.

»Sir, ich danke Euch«, sagte er und gab mir die Flasche zurück. »Ich bedaure nur, daß das Getränk nicht kräftiger war. Verdammte Wunde!«

»Auch damit bin ich versorgt. Seid Ihr sicher, daß Ihr so etwas vertragt?«

Er streckte die Hand aus. Ich entkorkte eine kleine Flasche und reichte sie ihm. Nach einem Schluck von dem Zeug, das Jopin immer trinkt, hustete er etwa zwanzig Sekunden lang.

Dann lächelte die linke Seite seines Mundes, und er blinzelte mir zu.

»Das ist schon viel besser«, sagte er. »Hättet Ihr etwas dagegen, wenn ich ein paar Tropfen davon auf die Wunde schütte? Ich verschwende ungern guten Whisky, aber . . .«

»Nehmt alles, wenn Ihr müßt. Doch wenn ich es mir recht überlege – Eure Hand scheint ziemlich zittrig zu sein. Vielleicht sollte ich das lieber besorgen.«

Er nickte, und ich öffnete seine Lederjacke und schnitt mit dem Messer sein Hemd auf, bis ich die Wunde freigelegt hatte. Es war ein böse aussehender tiefer Schnitt, der sich einige Zentimeter über dem Hüftknochen bis zum Rücken herumzog. An Armen, Brust und Schultern hatte er weitere, weniger schlimme Verwundungen erlitten.

Aus der großen Öffnung quoll das Blut, ich tupfte es ab und wischte mit meinem Taschentuch die Wundränder sauber.

»Gut«, sagte ich. »Jetzt beißt die Zähne zusammen und wendet den Blick ab.« Ich ließ den Whisky herabtropfen.

Ein gewaltiger Ruck ging durch seinen Körper, dann sank er herab und begann zu zittern. Doch kein Laut kam über seine Lippen, womit ich auch nicht gerechnet hatte. Ich faltete das Taschentuch zusammen und drückte es mitten auf die Wunde. Dort band ich es mit einem langen Stoffstreifen fest, den ich mir unten von meinem Umhang abgerissen hatte.

»Noch einen Schluck?« fragte ich.

»Wasser«, sagte er. »Dann muß ich wohl schlafen.«

Er trank, dann neigte sich sein Kopf nach vorn, bis das Kinn auf der Brust ruhte. Er schlief ein, und ich machte ihm ein Kissen und bedeckte ihn mit den Mänteln der Toten.

Schließlich saß ich an seiner Seite und beobachtete die hübschen schwarzen Vögel bei ihrem grausigen Mahl.

Er hatte mich nicht erkannt. Aber wer konnte mich in meinem Zustand schon erkennen? Hätte ich mich ihm offenbart, wäre ihm mein Name vielleicht bekannt vorgekommen. Wir hatten uns wohl nie richtig kennengelernt, dieser Verwundete und ich. Doch auf eine seltsame Weisc waren wir doch miteinander vertraut.

Ich schritt durch die Schatten und suchte einen Ort, einen ganz besonderen Ort. Dieser Ort war vor langer Zeit zerstört worden, doch ich besaß die Macht, ihn wiedererstehen zu lassen, denn Amber strahlt eine Unendlichkeit von Schatten aus. Ein Kind Ambers – und das bin ich – kann sich zwischen den Schatten bewegen. Nennen Sie sie Parallelwelten, wenn Sie wollen, Alternativuniversen, wenn Ihnen das lieber ist, Produkte eines verwirrten Geistes, wenn Ihnen der Sinn danach steht. Ich nenne sie Schatten, ich und auch alle anderen, die die Macht besitzen, sich inmitten dieser Erscheinungen zu bewegen. Wir erwählen eine Möglichkeit und schreiten aus, bis wir sie erreichen. Auf gewisse Weise erschaffen wir sie. Lassen wir es für den Augenblick dabei bewenden.

Ich war über das Meer gefahren und hatte meinen Marsch nach Avalon begonnen.

Vor vielen Jahrhunderten hatte ich dort gelebt. Das ist eine lange, komplizierte, stolze und schmerzhafte Geschichte, auf die ich später vielleicht noch eingehe – wenn ich in der Lage sein sollte, meinen Bericht solange fortzusetzen.

Ich befand mich bereits in der Nähe Avalons, als ich den verwundeten Ritter und die sechs Toten fand. Wäre ich vorbeigegangen, hätte ich einen Ort erlangen können, da die sechs Toten am Straßenrand lagen und der Ritter unverwundet gewesen wäre – oder eine Stelle, da er tot war und sie lachend um ihn herumstanden. Manche Leute sind der Meinung, daß es darauf eigentlich gar nicht ankomme, da es sich bei all diesen Dingen nur um verschiedene Möglichkeiten handelte und es sie deshalb ausnahmslos irgendwo in den Schatten gibt.

Meine Brüder und Schwestern – ausgenommen vielleicht Gérard und Benedict – hätten sich nicht weiter um den Vorfall gekümmert. Ich aber bin wohl etwas weich geraten. So war ich nicht immer, doch es kann sein, daß mich die Schatten-Erde, auf der ich so viele Jahre verbracht habe, ein wenig gemäßigt hat, und vielleicht erinnerte mich die Zeit in den Verliesen Ambers doch etwas an die schreckliche Pein menschlichen Leidens. Ich weiß es nicht. Ich weiß nur, daß ich nicht an der Qual eines Mannes achtlos vorbeigehen konnte, der große Ähnlichkeit hatte mit einem guten

Freund aus der Vergangenheit. Hätte ich dem Verwundeten meinen Namen ins Ohr gesagt, hätte er mich vielleicht verflucht; auf jeden Fall wäre mir eine Leidensgeschichte zu Ohren gekommen.

Folglich gedachte ich den Preis zu zahlen: ich wollte ihn wieder hochpäppeln, dann aber meines Weges ziehen. Damit war kein Schaden anzurichten, und vielleicht wurde sogar etwas Gutes getan.

Ich saß am Straßenrand und beobachtete ihn, und mehrere Stunden später erwachte er.

, »Hallo«, sagte ich und öffnete meine Wasserflasche. »Noch etwas zu trinken?«

»Vielen Dank.« Er streckte die Hand aus.

Ich sah ihm beim Trinken zu, und als er mir die Flasche zurückgab, sagte er: »Entschuldigt, daß ich mich nicht vorgestellt habe. Das war kein gutes Benehmen . . .«

»Ich kenne Euch«, sagte ich. »Nennt mich Corey.«

Er sah mich an, als wolle er fragen: »Corey von Woher?«, doch er überlegte es sich anders und nickte.

»Sehr wohl, Sir Corey«, sagte er. »Ich möchte Euch danken.«

»Mein Dank ist die Tatsache, daß Ihr schon besser ausseht«, sagte ich. »Möchtet Ihr etwas zu essen?«

»Ja, bitte.«

»Ich habe Trockenfleisch dabei und auch Brot, das nicht mehr ganz frisch ist«, sagte ich. »Außerdem ein großes Stück Käse. Eßt nach Belieben.«

Ich reichte ihm die Nahrungsmittel, und er griff zu.

»Was ist mit Euch, Sir Corey?« fragte er.

»Ich habe gegessen, während Ihr schlieft.«

Vielsagend sah ich mich um. Er lächelte.

». . . Und Ihr habt die sechs allein erledigt?« fragte ich.

Er nickte.

»Ein großartiger Kampf. Was soll ich jetzt mit Euch machen?«

Er versuchte mir ins Gesicht zu schauen, was ihm aber nicht gelang.

»Ich verstehe nicht, was Ihr meint«, sagte er.

»Wohin wolltet Ihr?«

»Ich habe Freunde«, sagte er, »etwa fünf Meilen im Norden. Ich war dorthin unterwegs, als diese Sache passierte. Ich bezweifle sehr, ob mich ein Mensch, und sei er der Teufel selbst, auch nur eine Meile weit auf dem Rücken schleppen könnte. Und könnte ich stehen, Sir Corey, vermöchtet Ihr besser zu erkennen, wie groß ich eigentlich bin.«

Ich stand auf, zog meine Klinge und hieb mit einem Streich einen jungen Baum um, dessen Stamm etwa zwei Zoll durchmaß. Ich hackte Äste und Rinde ab und schnitt die Stange auf die richtige Länge zurecht. Dann schnitt ich eine zweite und flocht aus den Gürteln und Mänteln der Toten eine Art Bahre.

Er sah mir zu, bis ich fertig war. Dann bemerkte er: »Ihr führt eine gefährliche Klinge, Sir Corey – und offenbar eine silberne, wenn ich mich nicht täusche . . .«

»Haltet Ihr einen Transport aus?« fragte ich.

Fünf Meilen sind in dieser Welt etwa fünfundzwanzig Kilometer.

»Was geschieht mit den Toten?« wollte er wissen.

»Wollt Ihr ihnen etwa ein anständiges christliches Begräbnis verschaffen?« fragte ich. »Zum Teufel mit ihnen! Die Natur sorgt für sie. Wir sollten hier verschwinden. Die Kerle stinken ja schon.«

»Ich hätte es gern, wenn wir sie zumindest bedeckten. Sie haben gut gekämpft.«

Ich seufzte.

»Also gut, wenn Ihr dann besser schlafen könnt. Ich habe keinen Spaten und muß ihnen daher ein Felsengrab bauen. Das Begräbnis wird sich allerdings nur einfach gestalten.«

»Einverstanden«, sagte er.

Ich legte die sechs Leichen nebeneinander. Ich hörte ihn etwas murmeln, vermutlich ein Gebet für die Toten.

Dann zog ich einen Ring aus Steinen um die reglosen Gestalten. Es gab genügend Felsbrocken in der Nähe. Ich suchte mir die größten Steine aus, damit ich schneller vorankam. Und das war ein Fehler. Einer der Steine muß gut dreihundert Pfund gewogen haben, und ich verzichtete darauf, ihn zu rollen. Ich stemmte ihn vom Boden hoch und setzte ihn ab.

Ich hörte ein erstauntes Schnaufen aus seiner Richtung und machte mir klar, daß ihm das Gewicht meiner Last nicht entgangen war.

Sofort fluchte ich los.

»Hätte mich fast verhoben!« sagte ich und achtete darauf, daß ich nur noch nach kleineren Steinen griff.

»Also gut«, sagte ich, als ich fertig war. »Seid Ihr bereit?«

»Ja.«

Ich nahm ihn auf die Arme und setzte ihn auf die Bahre. Dabei biß er die Zähne zusammen.

»Wohin?« fragte ich.

Er machte eine Handbewegung.

»Zurück auf den Weg. Folgt ihm bis zur Gabelung. Dort geht rechts. Wie wollt Ihr denn überhaupt . . .?«

Ich nahm die Bahre in die Arme und hielt ihn wie einen Säugling in einer Wiege. Dann machte ich kehrt und ging auf den Weg zu.

»Corey?«

»Ja?«

»Ihr seid einer der kräftigsten Männer, die ich je gesehen habe – und mir will scheinen, daß ich Euch kenne.«

Ich antwortete nicht sofort. Dann sagte ich: »Ich versuche eben in Form zu bleiben. Ein vernünftiges Leben, ein bißchen Bewegung – und so weiter.«

». . . Eure Stimme kommt mir auch ziemlich bekannt vor.«

Er starrte nach oben, versuchte noch immer mein Gesicht zu erkennen.

Ich wollte so schnell wie möglich das Thema wechseln.

»Wer sind die Freunde, zu denen ich Euch bringe?«

»Unser Ziel ist die Burg von Ganelon.«

»Dieser falsche Jakob!« sagte ich und hätte meine Last beinahe fallen gelassen.

»Ich verstehe zwar den Ausdruck nicht, den Ihr gebraucht habt, doch es scheint sich um eine Beschimpfung zu handeln«, erwiderte er. »Jedenfalls nach Eurem Tonfall zu urteilen. Wenn das der Fall ist, muß ich zu seiner Verteidigung eintreten . . .«

»Moment«, sagte ich. »Ich habe das Gefühl, daß wir über verschiedene Männer sprechen, die nur denselben Namen tragen. Tut mir leid.«

Durch die Bahre spürte ich, wie sich eine gewisse Anspannung verflüchtigte.

»Das ist zweifellos der Fall«, sagte er.

Ich trug ihn vor mir her, bis wir den Weg erreichten, und dort wandte ich mich nach links.

Nach kurzer Zeit schlief er wieder ein, und während er schnarchte, bewegte ich mich im Trab dahin und wandte mich an der Weggabelung nach rechts, wie er gesagt hatte. Ich begann mir Gedanken zu machen über die sechs Burschen, die ihn angefallen und fast besiegt hatten. Ich hoffte, daß sich nicht noch Freunde von ihnen in der Gegend herumtrieben.

Als sich sein Atemrhythmus veränderte, ging ich wieder langsamer.

»Ich habe geschlafen«, sagte er.

». . . und geschnarcht«, fügte ich hinzu.

»Wie weit habt Ihr mich getragen?«

»Etwa zwei Meilen, würde ich schätzen.«

»Und Ihr seid noch nicht müde?«

»Ein bißchen«, sagte ich, »aber es ist noch nicht so schlimm, daß ich ausruhen müßte.«

»Mon Dieu!« sagte er. »Ich bin froh, daß ich Euch nie zum Feind gehabt habe. Seid Ihr sicher, daß Ihr nicht der Teufel seid?«

»O ja, ganz sicher«, erwiderte ich. »Riecht Ihr nicht den Schwefel? Und mein rechter Huf brennt wie verrückt.«

Er schnüffelte tatsächlich ein paarmal durch die Nase, bevor er zu lachen begann, was mich doch etwas kränkte.

In Wirklichkeit hatten wir nach meiner Berechnung bereits über vier Meilen zurückgelegt. Ich hoffte, daß er wieder einschlafen würde und sich über die Entfernungen keine weiteren Gedanken machte. Meine Arme begannen zu schmerzen.

»Was waren das für Männer, die Ihr umgebracht habt?« fragte ich.

»Wächter des Kreises«, erwiderte er. »Aber es waren keine Männer mehr, sondern Besessene. Betet zu Gott, Sir Corey, daß ihre Seelen in Frieden ruhen.«

»Wächter des Kreises?« fragte ich. »Was für ein Kreis ist das?«

»Der schwarze Kreis – der Ort der Schlechtigkeit, ein Ort voller widerlicher Ungeheuer . . .« Er atmete tief ein. »Der Quell der Krankheit, die auf diesem Land liegt.«

»Mir scheint die Gegend nicht besonders krank zu sein«, sagte ich.

»Wir sind fern von jenem Ort, und Ganelons Macht ist für die Eindringlinge noch zu groß. Doch der Kreis breitet sich aus. Ich spüre, daß die entscheidende Schlacht eines Tages hier ausgetragen wird.«

»Ihr habt meine Neugier geweckt.«

»Sir Corey, wenn Ihr nichts davon wißt, wäre es besser für Euch, wenn Ihr meine Worte schnell wieder vergeßt, um den Kreis einen Bogen macht und Eures Weges zieht. Zwar täte ich nichts lieber, als an Eurer Seite zu fechten, doch dies ist nicht Euer Kampf – und wer vermag zu sagen, wie die Auseinandersetzung endet?«

Der Weg begann sich hangaufwärts zu winden. Durch eine Lücke zwischen den Bäumen sah ich plötzlich eine ferne Erscheinung, die mich stocken ließ und meine Erinnerung auf einen anderen ähnlichen Ort richtete.

»Was . . .?« fragte mein Schützling und drehte sich um. Dann rief er aus: »Ihr seid ja viel schneller vorangekommen, als ich ahnte! Das ist unser Ziel, die Burg von Ganelon!«

Und da dachte ich an Ganelon, an *einen* Ganelon. Ich sehnte diese Gedanken nicht herbei, doch ich konnte nichts dagegen tun. Er war ein gemeiner Mörder und Verräter gewesen, und ich hatte ihn vor vielen Jahrhunderten aus Avalon verstoßen. Ich hatte ihn durch die Schatten in eine andere Zeit und an einen anderen Ort verbannt, so wie es mein Bruder Eric später mit mir getan hatte. Ich hoffte, daß ich ihn nicht gerade hier abgesetzt hatte. Das war zwar nicht anzunehmen, doch immerhin möglich. Zwar war er ein Sterblicher mit begrenzter Lebensspanne, und ich hatte ihn vor etwa sechshundert Jahren aus jenem Reich verbannt, doch schien es möglich, daß nach den Gegebenheiten dieser Welt erst wenige Jahre vergangen waren. Auch die Zeit ist eine Funktion der Schatten, und selbst Dworkin kannte sich nicht hundertprozentig damit aus. Vielleicht aber doch. Vielleicht war er gerade deswegen wahnsinnig geworden. Das größte Problem mit der Zeit ist meiner Erfahrung nach die Notwendigkeit, sie zu durchleben. Jedenfalls hatte ich das Gefühl, daß dieser Mann nicht mein alter Feind und früherer Vertrauter sein konnte, denn *der* hätte sich zweifellos keiner Woge der Schlechtigkeit widersetzt, die sich über das Land auszubreiten drohte. Jener Mann wäre mitten in den Kreis vorgedrungen und hätte sich mit den widerlichen Ungeheuern verbündet, davon war ich überzeugt.

Probleme bereitete mir auch der Mann, den ich in den Armen hielt. Sein Doppelgänger hatte zur Zeit meines Exilspruchs in Avalon gelebt – und dieser Umstand deutet darauf hin, daß der Zeitsprung so ziemlich stimmen konnte.

Ich hatte keine Lust, jenem Ganelon gegenüberzutreten, den ich aus früherer Zeit kannte, und womöglich von ihm erkannt zu werden. Er wußte nichts von den Schatten. Sein Wissen beschränkte sich auf die Erkenntnis, daß ich ihn mit Schwarzer Magie beeinflußt hatte, als Alternative zur Hinrichtung – und obwohl er diese Alternative überlebt hatte, mochte der Weg für ihn schlimmer gewesen sein als der schnelle Tod.

Doch der Mann in meinen Armen brauchte eine sichere Bettstatt und Ruhe; ich stolperte also weiter. Meine Gedanken kreisten allerdings immer wieder um die große Frage.

Ich schien etwas an mir zu haben, das dem Verwundeten vage bekannt vorkam. Wenn es an diesem Ort, der Avalon zugleich ähnelte und nicht ähnelte, Erinnerungen an einen Schatten meiner selbst gab – welche Form hatten diese Erinnerungen? Zu welchem Empfang des tatsächlichen Corwin würden sie führen, sollte meine Identität wirklich enthüllt werden?

Die Sonne begann unterzugehen. Ein kühler Wind machte sich bemerkbar, Vorbote einer kühlen Nacht. Da mein Schützling wieder zu schnarchen begonnen hatte, beschloß ich den Rest der Strecke im Laufschritt zurückzulegen. Mir mißfiel der Gedanke, daß es in diesem Wald nach Einbruch der Dunkelheit von den scheußlichen Bewohnern eines Kreises wimmeln mochte, von dem ich nichts wußte, die sich aber von ihrer unangenehmsten Seite zeigten, wenn man sich in diese Gegend verirrte.

So hastete ich durch die länger werdenden Schatten und versuchte das aufsteigende Gefühl abzuschütteln, daß ich verfolgt, in einen Hinterhalt gelockt, beobachtet würde – bis es nicht mehr ging. Das Gefühl schwoll zur Stärke einer Vorahnung an, und plötzlich vernahm ich die Geräusche hinter mir – ein leises *Pat-pat-pat*, wie Schritte.

Ich setzte die Bahre ab und zog im Umdrehen meine Klinge.

Sie waren zu zweit – Katzen.

Ihre Fellzeichnung erinnerte mich an Siamkatzen; die Tiere hatten allerdings die Größe von Tigern. Die Augen waren durchgehend hellgelb und zeigten keine Pupillen. Als ich mich umwandte, hockten sich die Geschöpfe hin und starrten mich ohne zu blinzeln an.

Sie waren etwa dreißig Schritte von mir entfernt. Mit erhobener Klinge stand ich seitlich zwischen ihnen und der Bahre.

Im nächsten Augenblick öffnete das Wesen links das Maul. Ich wußte nicht, ob ich mich auf ein Schnurren oder ein Brüllen gefaßt machen sollte.

Statt dessen waren Worte zu hören: »Mensch, höchst sterblich«, sagte es. Die Stimme hatte nichts Menschenähnliches. Sie klang zu schrill.

»Aber es lebt noch«, sagte das zweite Geschöpf in einem ähnlichen Tonfall.

»Töten wir es hier«, meinte die erste Katze.

»Was ist mit dem, der es mit der bösen Klinge bewacht?«

»Sterblicher Mensch?«

»Kommt, verschafft euch Gewißheit«, sagte ich leise.

»Es ist dünn und vielleicht alt.«

»Aber es hat den anderen vom Grab an diesen Ort getragen, schnell und ohne Rast. Wir wollen es umzingeln.«

Als sich die beiden Geschöpfe in Bewegung setzten, sprang ich vor, und das Wesen zu meiner Rechten kam auf mich zu.

Meine Klinge spaltete ihm den Schädel und bohrte sich bis tief in die Schulter. Als ich meine Waffe freizerrte und kehrtmachte, huschte die andere Katze an mir vorbei. Ihr Ziel war die Bahre. Mit einer heftigen Bewegung schwang ich die Waffe.

Die Schneide traf den Rücken und fuhr durch den ganzen Körper. Das Wesen stieß einen Schrei aus, der an das schrille Quietschen von Kreide über eine Tafel erinnerte, und stürzte, in zwei Teile gespalten, zu Boden. Dort begann es augenblicklich zu brennen.

Das andere Wesen loderte ebenfalls.

Das Geschöpf, das ich halbiert hatte, lebte allerdings noch. Der Kopf wandte sich in meine Richtung, und die funkelnden Augen begegneten meinem Blick und ließen ihn nicht los.

»Ich sterbe den letzten Tod«, sagte die Kreatur, »und so erkenne ich dich, Wegbereiter. Warum tötest du uns?«

Und im nächsten Augenblick hüllten die Flammen auch den Kopf ein.

Ich machte kehrt, reinigte meine Klinge und steckte sie wieder in die Scheide, nahm die Bahre auf die Arme, ignorierte alle Fragen und setzte meinen Weg fort.

Eine erste Erkenntnis hatte sich in mir gebildet, eine Erkenntnis darüber, was das Ding war, was es gemeint hatte.

Und noch heute sehe ich den brennenden Katzenkopf zuweilen in meinen Träumen, und dann erwache ich schweißgebadet und zitternd, und die Nacht kommt mir viel dunkler vor und scheint von Gestalten zu wimmeln, die ich nicht zu definieren vermag.

Die Burg von Ganelon stand im Schutze eines tiefen Grabens und verfügte über eine Zugbrücke, die im Augenblick angehoben war. An den vier Ecken, wo die hohen Mauern zusammenstießen, erhob sich je ein gewaltiger Turm. Hinter den Mauern ragten andere Türme viel höher empor, schienen den Bauch der tiefhängenden dunklen Wolken aufzuschlitzen, welche die ersten frühen Sterne verhüllten und pechschwarze Schatten über den Hügel warfen. In mehreren Türmen zeigte sich bereits Licht, und der Wind wehte leises Stimmengemurmel herüber.

Ich stand vor der Zugbrücke, setzte meine Last ab, legte die Hände um den Mund und rief: »Holla! Ganelon! Zwei Reisende ohne Unterkunft in der Nacht!«

Ich hörte Metall auf Stein prallen und hatte das Gefühl, von oben gemustert zu werden. Mit zusammengekniffenen Augen starrte ich empor, doch mein Sehvermögen ließ noch viel zu wünschen übrig.

»Wer ist da?« tönte die laute, dröhnende Stimme.

»Lance, der verwundet ist, und ich, Corey von Cabra, der ihn hierhergetragen hat.«

Ich wartete, während er die Information einem anderen Wächter zurief, und hörte den Klang anderer Stimmen, die die Botschaft weitergaben ins Innere der Burg.

Etliche Minuten später kam auf demselben Wege eine Antwort.

Schließlich brüllte der Wächter zu uns herab: »Tretet zurück! Wir lassen die Zugbrücke hinunter! Ihr dürft eintreten!«

Noch ehe er zu Ende gesprochen hatte, begann das laute Knirschen, und nach kurzer Zeit knallte das eisenbeschlagene Gebilde auf unserer Seite des Grabens auf den Boden. Ein letztesmal hob ich meinen Schützling auf und trug ihn hinüber.

So brachte ich Sir Lancelot du Lac in die Burg Ganelons, dem ich vertraute wie einem Bruder. Nämlich überhaupt nicht.

Überall bewegten sich Menschen, und ich fand mich von Bewaffneten eingekreist. Doch sie strahlten keine Feindseligkeit aus, sondern waren lediglich besorgt. Ich befand mich in einem großen kopfsteingepflasterten Innenhof, der voller Schlafsäcke lag. Fakkeln verbreiteten ein unruhiges Licht. Ich roch Schweiß, Rauch, Pferde und Küchendünste. Eine kleine Armee hatte hier ihr Lager aufgeschlagen.

So mancher Mann war herbeigekommen und hatte mich mit aufgerissenen Augen murmelnd und flüsternd angestarrt, doch schließlich kamen zwei, die voll bewaffnet waren, als wollten sie in den Kampf ziehen. Einer berührte mich an der Schulter.

»Hier entlang«, sagte er.

Ich setzte mich in Bewegung, und sie nahmen mich in die Mitte. Der Menschenwall teilte sich. Die Zugbrücke bewegte sich bereits wieder rasselnd empor. Wir näherten uns dem düsteren Hauptgebäude.

Drinnen schritten wir durch einen Flur und passierten eine Art Empfangszimmer. Dann erreichten wir eine Treppe. Der Mann zu meiner Rechten bedeutete mir, daß ich emporsteigen solle. Im ersten Stockwerk blieben wir vor einer massiven Holztür stehen, und der Wächter klopfte an.

»Herein!« rief eine Stimme, die mir leider nur allzu bekannt vorkam.

Wir traten ein.

Er saß an einem schweren Holztisch vor einem breiten Fenster, durch das man auf den Hof hinabblicken konnte. Er trug eine braune Lederjacke über schwarzem Hemd; die Hosen waren ebenfalls schwarz und bauschten sich über den Schäften seiner dunklen Stiefel aus. Um die Hüften trug er einen breiten Gürtel, in dem ein Dolch mit Horngriff steckte. Ein Kurzschwert lag auf dem Tisch vor ihm. Sein Haar und Bart waren rot und zeigten erste graue Strähnen. Die Augen waren dunkel wie Ebenholz.

Er blickte mich an und wandte sich dann zwei Wächtern zu, die mit der Bahre eintraten.

»Legt ihn auf mein Bett«, sagte er und fuhr fort: »Roderick, kümmere dich um ihn.«

Roderick, sein Arzt, war ein alter Mann, der nicht den Eindruck machte, als könne er großen Schaden anrichten, was mich doch etwas erleichterte. Ich hatte Lance nicht die weite Strecke getragen, um ihn hier etwa unter den Händen eines Kurpfuschers verbluten zu lassen.

Schließlich wandte sich Ganelon wieder an mich.

»Wo habt Ihr ihn gefunden?« fragte er.

»Fünf Meilen südlich von hier.«

»Wer seid Ihr?«

»Ich werde Corey genannt«, erwiderte ich.

Er musterte mich ein wenig zu eingehend, und unter dem Schnurrbart deuteten seine wurmähnlich zuckenden Lippen ein Lächeln an.

»Was ist Eure Rolle bei dieser Sache?« wollte er wissen.

»Ich weiß nicht, was Ihr meint«, entgegnete ich.

Ich ließ absichtlich die Schultern hängen und sprach langsam und stockend. Mein Bart war länger als der seine und völlig verschmutzt. Ich bildete mir ein, daß ich wie ein alter Mann aussehen müßte. Seine Haltung deutete darauf hin, daß er ebenfalls diesen Eindruck hatte.

»Ich möchte wissen, warum Ihr ihm geholfen habt«, sagte er.

»Nächstenliebe und so weiter«, erwiderte ich.

»Ihr seid Ausländer?«

Ich nickte.

»Nun, Ihr seid hier willkommen, solange Ihr bleiben möchtet.«

»Vielen Dank. Ich werde wahrscheinlich schon morgen weiterziehen.«

»Zunächst setzt Euch aber auf ein Glas Wein zu mir und erzählt mir von den Umständen, unter denen Ihr ihn gefunden habt.«

Und das tat ich.

Ganelon unterbrach mich nicht, und die ganze Zeit über waren seine stechenden Augen auf mich gerichtet. Während mir der Vergleich ›Blicke wie Dolchspitzen‹ bisher immer recht töricht vorgekommen war, belehrte mich dieser Abend doch eines anderen. Sein Blick war tatsächlich stechend.

Ich fragte mich, was er über mich wissen mochte oder welche Vermutungen er anstellte.

Schließlich fiel mich urplötzlich die Müdigkeit an und ließ mich nicht mehr los. Die Anstrengung, der Wein, das warme Zimmer – all diese Dinge wirkten zusammen, und ich hatte plötzlich den Eindruck, irgendwo in einer Ecke zu stehen, mir selbst zuzuhören und mich zu beobachten, als sei ich ein anderer Mensch. Zwar vermochte ich kurzzeitig schon wieder einiges zu leisten, doch wurde mir klar, daß mein Durchhaltevermögen noch nicht wieder das alte war. Auch bemerkte ich, daß meine Hand zu zittern begonnen hatte.

»Es tut mir leid«, hörte ich mich sagen. »Die Mühen des Tages machen sich bemerkbar . . .«

»Natürlich«, sagte Ganelon. »Wir unterhalten uns morgen weiter. Geht zu Bett. Schlaft gut.«

Dann rief er einen Wächter und gab Befehl, mich in einen Gästeraum zu führen. Ich muß unterwegs getaumelt haben, denn ich erinnere mich an die stützende Hand des Wächters an meinem Ellbogen.

In jener Nacht schlief ich den Schlaf eines Toten. Es war ein großes schwarzes Gebilde, das auf mir lastete, etwa vierzehn Stunden lang.

Am Morgen tat mir der ganze Körper weh.

Ich wusch mich. Auf der Kommode stand ein Becken, und ein aufmerksamer Bediensteter hatte Seife und Handtuch daneben zurechtgelegt. Ich hatte das Gefühl, Sägemehl im Hals zu haben und Sand in den Augen.

Ich nahm Platz und überdachte meine Lage.

Es hatte einmal eine Zeit gegeben, da ich Lance die ganze Strecke hätte tragen können, ohne hinterher schlappzumachen. Es hatte eine Zeit gegeben, da ich mich am Hang Kolvirs emporgekämpft hatte und ins Zentrum Ambers vorgestoßen war.

Doch diese Zeiten waren vorbei. Plötzlich fühlte ich mich so mitgenommen, wie es meinem Äußeren entsprach.

Es mußte etwas geschehen.

Ich hatte bisher nur langsam an Gewicht und Kräften zugenommen. Das mußte nun beschleunigt werden.

Eine oder zwei Wochen vernünftiges Leben und mit ausreichend Bewegung mochten mir guttun. Ganelon hatte eigentlich nicht den Eindruck gemacht, als ob er mich erkannt hätte.

Also gut, dann wollte ich die angebotene Gastfreundschaft ausnutzen.

Diesen Entschluß im Herzen suchte ich die Küche auf und verschaffte mir ein herzhaftes Frühstück. Nun, eigentlich hatten wir bereits die Mittagsstunde, aber wir wollen doch die Dinge beim richtigen Namen nennen. Ich hatte große Lust auf ein Pfeifchen und empfand eine gewisse perverse Freude angesichts der Erkenntnis, daß ich meinen Tabak aufgebraucht hatte. Das Schicksal half mir, meinen guten Vorsätzen treu zu bleiben.

Ich schlenderte in den Burghof hinaus. Es war ein frischer, sonniger Tag. Eine Zeitlang beobachtete ich die hier stationierten Männer, die ihr Training absolvierten.

Am anderen Ende entdeckte ich Bogenschützen, die sirrende Pfeile auf Ziele abschossen, welche an Heuballen befestigt waren. Mir fiel auf, daß sie Daumenringe verwendeten und die Bogensaite auf orientalische Art faßten, während ich die Dreifingertechnik vorzog. Diese Entdeckung weckte erste Zweifel in mir über diesen Schatten. Die Schwertkämpfer setzten sowohl die Schneiden als auch die Spitzen ein, und es waren verschiedene Schwertformen und Kampftechniken zu beobachten. Ich machte eine Schätzung und sagte mir, daß etwa achthundert Männer im Hof waren – ohne sagen zu können, wie viele Soldaten noch in der Burg stecken mochten. Die Färbung von Haut, Haaren und Augen war ganz verschieden – von hell bis dunkel. Über dem Sirren und Klirren vernahm ich manchen Akzent, wenn auch die meisten die Sprache Avalons sprachen, die ein Dialekt Ambers ist.

Während ich die Szene beobachtete, sah ich, wie ein Schwertkämpfer die Hand hob, seine Klinge senkte und sich den Schweiß von der Stirn wischte. Dann trat er zurück. Sein Gegner machte keinen besonders erschöpften Eindruck. Hier lag meine Chance, mir die Bewegung zu verschaffen, die ich brauchte.

Lächelnd trat ich vor und sagte: »Ich bin Corey von Cabra. Ich habe Euch beobachtet.«

Dann wandte ich mich dem großen, dunkelhaarigen Mann zu, der seinen ruhenden Kameraden angrinste.

»Hättet Ihr etwas dagegen, wenn ich mit Euch ein bißchen trainiere, während sich Euer Freund ausruht?« fragte ich.

Er grinste noch breiter und deutete auf seinen Mund und seine Ohren. Ich versuchte es mit mehreren anderen Sprachen, doch eine Verständigung kam nicht zustande. Schließlich deutete ich auf die Klinge und auf ihn und dann auf mich, bis er begriff, was ich wollte. Sein Gegner schien den Einfall für gut zu halten, denn er bot mir seine Waffe an.

Ich nahm sie. Das Schwert war kürzer und weitaus schwerer als Grayswandir*.

Zur Probe schwang ich die Klinge ein paarmal hin und her, zog meinen Mantel aus, warf ihn zur Seite und schlug *en garde*.

Der große Bursche griff an. Ich parierte und attackierte. Er parierte und ripostierte. Ich parierte die Riposte, fintete und griff erneut an. Und so weiter. Nach fünf Minuten wußte ich, daß mein Gegner gut war – und daß ich ihn besiegen konnte. Er unterbrach zweimal den Kampf, um sich ein vor mir angewandtes Manöver erklären zu lassen. In beiden Fällen begriff er sehr schnell, worum es ging. Doch nach einer Viertelstunde wurde sein Grinsen breiter. Vermutlich war dies der Augenblick, da er die meisten Gegner mit seinem Durchhaltevermögen zum Aufgeben zwang, wenn sie sich überhaupt schon so lange gehalten hatten. Er wußte mit seinen Kräften zu haushalten und sie richtig einzusetzen, das muß ich zugeben. Nach zwanzig Minuten trat ein verwirrter Ausdruck auf sein Gesicht. Ich sah wohl nicht aus wie ein Mann, der einen Kampf so lange durchstand. Doch was vermag ein Mensch über

---

**Das ist der Name meiner Klinge, den ich bis jetzt noch gar nicht erwähnt habe. Damit verbindet sich eine eigene Geschichte, die ich vielleicht noch erzähle, ehe Sie erfahren, was mich zu diesem letzten Paß geführt hat. Aber sollte ich den Namen noch einmal verwenden, dann wissen Sie wenigstens, wovon ich spreche.*

die Kräfte zu sagen, die in einem Abkömmling Ambers schlummern?

Nach fünfundzwanzig Minuten war er in Schweiß gebadet, setzte den Kampf aber tapfer fort. Mein Bruder Random wirkt und handelt gelegentlich wie ein asthmatischer jugendlicher Raufbold – doch einmal hatten wir gut sechsundzwanzig Stunden miteinander gekämpft, nur um festzustellen, wer zuerst aufgab. (Wenn Sie es unbedingt wissen wollen: ich war es. Ich hatte am nächsten Tag eine Verabredung, zu der ich in einigermaßen guter Verfassung antreten wollte.) Wir hätten weiterkämpfen können. Zwar war ich keiner Leistung fähig, wie ich sie damals zustande gebracht hatte, doch wußte ich, daß ich diesem Manne überlegen war. Immerhin war er nur ein Mensch.

Nach etwa einer halben Stunde, als er bereits schwer atmete und in seinen Gegenzügen langsamer wurde und sicher bald erriet, daß ich mich zurückhielt, hob ich die Hand und senkte die Klinge, wie ich es bei seinem ersten Gegner gesehen hatte. Er kam ebenfalls langsam zum Stillstand und stürzte dann auf mich zu und umarmte mich. Was er sagte, verstand ich nicht, doch ich vermutete, daß unsere Übung ihm gefallen hatte. Und das traf auch für mich zu. Das Schlimme war nur, daß ich die Anstrengung spürte. Mir war leicht schwindlig zumute.

Aber ich brauchte mehr. Ich gab mir das Versprechen, daß ich mich an diesem Tage bis zum Äußersten anstrengen, mir am Abend den Bauch vollschlagen und dann in einen tiefen Schlaf sinken würde. Und morgen dasselbe Programm.

Daraufhin begab ich mich zu den Bogenschützen. Nach einer Weile lieh ich mir einen Bogen aus und schoß im Dreifingerstil etwa hundert Pfeile ab. Meine Trefferquote war nicht schlecht. Anschließend schaute ich eine Zeitlang den Berittenen zu, die mit Lanzen, Schilden und Morgensternen hantierten, und ging dann weiter, um mir die Ringkämpfe anzuschauen.

Schließlich rang ich mit drei Männern hintereinander. Danach fühlte ich mich wirklich ausgelaugt. Ich konnte nicht mehr.

Schweißüberströmt, schweratmend setzte ich mich auf eine schattige Bank. Ich dachte an Lance, an Ganelon, an das Abendessen. Nach etwa zehn Minuten begab ich mich ins Zimmer, das man mir zugewiesen hatte, und wusch mich gründlich.

Ich verspürte einen Heißhunger und machte mich schließlich daran, mir ein Abendessen und Informationen zu beschaffen. Ich hatte mich kaum von der Tür entfernt, als ein Wächter herankam – es handelte sich um einen der Männer, die mich am Abend zuvor hierhergeführt hatten. »Lord Ganelon bittet Euch, heute abend beim Schlag der Essensglocke mit ihm in seinen Gemächern zu speisen«, sagte er.

Ich dankte dem Mann, sagte, ich würde zur Stelle sein, kehrte in mein Zimmer zurück und ruhte mich auf meinem Bett aus, bis es soweit war. Dann machte ich mich auf den Weg.

Meine Muskelschmerzen waren stärker geworden, hatte ich doch heute keine Rücksicht darauf genommen und mir einige neue empfindliche Stellen zugezogen. Ich kam zu dem Schluß, daß dies nur gut für mich sein könne, weil es mich älter erscheinen ließ. Ich klopfte an Ganelons Tür, und ein Page ließ mich ein und eilte zu einem anderen Jüngling, der in der Nähe des Kamins den Tisch deckte.

Ganelon, der von Kopf bis Fuß in Grün gekleidet war, saß in einem Stuhl mit hoher Lehne. Als ich eintrat, stand er auf und kam mir zur Begrüßung entgegen.

»Sir Corey, ich habe von Euren heutigen Leistungen gehört«, sagte er und ergriff meine Hand. »Das alles läßt mir glaubhaft erscheinen, daß Ihr Lance getragen habt. Ich muß sagen, Ihr seid ein besserer Mann, als Euer Aussehen vermuten läßt – und das soll beileibe keine Kränkung sein.«

Ich lachte leise vor mich hin. »Ich bin auch nicht beleidigt.«

Er führte mich zu einem Stuhl, reichte mir ein Glas Weißwein, der für meinen Geschmack etwas zu süß war, und fuhr fort: »Wenn man Euch so anschaut, könnte man meinen, Ihr wärt mit einer Hand zu besiegen – dabei habt Ihr Lance fünf Meilen weit getragen und unterwegs noch zwei von den widerlichen Katzenwesen getötet. Außerdem hat er mir von dem Grabhügel erzählt, den Ihr gebaut habt, von den großen Steinen . . .«

»Wie geht es Lance heute?« unterbrach ich ihn.

»Ich mußte ihm einen Wächter ins Zimmer geben, damit er auch wirklich im Bett blieb. Der Muskelprotz wollte doch tatsächlich aufstehen und herumlaufen! Aber bei Gott – mindestens eine Woche lang bleibt er im Bett!«

»Dann muß er sich ja schon wieder besser fühlen.«

Er nickte.

»Auf seine Gesundheit!«

»Darauf trinke ich gern.«

Wir tranken.

»Hätte ich doch nur eine Armee aus Männern wie Euch und Lance«, sagte Ganelon schließlich. »Dann sähe die Lage vielleicht anders aus.«

»Welche Lage?«

»Der Kreis und seine Wächter«, sagte er. »Ihr habt davon noch nicht gehört?«

»Lance hat den Kreis erwähnt. Das ist alles.«

Einer der Pagen kümmerte sich um ein riesiges Stück Rindfleisch an einem Spieß über dem niedrigbrennenden Feuer. Von Zeit zu Zeit goß er etwas Wein darüber, während er das Fleisch wendete. Immer wenn mir der Duft in die Nase stieg, begann mein Magen laut zu knurren, und Ganelon lachte leise vor sich hin. Der andere Page verließ das Zimmer, um aus der Küche Brot zu holen.

Ganelon schwieg lange Zeit. Er trank aus und schenkte sich nach. Ich genoß mein erstes Glas.

»Habt Ihr schon einmal von Avalon gehört?« fragte er schließlich.

»Ja«, erwiderte ich. »Es gibt da einen Vers, den ich vor langer Zeit von einem reisenden Barden gehört habe: ›Hinter dem Flusse der Gesegneten setzten wir uns und weinten bei der Erinnerung an Avalon. Die Schwerter in unserer Hand waren zerschmettert, und wir hingen unsere Schilde an den Eichbaum. Die schlanken Silbertürme verschlungen von einem Meer von Blut. Wie viele Meilen bis Avalon? Keine, sage ich, und doch unendlich viele. Die Silbertürme sind gefallen.‹«

»Avalon vernichtet . . .?« fragte er.

»Ich glaube, der Mann war verrückt. Ich weiß nichts von einem Avalon. Sein Gedicht ist mir aber in Erinnerung geblieben.«

Ganelon wandte das Gesicht ab und schwieg einige Minuten lang. Als er schließlich wieder das Wort ergriff, klang seine Stimme verändert.

»Es hat . . .«, sagte er, ». . . es hat einmal einen solchen Ort gegeben. Ich habe dort gelebt . . . vor vielen Jahren. Ich wußte nicht, daß er nicht mehr existiert.«

»Wie seid Ihr dann hierhergekommen?« fragte ich.

»Ich wurde von dem dort herrschenden Zauberer Corwin von Amber ins Exil verbannt. Er schickte mich auf dunklen, verrückten Wegen an diesen Ort, auf daß ich hier litte und stürbe – und ich habe viel gelitten und bin dem letzten Augenblick oft nahe gewesen. Natürlich habe ich den Weg zurück finden wollen, doch niemand weiß Bescheid. Ich habe mit Zauberern gesprochen und sogar ein Geschöpf aus dem Kreis befragt, ehe wir es töteten. Doch niemand kennt die Straße nach Avalon. Euer Barde hat durchaus recht: ›Keine Meile und doch unendlich viele‹.« Er bekam das Zitat nicht genau hin. »Wißt Ihr noch den Namen des Sängers?«

»Tut mir leid – nein.«

»Wo liegt Cabra, Eure Heimat?«

»Weit im Osten, jenseits des Meeres«, sagte ich. »Die Entfernung ist wirklich sehr groß. Ein Inselkönigreich.«

»Bestünde die Chance, daß man uns von dort mit Truppen versorgt? Ich könnte ganz gut zahlen.«

Ich schüttelte den Kopf.

»Es ist ein kleines Land mit einer kleinen Miliz – und der Weg von dort ist nur in mehreren Monaten zurückzulegen – über Meer und Land. Die Leute haben außerdem nie als Söldner gekämpft und sind nicht besonders kriegerisch.«

»Dann scheint Ihr Euch von Euren Landsleuten sehr zu unterscheiden«, meinte er und musterte mich offen.

Ich nippte an meinem Wein. »Ich war Waffenmeister der königlichen Garde«, sagte ich dann.

»Seid Ihr womöglich geneigt, Euch anwerben zu lassen, meine Truppen auszubilden?«

»Ich bleibe gern ein paar Wochen«, erwiderte ich.

Er nickte, und auf seinen Lippen spielte ein gepreßtes Lächeln, das sofort wieder verflog. »Eure Andeutung, daß das schöne Avalon vernichtet sei, stimmt mich traurig«, sagte er schließlich. »Aber wenn das der Fall ist, kann ich hoffen, daß der, der mich verbannte, wahrscheinlich ebenfalls tot ist.« Er leerte sein Glas. »So hat denn auch dieser Dämon einen Augenblick erlebt, da er sich nicht zu verteidigen wußte«, sagte er nachdenklich. »Das ist ein ganz angenehmer Gedanke. Er läßt mich hoffen, daß wir im Kampf gegen unsere Dämonen vielleicht eine Chance haben.«

»Verzeihung«, sagte ich und riskierte meinen Kopf – doch aus Gründen, die ich für gut hielt. »Wenn Ihr eben Corwin von Amber meintet, so muß ich Euch sagen, daß er nicht umgekommen ist bei den Veränderungen, die vielleicht eingetreten sind.«

Das Glas in seiner Hand zerbrach.

»Ihr kennt Corwin?« fragte er.

»Nein, doch ich habe von ihm gehört«, erwiderte ich. »Vor mehreren Jahren lernte ich einen seiner Brüder kennen – einen Burschen namens Brand. Er erzählte mir von der Stadt Amber und von der Schlacht, in der Corwin und ein anderer Bruder namens Bleys eine Armee gegen ihren Bruder Eric führten, welcher die Stadt in der Gewalt hatte. Bleys stürzte dabei vom Kolvir-Berg, und Corwin wurde gefangengenommen. Nach Erics Krönung wurden Corwin die Augen ausgebrannt, und er landete in den Verliesen unter Amber, wo er vielleicht noch immer dahinvegetiert, wenn er nicht gestorben ist.«

Ganelons Gesicht hatte jede Farbe verloren.

»All die Namen, die Ihr eben erwähntet – Brand, Bleys, Eric«, sagte er. »Ich habe davon sprechen hören, vor langer Zeit. Wie lange ist es her, daß Ihr von diesen Ereignissen erfuhret?«

»Etwa vier Jahre.«

»Er hätte ein besseres Schicksal verdient.«

»Nach allem, was er Euch angetan hat?«

»Nun«, sagte der Mann. »Ich hatte inzwischen Gelegenheit, gründlich darüber nachzudenken. Es ist ja nicht so, daß seine Handlungsweise unbegründet gewesen wäre. Er war stark – stärker noch als Ihr oder sogar Lance – und schlau. Außerdem konnte er im richtigen Augenblick fröhlich sein. Eric hätte ihm einen schnellen, schmerzlosen Tod schenken sollen. Ich liebe den Burschen nicht, aber mein Haß ist doch verflogen. Der Dämon hätte ein gütigeres Schicksal verdient, das ist alles.«

In diesem Augenblick kehrte der zweite Page mit einem Korb voller frischem Brot zurück. Der andere Knabe, der auf das Fleisch aufpaßte, streifte es vom Spieß und setzte es auf einem Teller in der Mitte des Tisches ab.

Ganelon deutete mit einem Kopfnicken darauf.

»Wir wollen essen«, sagte er.

Er stand auf und begab sich an den Tisch.

Ich folgte ihm. Während der Mahlzeit sprachen wir kaum.

Nachdem ich mich vollgestopft hatte, bis mein Magen nichts mehr aufnehmen wollte, und nachdem ich die Köstlichkeit mit einem zweiten Glas des zu süßen Weins hinuntergespült hatte, begann ich zu gähnen. Nach dem drittenmal stieß Ganelon eine Verwünschung aus.

»Verdammt, Corey! Hört auf damit! Es steckt an!«

Er unterdrückte ein Gähnen.

»Gehen wir doch ein bißchen an die frische Luft«, sagte er und stand auf.

So unternahmen wir einen Spaziergang auf den Mauern, vorbei an den Wächtern, die ihre Runden machten. Sobald die Männer sahen, wer ihnen da entgegenkam, nahmen sie Haltung an und salutierten, worauf Ganelon mit einem Grußwort reagierte, ehe wir weitergingen. Wir erreichten schließlich einen Wehrgang, setzten uns auf eine Balustrade und genossen die Abendluft, die kühl und feucht und voller Walddüfte war. Wir beobachteten, wie am dunkler werdenden Himmel nacheinander die Sterne erschienen. Die Mauersteine fühlten sich kalt an. In der Ferne glaubte ich den Schimmer des Meeres auszumachen. Von irgendwo unter uns hörte ich den Schrei eines Nachtvogels. Ganelon nahm Pfeife und Tabak aus einem Beutel an seinem Gürtel. Er füllte den Pfeifenkopf, drückte den Tabak fest und riß ein Streichholz an. Sein Gesicht hätte im Flackerlicht geradezu satanisch ausgesehen, wenn nicht irgendein Einfluß seine Mundwinkel nach unten gezogen und die Wangenmuskeln in jenen Winkel gehoben hätte, der von den Innenseiten der Augen und dem scharfen Nasenrücken gebildet wird. Ein Teufel stellt angeblich ein böses Grinsen zur Schau; dieses Gesicht aber wirkte viel zu bedrückt.

Ich roch den Rauch. Nach einer Weile begann er zu sprechen, zuerst leise und sehr langsam.

»Ich erinnere mich an Avalon«, begann er. »Meine Geburt dort war nicht unstandesgemäß, doch die Tugend gehörte nicht zu meinen Stärken. Ich brachte schnell mein Erbe durch und trieb mich schließlich auf den Straßen herum, wo ich Reisende überfiel. Später schloß ich mich einer Bande Gleichgesinnter an. Als ich feststellte, daß ich der stärkste war und die besten Führungsqualitäten besaß, stieg ich schnell zum Anführer auf. Für unsere Ergreifung waren Belohnungen ausgesetzt. Mein Kopfgeld war das höchste.«

Die Worte kamen nun schneller, die Stimme wurde klangvoller, die Formulierungen schienen ein Echo aus seiner Vergangenheit zu sein.

»Ja, ich erinnere mich an Avalon«, sagte er, »an einen Ort voller Silber und Schatten und kühlen Gewässern, wo die Sterne die ganze Nacht hindurch wie Feuerstellen flackerten und das Grün des Tages zugleich immer das Frühlingsgrün war. Jugend, Liebe, Schönheit – all diese Dinge erlebte ich in Avalon. Herrliche Reittiere, schimmerndes Metall, weiche Lippen, dunkles Bier. Ehre . . .« Er schüttelte den Kopf.

»Einige Zeit später«, fuhr er fort, »als im Reich der Krieg ausbrach, bot der Herrscher allen Geächteten, die ihm gegen die Aufständischen halfen, die Begnadigung an. Dieser Mann war Corwin. Ich schlug mich auf seine Seite und ritt in den Krieg. Ich wurde Offizier und – später – ein Mitglied seines Stabes. Wir gewannen unsere Schlachten, schlugen den Aufstand nieder. Schließlich hatte Corwin wieder Frieden im Lande, und ich blieb an seinem Hof. Nun begann eine Reihe guter Jahre. Später kam es zu Grenzscharmützeln, die aber stets gewonnen wurden. Sein Vertrauen in mich war so groß, daß er mir diese Aktionen überließ. Schließlich vergab er einen Herzogtitel, um einen unbedeutenden Edelmann zu ehren, dessen Tochter er zu heiraten wünschte. Doch diesen Posten hatte ich haben wollen; er hatte auch schon Andeutungen gemacht, daß ich eines Tages darauf rechnen könnte. Ich war zornig und ließ mein Kommando im Stich, als ich das nächstemal losgeschickt wurde, um eine Auseinandersetzung an der Südgrenze zu klären, wo es immer wieder zu Unruhen kam. Viele meiner Männer mußten das Leben lassen, und die Invasoren drangen in das Land ein. Ehe man sie aufhalten konnte, mußte auch Lord Corwin wieder zu den Waffen greifen. Die Angreifer waren mit einer großen Streitmacht vorgestoßen, und ich dachte schon, daß sie das ganze Land erobern würden. Ich hoffte sogar darauf. Doch Corwin, der schlaue Fuchs, wendete raffinierte Taktiken an und setzte sich wieder einmal durch. Ich floh, wurde aber gefangengenommen und zur Verurteilung zu ihm gebracht. Ich verwünschte ihn und spuckte ihn an. Ich weigerte mich, die vorgeschriebene Verbeugung zu machen. Ich haßte den Boden, auf dem er sich bewegte – ein zum Tode Verurteilter hat eben keinen Grund, sich nicht nach besten Kräften zu schlagen, nicht wie ein Mann in den Tod zu gehen. Corwin sagte, er wolle Milde walten lassen angesichts der Dinge, die ich früher getan hatte. Ich erwiderte, er solle sich seine Milde sonstwohin stecken, und erkannte schließlich, daß er sich über mich lustig machte. Er befahl, daß man mich losließ, und trat auf mich zu. Ich wußte, daß er mich mit bloßen Händen töten konnte. Trotzdem versuchte ich gegen ihn zu kämpfen, aber vergeblich. Er landete einen Schlag, und ich stürzte zu Boden. Als ich wieder zu mir kam, war ich auf den Rücken seines Pferdes gebunden. Er ritt hinter mir und verspottete mich immer wieder. Ich antwortete auf keine seiner Bemerkungen, während wir durch wundersame Länder ritten, die Alpträumen zu entstammen schienen – und so erfuhr ich überhaupt erst, daß er Zauberkräfte besitzt. Kein Reisender, den ich bisher gesprochen habe, hat jemals solche Landschaften erlebt, wie ich sie an jenem Tag sah. Dann verkündete er seinen Bannspruch und ließ mich an diesem Ort frei, machte kehrt und ritt davon.«

Er hielt inne, um seine erloschene Pfeife neu anzuzünden, zog ein Weilchen daran und fuhr schließlich fort: »An diesem Ort habe ich von Menschen und Ungeheuern manchen Schlag, Biß, und Stich hinnehmen müssen, und es ist mir manchmal schwergefallen, mit dem Leben davonzukommen. Corwin hatte mich in der schlimmsten Ecke des Landes abgesetzt. Doch eines Tages erfuhr mein Glück eine Wende. Ein Ritter in Rüstung bat mich, ihm den Weg freizugeben. Zu jener Zeit war es mir gleich, ob ich weiterlebte oder starb, und ich nannte ihn einen pockennarbigen Hurensohn und forderte ihn auf, zum Teufel zu gehen. Er griff an, und ich packte seine Lanze, deren Spitze ich in den Boden drückte, woraufhin er aus dem Sattel gehebelt wurde. Ich zog ihm mit seinem eigenen Dolch ein neues Lächeln unter das Kinn und verschaffte mir auf diese Weise ein Reitpferd und Waffen. Anschließend machte ich mich daran, es jenen heimzuzahlen, die mir

Schwierigkeiten bereitet hatten. Ich nahm das alte Straßenräuberhandwerk wieder auf und versammelte eine neue Schar Gefolgsleute um mich. Die Bande wuchs. Bald zählten wir viele hundert Köpfe, und unsere Bedürfnisse waren groß. In manche kleine Stadt ritten wir ein und machten sie zu der unseren. Die örtliche Miliz begann uns zu fürchten. Auch dies war eine schöne Zeit, wenn auch nicht ganz so prunkvoll wie die Jahre in Avalon, das ich nun nie wiedersehen werde. Die Landschänken begannen das Hufgrollen unserer Bande zu fürchten, und die Reisenden machten sich in die Hosen, wenn sie uns kommen hörten. Ha! Dieses Leben währte mehrere Jahre. Schließlich schickte man große Abteilungen Bewaffneter aus, die uns aufspüren und vernichten sollten, doch wir vermochten ihnen immer wieder zu entkommen oder sie in einen Hinterhalt zu locken. Doch eines Tages tauchte der schwarze Kreis auf – und niemand weiß eigentlich, warum.«

Heftig zog er an seiner Pfeife und starrte in die Ferne.

»Man hat mir erzählt, die Erscheinung hätte als winziger Kreis von Giftpilzen begonnen, fern im Westen. In der Mitte dieses Kreises wurde ein totes Kind gefunden, und der Vater dieses Kindes starb mehrere Tage später unter Krämpfen. Die Stelle wurde daraufhin für verflucht erklärt. In den folgenden Monaten wuchs die Stelle sichtbar an, bis ihr Durchmesser eine halbe Meile betrug. Das Gras verfärbte sich dunkel und schimmerte wie Metall, doch ohne völlig abzusterben. Die Bäume krümmten sich und ihre Blätter wurden schwarz. Sie bewegten sich, auch wenn kein Wind wehte, und Fledermäuse huschten zwischen ihnen herum. Bei Dämmerung sah man seltsame Umrisse in Bewegung und Lichter wie von kleinen Feuerstellen waren die ganze Nacht hindurch zu sehen. Der Kreis setzte sein Wachstum fort, und die meisten jener, die in der Nähe lebten, ergriffen die Flucht. Einige blieben allerdings, und von ihnen hieß es, sie hätten sich mit den Wesen der Düsternis arrangiert. Der Kreis weitete sich immer mehr, breitete sich aus wie die Wellen, die ein ins Wasser geworfener Stein verursacht. Immer mehr Menschen verzichteten auf die Flucht, lebten innerhalb des Kreises weiter. Ich habe mit diesen Menschen gesprochen, mit ihnen gekämpft, sie auch getötet. Es ist, als sei in ihnen etwas gestorben. Ihren Stimmen fehlt die Regung von Menschen, die sich ihre Worte überlegen und sie auskosten. Mit ihren Gesichtern stellen sie kaum noch etwas an, sondern tragen sie wie Totenmasken. Sie begannen den Kreis hordenweise zu verlassen, begannen die Umgebung auszuräubern und dabei willkürlich zu morden. Zahlreiche Scheußlichkeiten begingen sie und zerstörten dabei heilige Stätten. Im Zurückweichen hinterließen sie gewaltige Brände. Nur Dinge aus Silber ließen sie stets liegen. Nach vielen Monaten griffen nicht nur Menschen an, sondern auch andere Wesen – seltsame Gestalten wie die Höllenkatzen, die Ihr getötet habt. Schließlich verlangsamte sich das Wachstum des Kreises und kam fast zum Stillstand, als nähere er sich einer Art Grenze. Doch inzwischen stürmten daraus alle möglichen Scheusale hervor – manche sogar während des Tages. Sie vernichteten das Land außerhalb des Kreises. Als das Gebiet rings um den Kreis in Schutt und Asche lag, rückte die Erscheinung vor, um auch diese Flächen zu verschlingen, und begann auf diese Weise erneut zu wachsen. Der alte König Uther, der mich seit langer Zeit verfolgte, vergaß mich völlig und setzte seine Streitkräfte darauf an, den Höllenkreis zu bewachen. Auch ich begann mir Sorgen darüber zu machen, da ich keine rechte Freude bei dem Gedanken hatte, im Schlaf womöglich von einem höllengezeugten Blutsauger überrascht zu werden. Ich versammelte also fünfundfünfzig meiner Männer um mich – mehr wollten sich nicht freiwillig melden, und ich konnte keine Feiglinge gebrauchen – und ritt eines Nachmittags an den unheimlichen Ort. Wir stießen auf eine Horde der totgesichtigen Menschen, die im Begriff waren, auf einem Steinaltar eine lebendige Ziege zu verbrennen, und griffen sofort an. Wir machten einen Gefangenen, fesselten ihn auf seinen eigenen Altar und verhörten ihn an Ort und Stelle. Er sagte uns, der Kreis würde sich ausdehnen, bis er das ganze Land bedecke, von Ozean zu Ozean. Eines Tages würde er sich auf der anderen Seite der Welt begegnen und schließen. Wenn wir unsere Haut retten wollten, müßten wir uns ihnen anschließen. Daraufhin verlor einer meiner Männer die Beherrschung und stach zu, und das Wesen starb. Er starb wirklich; ich weiß, wenn ein Mensch tot ist, habe ich diesen Zustand doch oft genug selbst herbeigeführt. Doch als sein Blut auf den Altarstein tropfte, öffnete sich sein Mund und das lauteste Lachen ertönte, das ich je gehört habe. Es umgab uns wie Donnergrollen. Dann richtete sich die Gestalt auf, ohne zu atmen, und begann zu brennen. Dabei veränderte sich die Gestalt, bis sie an die brennende Ziege auf dem Altar erinnerte, nur war sie größer. Im nächsten Augenblick sprach das Wesen zu uns. Es sagte: ›Flieh, Sterblicher! Aber du wirst den Kreis niemals verlassen!‹ Und das könnt Ihr mir glauben – wir sind tatsächlich geflohen. Der Himmel verdunkelte sich vor Fledermäusen und anderen – Wesen. Wir hörten Hufschlag. Wir ritten mit den Klingen in der Hand und töteten alles, was sich in unserer Nähe sehen ließ. Wir sahen Katzen, wie jene, die Ihr getötet habt, und Schlangen und hüpfende Gebilde – Gott allein weiß, was sich alles auf uns stürzte. Als wir uns dem Rand des Kreises näherten, entdeckte uns eine Patrouille König Uthers und kam uns zu Hilfe. Sechzehn von den fünfundfünfzig, die mit mir losgeritten waren, kamen mit dem Leben davon. Außerdem verlor auch die Patrouille etwa dreißig Mann. Als die Soldaten mich erkannnten, brachten sie mich sofort vor Gericht. Hierher. Dies war früher einmal Uthers Palast. Ich erzählte ihm, was ich getan und gesehen und gehört hatte. Er tat das gleiche wie Corwin. Er bot mir und meinen Männern die Begnadigung an, wenn ich mich mit ihm gegen die Wächter des Kreises verbündete. Angesichts der Dinge, die ich erlebt hatte, war mir klar, daß die Gefahr beseitigt werden mußte. Ich erklärte mich einverstanden. Doch zunächst wurde ich krank; man sagte mir, ich hätte drei Tage lang im Delirium gelegen. Nach meiner Genesung war ich schwach wie ein Kleinkind und erfuhr jetzt erst, daß die übrigen Männer, die mit mir im Kreis gewesen waren, eine ähnliche Krankheit durchmachten. Drei waren daran gestorben. Ich besuchte meine Leute, erzählte ihnen die Geschichte, und sie ließen sich anwerben. Die Patrouillen rings um den Kreis wurden verstärkt. Trotzdem konnten wir die weitere Ausdehnung nicht verhindern. In den folgenden Jahren wuchs der Kreis immer mehr. Zahlreiche Scharmützel wurden ausgefochten. Ich wurde befördert, bis ich als Uthers rechte Hand galt – eine Laufbahn, die ich schon unter Corwin durchgemacht hatte. Schließlich weiteten sich die Scharmützel aus. Immer größere Gruppen brachen aus dem Höllenloch hervor. Wir begannen Kämpfe zu verlieren. Der Gegner eroberte einige unserer Vorposten. Und eines Nachts stürmte eine Armee heran, eine Horde aus Menschen und anderen Wesen, die dort leben. In dieser Nacht bekämpften wir die größte Streitmacht, mit der wir es je zu tun gehabt hatten. Gegen meinen Rat ritt König Uther persönlich in die Schlacht – er war schon ziemlich alt – und fiel. Das Land war ohne Herrscher. Ich wollte Lancelot, meinen Ersten Mann, zum Regenten ernennen lassen, wußte ich doch, daß er viel ehrenwerter war als ich . . . Doch jetzt kommt ein seltsamer Punkt. Ich hatte zuvor in Avalon einen Lancelot gekannt, einen Mann wie ihn – doch dieser Mann kannte mich nicht, als wir uns zum erstenmal sahen. Wirklich seltsam . . . Jedenfalls lehnte er meinen Vorschlag ab, und der Titel fiel mir zu. Ich hasse diese Situation, aber so ist es nun mal. Seit über drei Jahren halte ich die unheimlichen Kräfte, so gut es geht, im Zaum. Alle meine Instinkte raten mir zur Flucht. Was schulde ich diesen Menschen? Was schert es mich, ob sich der verfluchte Kreis ausweitet oder nicht? Ich könnte über das Meer in ein Land fahren, welches der Kreis zu meinen Lebzeiten bestimmt nicht mehr erreicht, und die ganze Sache vergessen. Verdammt! Ich habe mir diese Verantwortung nicht gewünscht! Doch ich muß sie tragen!«

»Warum?« frage ich, und meine Stimme klang mir seltsam in den Ohren.

Er leerte schweigend seine Pfeife, füllte sie von neuem und zündete sie wieder an. Er begann zu rauchen. Das Schweigen dehnte sich in die Länge.

»Ich weiß es nicht«, sagte er schließlich. »Ich würde einen Mann wegen seiner Stiefel hinterrücks erdolchen, wenn ich sie brauchte, um meine Füße warm zu halten. Ich weiß das, weil ich so etwas einmal getan habe. Aber . . . diese Sache ist etwas anderes. Diese Attacke schadet allen, und ich bin der einzige, der etwas dagegen tun kann. Verdammt! Ich weiß, daß man mich hier eines Tages zusammen mit allen anderen begraben wird. Doch ich kann sie nicht im Stich lassen. Ich muß diese Erscheinung eindämmen, solange es geht.«

Die klare Nachtluft hatte meine Gedanken belebt, obwohl sich mein Körper noch immer leicht betäubt anfühlte.

»Könnte Lance nicht die Führung übernehmen?« fragte ich.

»Gewiß. Er ist ein guter Mann. Aber es gibt noch einen anderen Grund. Ich glaube, das Ziegenwesen auf dem Altar, oder was immer es war, hatte Angst vor mir. Ich war in den Kreis gestürmt, und es hatte mir versichert, daß ich es nicht hinaus schaffen würde – aber dann habe ich es doch geschafft. Die nachfolgende Krankheit habe ich ebenfalls überstanden. Das Wesen weiß, daß ich hinter der erbitterten Gegenwehr stehe. Wir gewannen die blutige Schlacht in jener Nacht, in der Uther starb, und ich stand dem Wesen, das eine andere Form hatte, wieder gegenüber, und es erkannte mich. Vielleicht gehört das zu den Gründen, warum es sich im Augenblick zurückhält.«

»Eine andere Form?«

»Ein Wesen mit einem menschenähnlichen Körper, doch mit Ziegenhörnern und roten Augen. Es saß auf einem gescheckten Hengst. Wir kämpften eine Zeitlang miteinander, doch im Kampfgetümmel wurden wir getrennt. Nur gut so, denn der andere war im Begriff zu siegen. Während wir Schwerthiebe tauschten, sprach es zu mir, und ich erkannte die dröhnende Stimme wieder. Das Wesen nannte mich einen Dummkopf und versicherte mir, daß ich niemals siegen könne. Doch als der Morgen graute, gehörte das Schlachtfeld uns, und wir trieben die Ungeheuer in den Kreis zurück und brachten dabei noch viele fliehende Gegner um. Der Reiter des Schecken konnte entkommen. Seither hat es andere Vorstöße gegeben, doch nicht mehr in der Stärke jener Nacht. Wenn ich dieses Land verließe, würde sofort eine andere solche Armee – die sich im Augenblick schon versammelt – hervorstoßen. Das Wesen würde irgendwie wissen, daß ich mich zurückgezogen habe – so wie es auch wußte, daß Lance mit einem neuen Bericht über die Verteilung der Truppen im Kreis zu mir unterwegs war, und ihm unterwegs jene Wächter entgegenschickte. Das Wesen weiß inzwischen auch von Euch und macht sich bestimmt Gedanken über diese Entwicklung. Es fragt sich, wer Ihr seid, woher Ihr die Kräfte nehmt. Ich werde bleiben und kämpfen, bis ich falle. Ich muß. Fragt mich nicht nach dem Grund. Ich kann nur hoffen, daß ich vor jenem letzten Tag zumindest erfahre, wie es zu dieser Erscheinung gekommen ist – *warum* sich der Kreis dort draußen ausbreitet.«

Im nächsten Augenblick ertönte ein Flattern dicht neben meinem Kopf. Hastig duckte ich mich, um der unbekannten Erscheinung auszuweichen – eine überflüssige Bewegung. Es war nur ein Vogel. Ein weißer Vogel. Er landete auf meiner linken Schulter und verharrte dort und stieß einen leisen Ruf aus. Ich streckte ihm das Handgelenk entgegen, und das Tier sprang herab. An seinem Bein war ein Zettel festgebunden. Ich löste ihn, las ihn, zerknüllte ihn in der Hand. Dann starrte ich in die Ferne, ohne etwas zu sehen.

»Was ist los, Sir Corey?« rief Ganelon.

Der Zettel, den ich zu meinem Ziel vorausgeschickt hatte, von mir selbst geschrieben, überbracht von einem Vogel meiner Schöpfung, konnte nur den Ort erreichen, der mein nächster Aufenthalt sein sollte. Allerdings war dies nicht der Ort, den ich im Sinn gehabt hatte. Doch ich vermochte mein eigenes Omen zu deuten.

»Was ist?« fragte er. »Was habt Ihr da in der Hand? Eine Nachricht?«

Ich nickte und reichte ihm den Zettel. Ich konnte ihn nicht gut fortwerfen, nachdem er gesehen hatte, wie ich die Botschaft in Empfang nahm.

»Ich komme«, stand darauf, und darunter meine Unterschrift.

Ganelon stieß eine Rauchwolke aus und studierte das Blatt im Schimmer der Pfeife.

»*Er* lebt? Und er will *hierher* kommen?« fragte er.

»Sieht so aus.«

»Sehr seltsam«, sagte er. »Das verstehe ich nun wirklich nicht . . .«

»Hört sich wie ein Hilfeversprechen an«, sagte ich und entließ den Vogel, der zweimal gurrte, meinen Kopf umkreiste und dann davonflatterte.

Ganelon schüttelte den Kopf. »Ich verstehe das nicht.«

»Wozu dem Pferd ins Maul schauen, das Euch geschenkt wird?« fragte ich. »Ihr habt es bisher nur geschafft, das Ding im Zaum zu halten.«

»Das ist wahr«, erwiderte er. »Vielleicht könnte er es vernichten.«

»Und vielleicht ist das Ganze nur ein Scherz«, wandte ich ein. »Ein grausamer Scherz.«

Wieder schüttelte er den Kopf.

»Nein. Das ist nicht sein Stil. Ich frage mich, worauf er es abgesehen hat?«

»Schlaft drüber«, schlug ich vor.

»Es bleibt mir im Augenblick wohl kaum etwas anderes übrig«, sagte er und unterdrückte ein Gähnen.

Dann standen wir auf und schritten über die Mauer. Wir wünschten uns eine gute Nacht, und ich taumelte dem Abgrund des Schlafes entgegen und ließ mich kopfüber hineinfallen.

2

Tag. Neue Schmerzen. Neue empfindliche Stellen.

Jemand hatte mir einen ungebrauchten Mantel aus braunem Stoff dagelassen, und das schien mir eine gute Sache zu sein. Besonders wenn ich noch weiter zunahm und Ganelon sich an meine Farben erinnerte. Den Bart rasierte ich nicht ab, hatte er mich doch in einem etwas weniger struppigen Zustand gekannt. In seiner Gegenwart gab ich mir Mühe, meine Stimme zu verstellen. Grayswandir versteckte ich unter dem Bett.

In der folgenden Woche trieb ich mich von einer Anstrengung zur nächsten. Ich quälte mich ab und schwitzte und hüpfte, bis die Schmerzen nachließen und meine Muskeln wieder fest wurden. Ich glaube, in dieser Woche nahm ich fünfzehn Pfund zu. Langsam, sehr langsam begann ich mich zu fühlen wie früher.

Das Land hieß Lorraine – und so hieß auch sie. Wäre ich jetzt in der Stimmung, Sie etwas an der Nase herumzuführen, würde ich sagen, wir hätten uns auf einer Wiese hinter der Burg getroffen, während sie Blumen pflückte und ich an der frischen Luft einen Spaziergang machte. Blödsinn!

Höflich ausgedrückt, konnte man sie wohl als Marketenderin bezeichnen. Ich begegnete ihr am Ende eines harten Tages, den ich vorwiegend mit Säbel und Netz verbracht hatte. Als mein Blick auf sie fiel, stand sie abseits und wartete auf den Mann, mit dem sie verabredet war. Sie lächelte, und ich lächelte zurück, nickte, blinzelte ihr zu und ging vorbei. Am nächsten Tag bekam ich sie wieder zu Gesicht, sagte »Hallo« und ging an ihr vorbei. Das ist alles.

Nun, ich lief ihr immer mal wieder über den Weg. Am Ende der zweiten Woche, als die Schmerzen ausgestanden waren und ich gut hundertundsiebzig Pfund wog und mich wieder entsprechend zu fühlen begann, verabredete ich mich auf einen Abend mit ihr. Inzwischen war mir ihr Status natürlich bekannt, und ich hatte nichts dagegen. Aber an jenem Abend taten wir nicht das übliche. O nein. Statt dessen unterhielten wir uns, und später passierte etwas ganz anderes.

Ihr Haar war rostfarben und wies schon einige graue Strähnen auf. Trotzdem schätzte ich sie auf unter Dreißig. Die Augen sehr blau. Ein etwas spitz zulaufendes Kinn. Saubere, gleichmäßige Zähne in einem Mund, der mich viel anlächelte. Ihre Stimme klang leicht nasal, sie trug das Haar zu lang, das Make-up lag zu dick über zu tiefen Spuren der Müdigkeit, ihre Haut war ein wenig zu sommersprossig, ihre Kleidung zu bunt und zu eng. Doch ich mochte sie. Als ich mich mit ihr verabredete, wußte ich noch nicht, daß sie mir gefallen würde; wie gesagt, ich hatte eigentlich nicht die Absicht gehabt, ihr den Hof zu machen.

Es gab keine andere Möglichkeit als mein Zimmer, und wir waren dorthin gegangen. Ich war inzwischen zum Captain ernannt worden und nutzte natürlich meine Stellung aus, indem ich uns das Essen und eine Extraflasche Wein servieren ließ.

»Die Männer haben Angst vor dir«, sagte sie. »Sie sagen, du ermüdest niemals.«

»Das tue ich aber«, erwiderte ich. »Glaub mir!«

»Natürlich«, sagte sie, schüttelte die zu langen Locken und lächelte. »Trifft das nicht bei uns allen zu?«

»Kann man wohl sagen«, erwiderte ich.

»Wie alt bist du?«

»Wie alt bist *du*?«

»Ein Gentleman stellt diese Frage nicht.«

»Eine Dame aber auch nicht.«

»Als du hier auftauchtest, hielt man dich für über fünfzig.«

»Und . . .?«

»Jetzt ist man sich nicht mehr sicher. Fünfundvierzig? Vierzig?«

»Nein«, sagte ich.

»Das hatte ich auch nicht angenommen. Aber dein Bart hat alle getäuscht.«

»Das haben Bärte oft so an sich.«

»Du siehst mit jedem Tag besser aus. Größer ...«

»Danke. Ich fühle mich tatsächlich besser als bei meiner Ankunft.«

»Sir Corey von Cabra«, sagte sie. »Wo liegt Cabra? Was ist Cabra? Nimmst du mich dorthin mit, wenn ich dich nett darum bitte?«

»Versprechen würd' ich's dir«, erwiderte ich. »Aber es wäre eine Lüge.«

»Ich weiß. Aber ich würd's trotzdem gern hören.«

»Na gut. Ich nehme dich mit dorthin. Es ist ein mieses Land.«

»Bist du wirklich so gut, wie die Männer behaupten?«

»Wohl kaum. Und du?«

»Eigentlich nicht. Möchtest du jetzt zu Bett gehen?«

»Nein, ich möchte mich lieber mit dir unterhalten. Hier, ein Glas Wein.«

»Vielen Dank – auf deine Gesundheit.«

»Und die deine.«

»Wieso bist du ein so guter Schwertkämpfer?«

»Naturtalent und gute Lehrer – deshalb.«

»... und du hast Lance die ganze weite Strecke getragen und die Ungeheuer getötet ...«

»Je öfter man eine solche Geschichte erzählt, desto gewaltiger wird sie.«

»Aber ich habe dich beobachtet. Du bist wirklich besser als die anderen. Deshalb hat dir Ganelon ja auch seinen Vorschlag gemacht – was immer es ist. Er weiß etwas Gutes zu erkennen, wenn es ihm vor Augen kommt. Ich habe schon viele Schwertkämpfer zum Freund gehabt und habe ihnen beim Üben zugeschaut. Du könntest sie alle fertigmachen. Die Männer sagen, du wärst ein guter Lehrer. Sie mögen dich, obwohl du ihnen angst machst.«

»Warum mache ich ihnen angst? Weil ich kräftig bin? Es gibt viele kräftige Männer auf der Welt. Weil ich mein Schwert lange Zeit schwingen kann?«

»Sie glauben, da spielt etwas Übernatürliches mit.«

Ich lachte.

»Nein, ich bin nur der zweitbeste Schwertkämpfer, den es gibt.

Verzeihung – vielleicht der drittbeste. Aber ich will mir künftig noch mehr Mühe geben.«

»Wer ist denn besser?«

»Möglicherweise Eric von Amber.«

»Wer ist das?«

»Ein übernatürliches Wesen.«

»Er ist der beste?«

»Nein.«

»Wer dann?«

»Benedict von Amber.«

»Ist er auch eins?«

»Ja – wenn er noch lebt.«

»Seltsam – du bist seltsam«, meinte sie. »Und warum? Sag's mir! Bist auch du ein übernatürliches Wesen?«

»Komm, wir trinken noch ein Glas Wein.«

»Der Alkohol steigt mir zu Kopf.«

»Um so besser.«

Ich schenkte ein.

»Wir werden alle sterben«, sagte sie.

»Früher oder später.«

»Ich meine hier und bald, im Kampf gegen dieses Ding.«

»Warum sagst du das?«

»Es ist zu stark.«

»Warum bleibst du dann hier?«

»Ich weiß nicht, wohin ich sonst sollte. Deshalb habe ich dich auch nach Cabra gefragt.«

»Und deshalb bist du heute abend zu mir gekommen?«

»Nein. Ich wollte sehen, wie du so bist.«

»Ich bin ein Athlet, der sich gegen sein Training versündigt. Bist du hier in der Gegend geboren?«

»Ja. Im Wald.«

»Warum hast du dich mit den Burschen hier eingelassen?«

»Warum nicht? Es ist doch besser, als jeden Tag Schweine zu hüten.«

»Hast du keinen eigenen Mann gehabt? Einen ständigen, meine ich?«

»Doch. Aber er ist tot. Er ist der Mann, der den . . . den Hexenring gefunden hat.«

»Tut mir leid.«

»Mir aber nicht. Immer wenn er genug Geld zusammengestohlen oder -geborgt hatte, ist er sich besaufen gegangen, und dann kam er nach Hause und schlug mich. Ich war froh, daß ich Ganelon kennengelernt habe.«

»Du meinst also, das Wesen sei zu stark – daß wir den Kampf verlieren?«

»Ja.«

»Da magst du recht haben. Aber ich glaube, du irrst dich.«

Sie zuckte die Achseln.

»Du wirst mit uns kämpfen?«

»Ich fürchte, ja.«

»Niemand wußte das genau oder hat sich eindeutig darüber geäußert. Das kann interessant werden. Ich würde dich gern mit dem Ziegenmann kämpfen sehen.«

»Warum?«

»Weil er der Anführer zu sein scheint. Wenn du ihn tötest, hätten wir eine bessere Chance. Du könntest es sogar schaffen.«

»Ich werde es müssen«, sagte ich.

»Aus besonderen Gründen?«

»Ja.«

»Private Gründe?«

»Ja.«

»Dann viel Glück.«

»Vielen Dank.«

Sie leerte ihr Glas, und ich schenkte nach.

»Ich weiß, daß *er* ein übernatürliches Wesen ist«, meinte sie.

»Wechseln wir lieber das Thema.«

»Na schön. Aber tust du mir einen Gefallen?«

»Welchen denn?«

»Lege morgen deine Rüstung an, nimm dir eine Lanze, besorg dir ein Pferd und mach den Kavallerieoffizier Harald fertig!«

»Warum denn?«

»Er hat mich letzte Woche geschlagen, so wie es Jarl früher getan hat. Schaffst du das?«

»Ja.«

»Tust du's?«

»Warum nicht? Der Mann ist schon so gut wie abgeworfen!«

Sie rückte näher heran und lehnte sich gegen mich.
»Ich liebe dich«, sagte sie.
»Unsinn!«
»Na schön. Wie gefällt dir: ›Ich mag dich‹?«
»Schon besser. Ich . . .«
In diesem Augenblick fuhr mir ein kalter, lähmender Wind das Rückgrat entlang. Ich erstarrte und widersetzte mich dem Kommenden, indem ich meinen Geist völlig leerte.
Jemand suchte nach mir. Es handelte sich zweifellos um einen Angehörigen des Hauses von Amber, wahrscheinlich um eins meiner Brüderchen, und er benutzte meinen Trumpf oder etwas Ähnliches. Das Gefühl war nicht zu verkennen. Wenn sich dort Eric meldete, hatte er mehr Mut, als ich ihm zutraute, da ich ihm bei unserem letzten Kontakt fast das Gehirn ausgebrannt hatte. Um Random konnte es sich nicht handeln, es sei denn, er war inzwischen aus dem Gefängnis geholt worden, was ich doch bezweifelte. Wenn es Julian oder Caine waren, sollten sie sich zur Hölle scheren. Bleys war vermutlich tot, wahrscheinlich auch Benedict. Damit blieben Gérard, Brand und unsere Schwestern. Aus dieser Gruppe mochte mir nur Gérard gesonnen sein. Folglich widersetzte ich mich einer Entdeckung, und mit Erfolg. Dazu brauchte ich etwa fünf Minuten, und als es vorbei war, zitterte ich am ganzen Körper und war in Schweiß gebadet. Lorraine starrte mich seltsam an.
»Was ist los?« fragte sie. »Du bist doch noch längst nicht betrunken, und ich auch nicht!«
»Nur ein Anfall, wie ich ihn manchmal bekomme«, sagte ich. »Eine tückische Krankheit, die ich mir auf den Inseln zugezogen habe.«
»Ich habe ein Gesicht gesehen«, sagte sie. »Vielleicht auf dem Boden, vielleicht auch nur in meinem Kopf. Ein alter Mann. Der Kragen seines Gewandes war grün, und er sah dir ziemlich ähnlich, außer daß sein Bart grau war.«
Da versetzte ich ihr einen Schlag.
»Du lügst! Du kannst unmöglich . . .«
»Ich berichte doch nur, was ich gesehen habe! Schlag mich nicht! Ich weiß nicht, was es bedeutet hat! Wer war das?«
»Ich glaube, es war mein Vater. Gott, das ist seltsam . . .«

»Was war eigentlich los?« wiederholte sie.

»Ein Anfall«, erklärte ich. »Ich habe so etwas öfter, dann bilden sich die Leute ein, sie sähen meinen Vater an der Burgmauer oder auf dem Boden. Mach dir keine Gedanken. Es ist nicht anstekkend.«

»Unsinn!« meinte sie. »Du lügst mich an!«

»Ich weiß. Aber bitte, vergiß das Ganze.«

»Warum sollte ich?«

»Weil du mich magst«, erklärte ich. »Weißt du noch? Und weil ich Harald morgen für dich in den Staub werfe.«

»Das stimmt«, sagte sie, und als ich erneut zu zittern begann, holte sie eine Decke vom Bett und legte sie mir um die Schultern. Sie reichte mir mein Glas, und ich trank. Schließlich nahm sie neben mir Platz und lehnte den Kopf an meine Schulter, und ich legte den Arm um sie. Ein teuflischer Wind begann zu kreischen, und ich hörte das schnelle Prasseln des Regens, der davon herangetragen wurde. Eine Sekunde lang hatte ich den Eindruck, als schlüge etwas gegen die Fensterflügel. Lorraine wimmerte leise vor sich hin.

»Mir gefällt nicht, was da heute nacht im Gange ist«, sagte sie.

»Mir auch nicht. Bitte lege den Balken vor die Tür. Sie ist nur verriegelt.«

Während sie meiner Bitte nachkam, verschob ich unseren Sitz, bis er dem einzigen Fenster des Raums gegenüberstand. Dann holte ich Grayswandir unter dem Bett hervor und zog blank. Schließlich löschte ich die Lichter im Zimmer bis auf eine letzte Kerze auf dem Tisch zu meiner Rechten.

Ich nahm wieder Platz und legte die Klinge über die Knie.

»Was tun wir?« fragte Lorraine und setzte sich zu meiner Linken.

»Wir warten«, sagte ich.

»Worauf?«

»Ich weiß es nicht genau – jedenfalls ist die Nacht dafür günstig.«

Sie erschauderte und kuschelte sich an mich.

»Vielleicht solltest du lieber verschwinden«, sagte ich.

»Ich weiß«, entgegnete sie, »aber draußen hätte ich Angst.

Wenn ich hierbleibe, kannst du mich doch beschützen, nicht wahr?«

Ich schüttelte den Kopf. »Ich weiß nicht einmal, ob ich mich selbst schützen kann.«

Sie berührte Grayswandir.

»Was für eine herrliche Klinge! So eine Schneide hab ich noch nie gesehen.«

»Es gibt auch keine zweite dieser Art«, erwiderte ich, und mit jeder kleinen Bewegung fiel das Licht in anderem Winkel auf den Stahl, der eben noch mit orangerotem Blut nichtmenschlicher Herkunft bedeckt zu sein schien und im nächsten Augenblick kalt und weiß schimmerte wie Schnee oder die Brust einer Frau und in meiner Hand erbebte, sobald mich ein Kälteschauer packte.

Ich fragte mich, wie es möglich war, daß Lorraine während des Kontaktversuches etwas gesehen hatte, das mir entgangen war. Etwas, das der Wirklichkeit so nahe kam, daß es sich nicht um Einbildung handeln konnte.

»Auch du bist irgendwie seltsam«, sagte ich.

Sie schwieg, während die Kerze vier- oder fünfmal flackerte; dann sagte sie: »Ich besitze so etwas wie das zweite Gesicht. Bei meiner Mutter war das Talent noch größer. Die Leute sagen, meine Großmutter sei eine wahre Zauberin gewesen. Von solchen Sachen weiß ich allerdings nichts. Na ja, nicht viel. Ich hab's seit Jahren nicht mehr versucht. Es lief immer wieder darauf hinaus, daß ich letztlich nur Nachteile davon hatte.«

Sie schwieg, und ich fragte: »Was meinst du damit?«

»Ich setzte einen Zauberspruch ein, um meinen ersten Mann an mich zu binden«, erzählte sie, »und nun sieh doch, was er für einer war. Hätte ich es nicht getan, wäre ich viel besser dran gewesen. Ich hatte mir eine hübsche Tochter gewünscht und ließ es dazu kommen . . .«

Abrupt hielt sie inne, und ich erkannte, daß sie weinte.

»Was ist los? Ich verstehe nicht . . .«

»Ich dachte, du wüßtest es«, sagte sie.

»Nein – ich weiß nichts.«

»Sie war das kleine Mädchen, das im Hexenkreis tot . . . Ich dachte, du wüßtest Bescheid . . .«

»Es tut mir leid.«

»Ich wünschte, ich hätte diese Fähigkeit nicht. Ich setze sie auch gar nicht mehr ein. Aber sie läßt mir keine Ruhe. Noch immer bringt sie mir Träume und seltsame Zeichen, und dabei geht es nie um Dinge, auf die ich Einfluß nehmen kann. Ich wünschte, die Fähigkeit würde verschwinden und jemand anders plagen!«

»Und das ist etwas, was nicht passieren wird, Lorraine. Ich fürchte, du mußt dich damit abfinden.«

»Woher weißt du das?«

»Ich habe Menschen gekannt, die in deiner Lage waren – das ist alles.«

»Du hast selbst solche Fähigkeiten, nicht wahr?«

»Ja.«

»Dann spürst du also auch, daß sich da draußen etwas herumtreibt?«

»Ja.«

»Ich auch. Weißt du, was das Wesen gerade macht?«

»Es sucht nach mir.«

»Ja, das spüre ich auch. Warum?«

»Vielleicht will es mich auf die Probe stellen. Es weiß, daß ich hier bin. Wenn ich ein neuer Verbündeter Ganelons bin, fragt es sich natürlich, was sich hinter mir verbirgt, wer ich bin . . .«

»Ist es der Gehörnte persönlich?«

»Keine Ahnung. Aber ich nehme es nicht an.«

»Warum nicht?«

»Wenn ich wirklich derjenige bin, der das Wesen vernichten könnte, wäre es doch töricht von ihm, mich hier in der Burg des Gegners aufzusuchen, wo ich sofort Hilfe finden kann. Ich glaube eher, daß einer seiner Helfer nach mir sucht. Vielleicht hängt das irgendwie damit zusammen, daß das Gespenst meines Vaters . . . ich weiß es nicht. Wenn der Helfer mich findet und identifiziert, weiß das Wesen, welche Vorbereitungen es treffen muß. Wenn es mich findet und vernichtet, ist das Problem ja schon gelöst. Vernichte ich den Gesandten aber, weiß das Wesen schon etwas mehr über meine Kräfte. Wie immer sich die Sache entwickelt – der Gehörnte wird um eine Nasenlänge vorn liegen. Warum also sollte er in diesem Stadium des Spiels seinen gehörnten Kopf riskieren?«

Wir warteten in der schattengefüllten Kammer, während unsere Kerze die Minuten niederbrannte.

Sie regte sich neben mir. »Was hast du gemeint, als du sagtest: ›Wenn es dich findet und identifiziert?‹ Identifiziert als was?«

»Als den, der beinahe nicht gekommen wäre«, erwiderte ich.

»Glaubst du, das Wesen könnte dich von irgendwoher kennen?«

»Möglich ist es.«

Da rückte sie von mir ab.

»Du brauchst keine Angst zu haben«, sagte ich. »Ich werde dir nicht weh tun.«

»Ich habe aber Angst, und du *wirst* mir weh tun!« sagte sie. »Ich weiß es! Aber ich sehne mich nach dir! Warum sehne ich mich nur nach dir?«

»Ich weiß es nicht.«

»Dort draußen ist etwas!« sagte sie, und in ihrer Stimme lag ein Hauch von Hysterie. »Es ist schon ganz nahe! Ganz nahe! Hör doch!«

»Halt den Mund!« sagte ich, während sich in meinem Nacken ein kaltes Kribbeln bemerkbar machte und sich um meinen Hals zog. »Geh auf die andere Seite des Zimmers, hinter das Bett!«

»Ich fürchte mich vor der Dunkelheit«, sagte sie.

»Los, geh schon, sonst muß ich dich bewußtlos schlagen und hinschleifen. Hier bist du mir nur im Weg!«

Ich hörte ein schweres Klatschen durch den Lärm des Unwetters, und dann kratzte etwas über die Mauersteine; Lorraine hatte mir gehorcht.

Im nächsten Augenblick blickte ich in zwei glutrote Augen, die mich starr ansahen. Hastig senkte ich den Blick. Das Wesen stand auf dem äußeren Fenstersims und sah mich an.

Das Geschöpf war gut sechs Fuß groß; riesige Fühler entsprangen der breiten Stirn. Es trug keine Kleidung; das Fleisch hatte eine einheitliche graue Färbung. Das Wesen schien geschlechtslos zu sein und besaß ledriggraue Flügel, die über eine große Spannweite verfügten und mit der Nacht verschmolzen. In der rechten Hand hielt es ein kurzes Schwert aus dunklem Metall. Die Klinge war mit seltsamen Runenzeichen bedeckt. Mit der linken Hand klammerte sich das Wesen am Fenster fest.

»Betreten auf eigene Gefahr!« sagte ich laut und richtete Grayswandirs Spitze auf die Brust des Wesens.

Das Geschöpf kicherte. Es stand über mir und kicherte und lachte mich an. Es versuchte noch einmal meinen Blick in seinen Bann zu ziehen, doch ich wehrte mich. Wenn es mir eine Zeitlang in die Augen starrte, mußte es mich erkennen, wie es schon der Höllenkatze gelungen war.

Als der nächtliche Besucher das Wort ergriff, hörte es sich an, als spräche er mit Posaunenklängen.

»Du bist nicht der Gesuchte«, sagte das Wesen. »Du bist kleiner und älter. Trotzdem . . . die Klinge . . . Sie könnte ihm gehören. Wer bist du?«

»Wer bist du?« fragte ich zurück.

»Strygalldwir ist mein Name. Wenn du in diesem Namen fluchst, fresse ich dein Herz und deine Leber.«

»In deinem Namen fluchen? Ich kann ihn ja nicht mal aussprechen«, erwiderte ich, »und meine Leberzirrhose würde dir nur Durchfall verursachen. Verschwinde!«

»Wer bist du?« wiederholte es.

»*Misli, gammi gra'adil, Strygalldwir*«, sagte ich, und das Wesen zuckte wie von einem glühenden Brandeisen getroffen zusammen.

»Mit einem so einfachen Zauberspruch willst du mich vertreiben?« fragte es, als es sich wieder gefangen hatte. »Ich gehöre nicht zu den kleinen Fischen!«

»Trotzdem schien dir eben ein bißchen heiß zu werden.«

»Wer bist du?« fragte es noch einmal.

»Sag mir, was du willst, Bursche. Vögelchen, Vögelchen, flieg zurück nach Hause . . .«

»Viermal muß ich dich fragen, viermal mußt du die Antwort verweigern, ehe ich eindringen darf, um dich zu töten. Wer bist du?«

»Nein!« sagte ich und stand auf. »Komm herein und brenne!«

Im nächsten Augenblick riß der Eindringling die Fensterfüllung heraus, und der Wind, der den Angreifer ins Zimmer begleitete, ließ die Kerze verlöschen.

Ich stürzte vor, und Funken sprühten zwischen uns, als Grayswandir auf das dunkle Runenschwert traf. Die Klingen klirrten zusammen, und ich sprang zurück. Meine Augen hatten sich an das Halbdunkel gewöhnt, so daß mich der Lichtverlust nicht blendete. Das unheimliche Geschöpf vermochte ebenfalls gut zu sehen. Es war kräftiger als ein normaler Mensch, aber da das auch auf mich zutraf, machte es mir nichts aus. Wir umkreisten uns in dem engen Zimmer. Ein eiskalter Wind umtoste uns, und als wir wieder am Fenster vorbeikamen, klatschten mir kalte Tropfen ins Gesicht. Als ich das Wesen zum erstenmal verletzte – mit einem langen Schnitt in die Brust –, blieb es stumm, obwohl die Wundränder von winzigen Flammen bekränzt waren. Beim zweiten Stich – in den Oberarm – stieß es einen Schrei aus und begann mich zu verfluchen.

»Heute abend sauge ich dir das Mark aus den Knochen!« sagte es. »Ich werde sie trocknen und voller Raffinesse zu einem Musikinstrument umgestalten! Und jedesmal, wenn ich darauf spiele, windet sich deine Seele in körperloser Qual!«

»Du brennst recht hübsch«, sagte ich.

Das Wesen stockte einen Sekundenbruchteil lang, und das war meine Chance.

Ich hieb die düstere Klinge zur Seite, und mein Stich ging genau ins Ziel, bohrte sich in die Mitte der Brust. Ich stieß kräftig zu.

Da begann das Wesen aufzuheulen, doch es sank nicht zu Boden. Grayswandir wurde mir aus der Hand gerissen. Flammen zuckten um die Wunde. Das Wesen stand da und stellte das Feuerlodern zur Schau. Es machte einen Schritt auf mich zu, und ich riß einen kleinen Stuhl hoch und hielt ihn zwischen uns.

»Ich habe mein Herz nicht an der Stelle, wo ihr Menschen es vermutet«, sagte das Ungeheuer.

Dann griff es an, doch ich wehrte den Hieb mit dem Stuhl ab und stieß ihm eins der Stuhlbeine in das rechte Auge. Dann warf ich das Möbelstück fort, trat vor, packte das rechte Handgelenk meines Gegners und drehte es herum. So fest ich konnte, ließ ich die Handkante gegen den Ellbogen schnellen. Ein lautes Knacken ertönte, und das Runenschwert polterte zu Boden. Im nächsten Augenblick traf seine linke Hand mich am Kopf, und ich stürzte zu Boden.

Es sprang auf die Klinge zu, doch ich packte es an den Fußgelenken und brachte es zu Fall.

Das Wesen wand sich am Boden, und ich warf mich darüber und umklammerte seinen Hals. Ich drehte den Kopf zur Seite, das Kinn gegen die Brust gedrückt, während es mir mit der linken Hand und dem linken Flügel das Gesicht zu zerkratzen suchte.

Als sich mein tödlicher Griff festigte, versuchte sich sein Blick in meine Augen zu bohren – und diesmal wich ich dem Angriff nicht aus.

Im tiefsten Innern meines Gehirns verspürte ich einen leichten Schock, als wir beide die Wahrheit erkannten.

»Du!« vermochte das Wesen noch zu keuchen, ehe ich die Hände verdrehte und das Leben aus den roten Augen preßte.

Langsam richtete ich mich auf, stellte den Fuß auf die Leiche und zog Grayswandir heraus.

Als sich die Klinge löste, flammte das Wesen auf und brannte, bis nur noch ein schwarzer Fleck auf dem Boden zu sehen war.

Im nächsten Augenblick eilte Lorraine zu mir, und ich legte ihr den Arm um die Schultern, und sie sagte, ich solle sie in ihre Unterkunft und ins Bett bringen. Und das tat ich, doch wir lagen nur nebeneinander, bis sie sich in den Schlaf geweint hatte. Ja. So lernte ich Lorraine kennen.

Lance, Ganelon und ich saßen auf unseren Reittieren auf einem hohen Berg; die spätmorgendliche Sonne schien uns auf den Rükken, während wir auf die Stelle hinabblickten. Die Szene brachte mir Bestätigung.

Der Kreis ähnelte dem kranken kahlen Wald im Tal südlich von Amber.

O Vater! Was habe ich getan? fragte ich tief in meinem Innern, doch es gab keine Antwort außer dem schwarzen Kreis, der sich unter mir dehnte, soweit das Auge reichte.

Durch die Schlitze meines Visiers blickte ich auf die Fläche – verkohlt wirkend, öde, nach Verfall stinkend. Inzwischen setzte ich den Helm kaum noch ab. Die Männer hielten das für eine Marotte, doch mein Rang gab mir das Recht auf gewisse exzentrische Züge. Seit gut zwei Wochen trug ich die Rüstung, seit meinem Kampf mit Strygalldwir. Ich hatte den Helm am folgenden Morgen aufgesetzt, ehe ich Harald besiegte und damit mein Versprechen Lorraine gegenüber einlöste, und war zu dem Schluß gekommen, daß ich mein Gesicht lieber verbergen sollte, während ich langsam weiter zunahm.

Ich mochte inzwischen an die hundertundachtzig Pfund wiegen und fühlte mich allmählich kräftig wie früher. Wenn ich dazu beitragen konnte, die Probleme des Landes Lorraine zu beseitigen, gab mir das zumindest eine Chance, das Ziel zu erstreben, das mir besonders am Herzen lag, und es vielleicht sogar zu erreichen.

»Das ist also der Kreis«, sagte ich. »Ich sehe aber gar keine Truppenbewegungen.«

»Dazu müßten wir wohl weiter nach Norden reiten«, sagte Lance. »Außerdem sehen wir die Wesen bestimmt erst nach Einbruch der Dunkelheit.«

»Wie weit nach Norden?«

»Drei oder vier Meilen. Sie sind ziemlich wendig.«

Zwei Tage lang waren wir geritten und hatten nun den Kreis erreicht. Einige Stunden zuvor hatten wir eine Patrouille getroffen und erfahren, daß die Truppen im Innern sich jede Nacht versammelten. Sie vollführten verschiedene Manöver und verschwanden dann gegen Morgen – zu einem weiter drinnen gelegenen Platz. Ich erfuhr auch, daß über dem Kreis ein ständiges Donnergrollen lag, ohne daß sich ein Unwetter entlud.

»Wollen wir hier frühstücken und dann nach Norden reiten?« fragte ich.

»Warum nicht?« fragte Ganelon. »Ich bin hungrig, und wir haben Zeit.«

Wir stiegen ab, aßen Trockenfleisch und tranken aus unseren Flaschen. »Die seltsame Nachricht verstehe ich immer noch nicht«, sagte Ganelon, nachdem er ausgiebig gerülpst, sich den Magen getätschelt und eine Pfeife angezündet hatte. »Wird er uns im entscheidenden Kampf zur Seite stehen – oder nicht? Wo ist er denn, wo er uns doch helfen will? Der Tag der Auseinandersetzung rückt immer näher!«

»Vergeßt ihn!« sagte ich. »Das Ganze war vermutlich ein Scherz.«

»Verdammt, das kann ich nicht!« rief er. »Die Sache ist irgendwie seltsam!«

»Worum geht es denn?« fragte Lance, und mir wurde bewußt, daß Ganelon ihm noch gar nichts gesagt hatte.

»Mein alter Lehnsherr Lord Corwin schickt eine seltsame Botschaft mit einem Vogel. Angeblich will er kommen. Ich hatte ihn für tot gehalten, und nun diese Nachricht!« sagte Ganelon. »Aber ich weiß immer noch nicht, was ich davon halten soll.«

»Corwin?« fragte Lance, und ich hielt den Atem an. »Corwin von Amber?«

»Ja, von Amber und Avalon.«

»Vergeßt die Nachricht.«

»Warum?«

»Er ist ein Mann ohne Ehre, und seine Versprechungen sind nichts wert.«

»Ihr kennt ihn?«

»Ich habe von ihm gehört. Vor langer Zeit einmal herrschte er auch über dieses Land. Erinnert Ihr Euch nicht an die Geschichten vom Dämonenherrscher? Das ist er! Das war Corwin lange vor meiner Zeit. Seine beste Tat war es, abzudanken und zu fliehen, als der Widerstand gegen ihn zu stark wurde.«

Das stimmte nicht!

Oder doch?

Amber wirft eine Vielzahl von Schatten, und mein Avalon hatte infolge meines dortigen Aufenthalts zahlreiche eigene Schatten beherrscht.

Ich mochte auf vielen Erdenwelten bekannt sein, auf denen sich Schatten meiner selbst bewegt und meine Taten und Gedanken nur unvollkommen nachgeäfft hatten.

»Nein«, sagte Ganelon. »Ich habe nie auf die alten Geschichten gehört. Allerdings frage ich mich, ob er wirklich derselbe Mann sein kann wie der, der früher einmal hier geherrscht hat. Eine interessante Überlegung.«

»Sehr«, stimmte ich zu, um aus der Diskussion nicht ausgeschlossen zu werden. »Aber wenn er vor so langer Zeit geherrscht hat, müßte er längst tot oder greisenhaft alt sein.«

»Er war ein Zauberer«, sagte Lance.

»Der Corwin, den ich kannte, war in der Tat ein Zauberer«, sagte Ganelon. »Er verbannte mich aus einem Land, das weder mit Beschwörung noch mit normalen Mitteln wiederzufinden ist.«

»Ihr habt bisher nie davon gesprochen«, sagte Lance. »Wie ist es dazu gekommen?«

»Das geht Euch nichts an«, sagte Ganelon unwirsch, und Lance schwieg.

Ich zog meine Pfeife heraus – vor zwei Tagen hatte ich mir eine zugelegt –, und Lance tat es mir nach. Es war eine Tonpfeife, die schlecht zog und in der Hand ziemlich heiß wurde. Wir entzündeten den Tabak, und zu dritt saßen wir da und rauchten vor uns hin.

»Nun, er hat jedenfalls klug gehandelt«, sagte Ganelon. »Wir wollen die Sache für den Augenblick vergessen.«

Natürlich taten wir das nicht. Doch wir ließen das Thema ruhen.

Ohne das schwarze Gebilde hinter uns wäre es sehr angenehm gewesen, dort zu sitzen und gelassen zu rauchen. Plötzlich fühlte ich mich den beiden Männern sehr verbunden. Ich wollte etwas sagen, doch mir fiel nichts ein.

Ganelon erlöste mich aus meinem Dilemma, indem er die Sprache auf eine aktuelle Frage brachte.

»Ihr wollt sie also packen, ehe sie angreifen?« fragte er.

»Genau«, erwiderte ich. »Wir wollen den Kampf in ihr Gebiet tragen.«

»Das Problem liegt darin, daß es eben ihr Gebiet *ist*«, erwiderte er. »Sie kennen sich dort viel besser aus als wir, und wer kann schon sagen, welche Mächte sie dort zu Hilfe rufen können?«

»Wenn wir den Gehörnten umbringen, bricht der ganze Angriff zusammen«, sagte ich.

»Vielleicht. Vielleicht aber auch nicht. Vielleicht könnt Ihr es schaffen«, sagte Ganelon. »Ob ich es könnte, weiß ich nicht; ich müßte mich wohl auf das Glück verlassen. Er ist zu schlecht für einen leichten Tod. Zwar nehme ich an, daß ich noch so gut kämpfe wie vor einigen Jahren – doch das kann immerhin ein Irrtum sein. Vielleicht bin ich zu verweichlicht und zu bequem geworden. Ich habe mir diesen Schreibtischposten nicht gewünscht!«

»Ich weiß«, sagte ich.

»Ich weiß«, sagte Lance.

»Lance«, fragte Ganelon, »sollen wir dem Rat unseres Freundes folgen? Sollen wir angreifen?«

Er hätte die Achseln zucken und sich herausreden können.

Doch das tat er nicht.

»Ja«, sagte er. »Beim letztenmal hätten sie uns fast überrannt. In der Nacht, als König Uther starb, war der Ausgang sehr knapp. Wenn wir sie jetzt nicht angreifen, können sie uns beim nächstenmal wohl niederkämpfen. Gewiß, leicht würde es ihnen nicht fallen, und sie müßten mit vielen Ausfällen rechnen. Doch ich glaube, daß sie es schaffen könnten. Am besten versuchen wir uns einen Überblick zu verschaffen, dann können wir unsere Angriffspläne im einzelnen festlegen.«

»Also gut«, sagte Ganelon. »Ich habe auch keine Lust mehr zum Warten. Sagt mir nach unserer Rückkehr noch einmal, was Ihr dazu meint, dann sehen wir weiter.«

Und das taten wir.

Am Nachmittag ritten wir nach Norden, versteckten uns auf den Bergen und blickten auf den Kreis hinab. Jenseits der Grenze gaben die Wesen auf ihre Art der Anbetung Ausdruck, und sie übten sich im Kampfeinsatz. Ich schätzte ihre Zahl auf etwa viertausend Kämpfer. Wir verfügten über zweitausendfünfhundert Mann. Die Gegenseite setzte seltsame fliegende, kriechende und hüpfende Wesen ein, die in der Nacht unheimliche Geräusche ausstießen. Wir besaßen ein mutiges Herz. O ja.

Dabei brauchte ich nur einige Minuten im Zweikampf mit dem gegnerischen Anführer, um die Sache zu entscheiden – so oder so. Die ganze Sache. Das konnte ich meinen Gefährten zwar nicht sagen, doch es stimmte.

Ich war nämlich verantwortlich für die Erscheinung dort unten. Ich hatte sie ausgelöst, und es lag an mir, sie ungeschehen zu machen, wenn es ging.

Ich hatte nur Angst, daß ich es nicht schaffen würde.

In einem Anfall der Leidenschaft, genährt von Wut, Entsetzen und Schmerz, hatte ich dieses Etwas entfesselt, ein Gebilde, das auf irgendeine Weise seine Entsprechung fand auf jeder Erde, die es gab. Das sind die Folgen des Blutfluchs eines Prinzen von Amber.

Wir beobachteten sie die ganze Nacht hindurch, die Wächter des Kreises – und am nächsten Morgen zogen wir uns zurück.

Das Urteil lautete: Angriff!

Wir ritten den ganzen Weg zurück, und nichts folgte uns. Als wir die Burg von Ganelon erreichten, schmiedeten wir Pläne. Unsere Truppen waren bereit – vielleicht mehr als bereit –, und wir beschlossen, innerhalb der nächsten zwei Wochen zuzuschlagen.

Neben Lorraine liegend, erzählte ich ihr von diesen Dingen. Ich war der Meinung, daß sie Bescheid wissen müßte. Ich besaß die Macht, sie in die Schatten zu entführen, noch diese Nacht, wenn sie sich nur bereit erklärte. Doch sie war nicht einverstanden.

»Ich bleibe bei dir«, sagte sie.

»Na gut.«

Ich sagte ihr nicht, daß meinem Gefühl nach alles in meinen Händen ruhte, doch ich hatte so eine Ahnung, als ob sie es wüßte und mir aus irgendeinem Grund vertraute. Ich hätte mir nicht vertraut, aber das war ihre Sache.

»Du weißt ja, wie es ausgehen kann«, sagte ich.

»Ich weiß«, sagte sie, und ich wußte, daß sie es wußte, und das war alles.

Wir wandten uns angenehmeren Dingen zu, und später schliefen wir ein.

Sie hatte geträumt.

Am nächsten Morgen sagte sie zu mir: »Ich habe geträumt.«

»Wovon?« fragte ich.

»Von dem bevorstehenden Kampf«, sagte sie. »Ich sehe dich und den Gehörnten im Kampf vereint.«

»Wer siegt?«

»Das weiß ich nicht. Aber während du schliefst, habe ich etwas getan, das dir vielleicht hilft.«

»Das hättest du lieber nicht tun sollen«, sagte ich. »Ich kann auf mich selbst aufpassen.«

»Dann träumte ich von meinem eigenen Tod, in dieser Zeit.«

»Ich möchte dich an einen Ort bringen, den ich kenne.«

»Nein, mein Platz ist hier«, erwiderte sie.

»Ich will ja nicht so tun, als gehörtest du mir«, sagte ich, »aber ich kann dich vor den Dingen schützen, die du geträumt hast. Soviel liegt in meiner Macht, das mußt du mir glauben.«

»Ich glaube dir. Aber ich gehe nicht.«

»Du bist ein verdammter Dickschädel!«

»Laß mich bleiben.«

»Wie du willst . . . Hör mal, ich würde dich sogar nach Cabra schicken . . .«

»Nein.«

»Du bist ein verdammter Dickschädel!«

»Ich weiß. Ich liebe dich.«

». . . und ein Dummkopf obendrein. Wir haben uns auf ›mögen‹ geeinigt, weißt du noch?«

»Du wirst es schaffen«, sagte sie.

»Geh zur Hölle!«

Und sie begann leise zu weinen, und ich mußte sie wieder trösten.

Das war Lorraine.

3

Eines Morgens dachte ich zurück an all die Dinge, die früher geschehen waren. Ich stellte mir meine Brüder und Schwestern vor, als spielten sie Karten, was natürlich nicht stimmte. Ich dachte an das Krankenhaus, in dem ich erwacht war, an den Kampf um Amber, an meinen Marsch durch das Muster in Rebma und an meine Zeit mit Moire, die jetzt vielleicht in den Armen Erics lag*. Meine Gedanken schweiften an jenem Morgen zu Bleys und Random, Deirdre, Caine, Gérard und Eric. Es war der Morgen vor der großen Schlacht, und wir lagerten in den Bergen in der Nähe des Kreises. Unterwegs waren wir mehrfach angegriffen worden, doch die Scharmützel waren nur kurz gewesen. Wir hatten die Angreifer zurückgeschlagen oder vernichtet und waren weitergezogen. Als wir das vorher festgelegte Gebiet erreicht hatten, schlugen wir unser Lager auf, stellten Wachen aus und legten uns hin. Unsere Nachtruhe blieb ungestört. Ich erwachte und stellte mir die Frage, ob meine Brüder und Schwestern wohl dieselbe Meinung von mir hatten wie ich von ihnen. Es war ein trauriger Gedanke.

---

*Roger Zelazny, *Corwin von Amber* (HEYNE BUCH Nr. 3539)

In der Abgeschlossenheit eines kleinen Hains, den Helm voller Seifenwasser, rasierte ich mir den Bart ab. Dann kleidete ich mich an, legte meine ureigenen mitgenommenen Farben an. Wieder einmal war ich hart wie Stein, düster wie der Erdboden und zornig wie die Hölle – wie früher. Heute war der entscheidende Tag. Ich setzte den Helm auf, zog das Kettenhemd über, schloß den Gurt um meine Hüfte und legte Grayswandir an. Dann schloß ich den Umhang vor meinem Hals mit einer Silberrose und wurde schließlich von einem Melder entdeckt, der mir mitteilen sollte, daß alles bereit sei.

Ich küßte Lorraine, die sich nicht hatte davon abbringen lassen, uns zu begleiten. Dann stieg ich auf mein Pferd, einen Braunen namens Star, und ritt in die vorderste Reihe.

Dort stieß ich auf Ganelon und Lance. »Wir sind fertig«, sagten sie.

Ich rief meine Offiziere zusammen und gab meine Befehle. Sie salutierten, machten kehrt und ritten davon.

»Bald«, sagte Lance und zündete seine Pfeife an.

»Wie geht es Eurem Arm?«

»Wieder sehr gut«, erwiderte er, »nach dem Kampf, den Ihr mir gestern geliefert habt. Ausgezeichnet.«

Ich öffnete mein Visier und zündete mir ebenfalls eine Pfeife an.

»Ihr habt Euch ja den Bart abrasiert!« sagte Lance. »Damit seid Ihr Euch gar nicht mehr ähnlich.«

»Ohne Bart sitzt der Helm besser«, sagte ich.

»Das Glück sei mit uns allen«, warf Ganelon ein. »Ich kenne zwar keine Götter, doch wenn sich welche auf unsere Seite stellen wollen, heiße ich sie willkommen!«

»Es gibt nur einen Gott«, sagte Lance. »Ich bete, daß Er uns beisteht.«

»Amen«, sagte Ganelon und hielt eine Flamme an seinen Pfeifenkopf. »Für heute.«

»Der Sieg wird uns gehören.«

»Ja«, sagte ich, als die Sonne im Osten höher stieg und die Vögel des Morgens sich in die Luft schwangen. »Es fühlt sich so an.«

Als wir fertig waren, klopften wir unsere Pfeifen aus und steckten sie in die Gürtel. Dann zogen wir zum letztenmal die Schnallen und Schnüre unserer Rüstungen nach, und Ganelon sagte: »Also los. Gehen wir ans Werk.«

Meine Offiziere machten Meldung. Meine Abteilungen waren bereit.

In langer Kolonne ritten wir den Berg hinab und versammelten uns außerhalb des Kreises. Drinnen rührte sich nichts; Truppen waren nicht zu sehen.

»Was mag mit Corwin sein?« wandte sich Ganelon an mich.

»Er ist bei uns«, erwiderte ich, und er sah mich seltsam an, schien zum erstenmal die Rose an meinem Hals wahrzunehmen. Er nickte abrupt.

»Lance«, sagte er, als wir uns formiert hatten, »gebt den Befehl!«

Und Lance zog seine Klinge. Sein Schrei »Angriff!« wurde ringsum wiederholt.

Wir waren eine halbe Meile weit in den Kreis eingedrungen, ehe etwas geschah. Fünfhundert Berittene bildeten unsere Vorhut. Eine dunkelgekleidete Kavallerie erschien, die wir in einen Kampf verwickelten.

Nach fünf Minuten brach der Widerstand zusammen, und wir ritten weiter.

Dann hörten wir den Donner. Blitze zuckten, Regen rauschte hernieder. Das seit langer Zeit über dem Kreis lauernde Gewitter brach endlich los.

Eine dünne Kette Fußsoldaten, zumeist Lanzenträger, versperrte uns den Weg, wartete in stoischer Ruhe. Vielleicht ahnten wir die Falle, trotzdem griffen wir an.

Gleich darauf bestürmte die feindliche Kavallerie unsere Flanke. Wir wirbelten herum, und der Ernst des Soldatenlebens begann.

Etwa zwanzig Minuten später . . .

Wir hielten durch, warteten auf die Hauptmacht unserer Armee.

Schließlich ritt unsere zweihundertköpfige Gruppe weiter . . .

Menschen. Wir töteten Menschen an diesem Ort, Menschen, die die Unsrigen töteten – graugesichtige Menschen mit ausdruckslosen starren Mienen. Ich wollte mehr. Noch einen mehr . . .

Die logistischen Probleme des Gegners mußten halb metaphysischer Art gewesen sein. Wie viele Kämpfer konnten durch dieses Tor geführt werden? Ich wußte es nicht genau. Kurz darauf . . .

Wir kamen über eine Anhöhe, und tief unter uns lag eine unheimliche Zitadelle.

Ich hob meine Klinge.

Als wir den Hang hinabsprengten, griffen sie an.

Sie zischten und krächzten und flatterten. Ihr Anblick verriet mir, daß er nicht mehr genug Kämpfer hatte. Grayswandir war eine Flamme in meiner Hand, ein Blitz. Ich tötete die Wesen, sobald sie in meine Nähe kamen, und im Sterben flammten sie auf. Zu meiner Rechten sah ich Lance ein ähnliches Chaos anrichten, dabei murmelte er unverständliche Worte vor sich hin. Waren es Gebete für die Toten? Zu meiner Linken hieb Ganelon um sich, und eine Kette von Bränden kennzeichnete den Weg, den er genommen hatte. Inmitten der aufzuckenden Blitze rückte die Zitadelle langsam näher, ragte immer höher vor uns auf.

Die etwa hundert Mann, die von uns noch übrig waren, stürmten weiter, und links und rechts sanken die scheußlichen Ausgeburten der Hölle zu Boden.

Als wir das Tor erreichten, stellte sich uns eine Infanterie aus Menschen und Ungeheuern entgegen. Wir griffen an.

Die Gegenseite war uns zahlenmäßig überlegen, doch wir hatten keine andere Wahl. Vielleicht hatten wir die Entfernung zu unserer eigenen Infanterie zu groß werden lassen. Aber ich nahm es eigentlich nicht an. Wie ich die Lage sah, war die Zeit nun allein entscheidend.

»Ich muß durch!« rief ich. »Er ist drinnen!«

»Er gehört mir!« sagte Lance.

»Ihr beide könnt mit ihm tun, was Ihr wollt!« sagte Ganelon und ließ seine Klinge kreisen. »Dringt ein, sobald Ihr könnt! Ich begleite Euch!«

Wir hieben um uns und töteten, doch dann schlug sich das Kriegsglück auf die Seite der anderen. Sie bedrängten uns, all die häßlichen Wesen, die nicht ganz Menschen waren oder nicht mehr, vermengt mit menschlichen Kämpfern. Wir wurden auf einen kleinen Kreis zusammengedrängt und mußten uns nach allen Seiten verteidigen, bis endlich unsere erschöpfte Infanterie eintraf und loszulegen begann. Wieder stießen wir auf das Tor zu und schafften es diesmal, alle vierzig oder fünfzig Mann.

Wir kämpften uns durch, und nun stellten sich uns die Soldaten im Innenhof entgegen.

Das letzte Dutzend von uns, das es bis zum Fuß des düsteren Zitadellenturms schaffte, sah sich einer letzten Gruppe Wächter gegenüber.

»Ran!« rief Ganelon, als wir von unseren Pferden sprangen und zum Nahkampf vorstürmten.

»Ran!« brüllte Lance, und wahrscheinlich meinten beide mich – oder jeweils den anderen.

Ich löste mich aus dem Scharmützel und hastete die Treppe hinauf.

Ich wußte, daß er sich dort oben befand, im höchsten Turm; ich mußte mich ihm zum Kampf stellen und ihn besiegen. Ich wußte nicht, ob ein Sieg in meiner Macht lag, doch ich mußte es versuchen. Wußte ich doch als einziger, woher er wirklich kam und daß ich derjenige war, der ihn hierhergeführt hatte.

Oben an der Treppe stieß ich auf eine massive Holztür. Ich versuchte sie zu öffnen, doch sie war von innen verschlossen. Ich trat mit voller Kraft zu.

Krachend stürzte sie einwärts.

Und da sah ich ihn am Fenster stehen, einen menschenähnlichen Körper in leichter Rüstung, mit einem Ziegenkopf auf breiten Schultern.

Ich trat über die Schwelle und blieb stehen.

Als die Tür nachgab, war er herumgefahren und hatte die Augen aufgerissen – und jetzt versuchte er durch das Visier meinen Blick zu bannen.

»Sterblicher, du bist zu weit gegangen«, sagte er. »Oder bist du gar kein sterblicher Mensch?« In seiner Hand funkelte eine Klinge.

»Frag Strygalldwir«, sagte ich.

»Du also hast ihn getötet«, stellte er fest. »Hat er dich erkannt?«

»Vielleicht.«

Auf der Treppe hinter mir hallten Schritte herauf. Ich trat nach links in den Schutz des Türrahmens.

Ganelon stürmte ins Zimmer, und ich rief: »Halt!« Er blieb sofort stehen.

Er wandte sich in meine Richtung.

»Dies ist das Wesen«, sagte er. »Was ist es?«

»Meine Sünde gegen etwas, das ich einst geliebt habe«, sagte ich. »Laß es in Ruhe. Es gehört mir.«

»Oh, bitte sehr!«

Er rührte sich nicht.

»Hast du das wirklich ernst gemeint?« fragte das Geschöpf.

»Finde es doch heraus!« sagte ich und sprang vor.

Doch das Wesen stellte sich nicht zum Kampf. Statt dessen tat es etwas, das jeder sterbliche Kämpfer für töricht gehalten hätte.

Es schleuderte seine Klinge in meine Richtung, mit der Spitze voran, wie einen Blitz. Und die Bewegung wurde von einer Art Donnerschlag begleitet.

Die Elemente außerhalb des Turms stimmten in das Echo ein, eine ohrenbetäubende Reaktion.

Ich parierte den Angriff mit Grayswandir. Die Waffe bohrte sich in den Boden und begann sofort zu brennen. Draußen zuckten im gleichen Moment Blitze auf.

Einen Augenblick lang war das Licht so grell wie eine Magnesiumsfackel, und in dieser Sekunde fiel das Geschöpf über mich her.

Es drückte mir die Arme an die Flanken, und seine Hörner hieben gegen mein Visier, einmal, zweimal . . .

Dann richtete ich meine Kräfte gegen die mächtigen Arme, und ihr Griff begann sich zu lockern.

Ich ließ Grayswandir fallen und löste mich mit einer letzten gewaltigen Anspannung aus der Umarmung meines Gegners.

Doch im gleichen Augenblick begegneten sich unsere Blicke.

Wir hieben beide zu, gerieten ins Taumeln.

»Lord von Amber«, sagte das Wesen nun. »Warum bekämpft Ihr mich? Ihr wart es doch selbst, der uns diese Passage eröffnet hat, diesen Weg . . .«

»Ich bereue eine voreilige Handlung und versuche sie rückgängig zu machen.«

»Dazu ist es nun zu spät – und dies ist ein seltsamer Ort, um damit zu beginnen.«

Wieder hieb das Wesen zu, so schnell, daß es meine Deckung durchbrach. Ich wurde gegen die Wand geschleudert. Das Geschöpf war gefährlich schnell.

Und dann hob es die Hand und machte ein Zeichen, und ich hatte eine Vision der Gerichte des Chaos vor Augen – eine Vision, die mir die Nackenhaare sträubte, die meine Seele einem kalten Wind aussetzte, in der Erkenntnis, was ich getan hatte.

». . . Seht Ihr?« fragte mein Gegner. »Ihr habt uns dieses Tor aufgetan. Wenn Ihr uns jetzt helft, verschaffen wir Euch, was Euch rechtmäßig gehört.«

Einen Augenblick lang war ich in Versuchung. Durchaus möglich, daß das Wesen sein Versprechen wahrmachen konnte, daß es mir helfen würde, wenn ich ihm half.

Aber danach würde es immer eine Gefahr für mich sein. Für kurze Zeit verbündet, würden wir uns später wieder bekämpfen, sobald wir das Gewünschte erhalten hatten – und die Kräfte der Finsternis waren dann weitaus stärker. Trotzdem – wenn ich Herrscher über die Stadt war . . .

»Machen wir das Geschäft?« lautete die scharfe, fast schrille Frage.

Ich dachte an die Schatten und die Orte jenseits der Schatten . . .

Langsam hob ich den Arm und löste meinen Helm . . .

Ich schleuderte ihn, als das Wesen aufzuatmen schien. Ich glaube, Ganelon sprang im gleichen Augenblick vorwärts.

Ich warf mich quer durch das Zimmer und trieb das Wesen gegen die Wand.

»Nein!« brüllte ich.

Die menschenähnlichen Hände fanden meinen Hals – etwa in dem gleichen Augenblick, da sich meine Finger um seinen Hals schlossen.

Ich drückte mit voller Kraft, drehte die Hände zur Seite. Vermutlich tat die Kreatur das gleiche.

Ich hörte etwas brechen wie einen trockenen Ast. Ich fragte mich, wessen Hals da eben gebrochen sein mochte. Meiner tat jedenfalls fürchterlich weh.

Ich öffnete die Augen, und über mir wölbte sich der Himmel. Ich lag auf dem Rücken; eine Decke schützte mich vor der Kühle des Bodens.

»Ich fürchte, er schafft es«, sagte Ganelon, und ich drehte den Kopf mühsam in die Richtung, aus der ich seine Stimme gehört hatte.

Er saß am Rand der Decke, ein Schwert über den Knien. Lorraine war bei ihm.

»Wie steht der Kampf?« fragte ich.

»Wir haben gesiegt«, sagte er. »Ihr habt Euer Versprechen gehalten. Als Ihr das Ding umgebracht hattet, war alles vorbei. Die graugesichtigen Menschen sanken bewußtlos zu Boden, die Ungeheuer verbrannten.«

»Gut.«

»Ich habe hier gesessen und mich gefragt, warum ich Euch nicht mehr hasse.«

»Seid Ihr dabei zu Ergebnissen gelangt?«

»Nein, eigentlich nicht. Vielleicht liegt es daran, daß wir uns im Grunde sehr ähnlich sind. Ich weiß es nicht.«

Ich lächelte Lorraine an. »Ich bin froh, daß deine prophetischen Gaben nicht die besten sind«, sagte ich. »Der Kampf ist vorbei, und du lebst immer noch.«

»Der Tod hat bereits begonnen«, sagte sie, ohne mein Lächeln zu erwidern.

»Was meinst du damit?«

»Noch heute werden Geschichten erzählt über den grausamen Lord Corwin, der meinen Großvater öffentlich vierteilen ließ, weil er einen der ersten Aufstände gegen ihn angezettelt hatte.«

»Das war nicht ich«, sagte ich, »sondern einer meiner Schatten.«

Doch sie schüttelte den Kopf. »Corwin von Amber«, sagte sie, »ich bin, was ich bin.« Mit diesen Worten stand sie auf und entfernte sich.

»Was war das für ein Wesen?« fragte Ganelon, ohne sich um ihren Abgang zu kümmern. »Was war das für ein Geschöpf im Turm?«

»Es war mein Geschöpf«, erwiderte ich. »Eins von den Dingen, die entfesselt wurden, als ich Amber meinen Fluch auferlegte. Ich gab den Elementen, die jenseits der Schatten lauern, den Weg frei in die reale Welt. Die Wege des geringsten Widerstands zeichnen sich in diesen Erscheinungen ab, durch die Schatten nach Amber. Hier war der Kreis dieser Weg. Woanders mag sich der Vorgang anders äußern. Den Weg durch diesen Schatten habe ich nun versperrt. Ihr könnt aufatmen, Ihr habt Eure Ruhe.«

»Seid Ihr deshalb zu uns gekommen?«

»Nein«, sagte ich. »Eigentlich nicht. Ich war unterwegs nach Avalon, als ich Lance fand. Ich konnte ihn nicht liegen lassen, und als ich ihn zu Euch gebracht hatte, wurde ich in diesen Aspekt meines üblen Tuns verwickelt.«

»Avalon? Es war also eine Lüge, als Ihr sagtet, es wäre vernichtet worden?«

Ich schüttelte den Kopf.

»O nein. Unser Avalon wurde zerstört, doch in den Schatten mag sich durchaus ein Avalon finden, das dem alten gleicht.«

»Nehmt mich mit Euch!«

»Seid Ihr verrückt?«

»Nein, ich möchte das Land meiner Geburt wiedersehen, so groß die Gefahr auch sein mag.«

»Ich gedenke dort nicht zu verweilen«, sagte ich, »sondern mich lediglich zum Kampf zu rüsten. In Avalon gibt es ein rosafarbenes Pulver, welches Juweliere verwenden. Ich habe einmal eine Handvoll davon in Amber angezündet. In Avalon will ich mir nur dieses Pulver beschaffen und dann Gewehre bauen, mit denen ich Amber belagern will, um den Thron zu erringen, der rechtmäßig mir gehört.«

»Was ist mit den Elementen außerhalb der Schatten, die Ihr erwähntet?«

»Um die kümmere ich mich später. Wenn ich vor Amber unterliege, sind sie Erics Problem.«

»Ihr sagtet, er hätte Euch geblendet und in ein Verlies geworfen.«

»Das ist wahr. Mir sind neue Augen gewachsen. Dann konnte ich fliehen.«

»Ihr seid wirklich ein Dämon.«

»Das hat man schon oft von mir behauptet. Jetzt leugne ich es nicht mehr.«

»Nehmt Ihr mich mit?«

»Wenn Ihr wirklich wollt? Unser Ziel wird sich allerdings von dem Avalon unterscheiden, das in Eurer Erinnerung lebt.«

»Nach Amber!«

»Ihr seid ja wirklich verrückt!«

»Nein. Seit langem ersehne ich die Rückkehr in die sagenhafte Stadt. Wenn ich Avalon wiedergesehen habe, möchte ich einmal etwas Neues probieren. Habe ich mich nicht als guter General erwiesen?«

»Ja.«

»Dann unterweist mich an den Gebilden, die Ihr eben Gewehre nanntet – und ich helfe Euch bei Eurem größten Kampf. Ich habe nicht mehr allzu viele gute Jahre zu erwarten, das weiß ich. Nehmt mich mit.«

»Es mag dazu kommen, daß Eure Knochen am Fuße Kolvirs bleichen – neben den meinen!«

»Welcher Kampfausgang ist schon gewiß? Das Risiko gehe ich ein.«

»Wie Ihr wollt. Ihr dürft mitkommen.«

»Vielen Dank, Lord.«

In jener Nacht blieben wir in unserem Lager an Ort und Stelle und ritten am nächsten Tag in die Burg zurück. Dort machte ich mich auf die Suche nach Lorraine. Ich erfuhr, daß sie mit einem ihrer früheren Liebhaber geflohen war, einem Offizier namens Melkin. Obwohl sie ziemlich bestürzt gewesen war, mißfiel mir der Umstand, daß sie mir keine Gelegenheit gegeben hatte, Dinge zu erläutern, die sie lediglich als Gerüchte kannte. Ich beschloß den beiden zu folgen.

Ich bestieg Star, drehte meinen schmerzenden Hals in die Richtung, die sie angeblich eingeschlagen hatten, und nahm die Verfolgung auf. In gewisser Weise konnte ich ihr nicht gram sein. Mein Empfang in der Burg war nicht so ausgefallen, wie es der Sieger über den Gehörnten hätte erwarten können, wäre er ein anderer gewesen als ich. Die Geschichten vom hiesigen Corwin hatten sich ziemlich hartnäckig gehalten, und jede dieser Geschichten hatte etwas Dämonisches. Die Männer, mit denen ich gearbeitet hatte, die mit mir im Kampf gewesen waren, musterten mich nun mit Blicken, in denen mehr lag als Angst – kurze Blicke nur, denn sie senkten immer wieder hastig die Augen und richteten sie auf etwas anderes. Vielleicht hatten sie Angst, daß ich zu bleiben und sie zu beherrschen wünschte. Als ich aus der Burg ritt, waren sie womöglich erleichtert – mit Ausnahme Ganelons. Ganelon mochte annehmen, daß ich nicht wie versprochen zurückkehren würde, um ihn abzuholen. Dies war meinem Gefühl nach der Grund, warum er sich erbot, mich auch bei der Verfolgung Lorraines zu begleiten. Aber dies war eine Sache, die ich allein erledigen mußte.

Wie ich jetzt zu meiner Überraschung erkannte, hatte mir Lorraine einiges bedeutet – ihre Handlungsweise kränkte mich ziemlich. Ich war der Meinung, sie müsse mich zumindest anhören, ehe sie ihres Weges zog. Wenn sie sich dann immer noch für ihren sterblichen Offizier entschied, konnte sie auf meinen Segen rechnen. Wenn nicht, dann wollte ich sie bei mir behalten – das machte ich mir nun klar. Das schöne Avalon mußte warten, bis ich diese Angelegenheit geregelt hatte – und zum Ende oder Neubeginn.

Ich folgte der Spur, und in den Bäumen ringsum sangen die Vögel. Der Tag war hell, erfüllt von einem himmelblauen, baumgrünen Frieden, denn die Plage war vom Land gewichen. In meinem Herzen regte sich so etwas wie Freude, daß ich zumindest einen kleinen Teil des Übels getilgt hatte, welches auf meinem Gewissen lastete. Übel? Hölle und Verdammnis, ich habe in meiner Zeit mehr Böses angerichtet als die meisten Menschen, doch ich hatte mit der Zeit auch ein Gewissen entwickelt, irgendwie, und diesem Gewissen gönnte ich nun einen der seltenen Augenblicke der Zufriedenheit. Sobald ich Amber beherrschte, konnte ich ihm wieder etwas mehr die Zügel schießen lassen, meinte ich. Ha!

Die Spur führte mich nach Norden, und die Gegend war mir fremd. Ich folgte einem gutausgetretenen Weg, auf dem sich die frischen Spuren zweier Reiter abzeichneten. Ich folgte diesen Spuren den ganzen Tag lang, durch die Abenddämmerung bis in die Dunkelheit. Von Zeit zu Zeit stieg ich ab und untersuchte den Weg. Schließlich begannen mir die Augen Streiche zu spielen, und ich suchte mir eine kleine Senke einige hundert Meter links vom Weg und schlug dort mein Nachtlager auf. Zweifellos war es auf meine Halsschmerzen zurückzuführen, daß ich von dem Gehörnten träumte und den ganzen Kampf noch einmal durchfechten mußte. »Helft uns, dann verschaffen wir Euch, was Euch rechtmäßig gehört«, sagte das Geschöpf. An dieser Stelle erwachte ich abrupt, und ein Fluch lag auf meinen Lippen.

Als der Morgen den Himmel bleichte, stieg ich auf und setzte meinen Weg fort. Es war eine kalte Nacht gewesen, und ein kühler Hauch aus dem Norden hielt mich nach wie vor in seinem Bann. Das Gras glitzerte von leichtem Frost, und mein Umhang war feucht, da er während der Nacht auf dem Boden unter mir gelegen hatte.

Gegen Mittag war etwas Wärme in die Welt zurückgekehrt, und die Spur war frischer. Ich holte langsam auf.

Als ich sie schließlich fand, sprang ich von meinem Reittier und rannte zu ihr. Sie lag unter einem Wildrosenbusch ohne Blüten, dessen Dornen sie an Wange und Schulter zerkratzt hatten. Sie war noch nicht lange tot. Dort, wo die Klinge eingedrungen war, schimmerte das Blut noch feucht auf ihrer Brust, ihre Haut fühlte sich noch warm an.

Es gab keine Felsbrocken, mit denen ich ihr ein Steingrab hätte bauen können; also hieb ich mit Grayswandir auf den Boden ein und bettete sie in die flache Grube. Er hatte ihr Armbänder, Ringe und den juwelenbesetzten Aufsteckkamm abgenommen – ihr ganzes Vermögen. Ich mußte ihr die Augen schließen, ehe ich provisorisch meinen Mantel über sie legte und mit Zweigen bedeckte; dabei begannen meine Hände zu zittern, und mein Blick trübte sich. Ich brauchte lange, um darüber hinwegzukommen.

Ich ritt weiter, und es dauerte nicht lange, bis ich ihn einholte; er galoppierte dahin, als sei der Teufel hinter ihm her, was ja auch stimmte. Ich sprach kein Wort, als ich ihn vom Pferd holte, und auch hinterher nicht, und ich beschmutzte auch nicht meine Klinge, obwohl er die seine zog. Ich schleuderte seinen entstellten Leichnam in eine hohe Eiche, und als ich später zurückschaute, war die Baumkrone schwarz von Vögeln.

Ehe ich das Grab schloß, gab ich ihr die Ringe, Armbänder und Kämme zurück – und das war Lorraine. Ihr ganzes Leben, all ihre Wünsche, hatten hier gemündet, zu diesem Ort geführt – und das ist die ganze Geschichte unserer Begegnung und Trennung in jenem Land, das Lorraine heißt. Eine Geschichte, die wohl zu meinem Leben paßt, hat doch ein Prinz von Amber Anteil und Verantwortung an allem Übel, das in der Welt lauert – worin auch der Grund zu suchen ist, warum ein Teil meiner selbst mit einem spöttischen »Ha!« reagiert, sobald ich einmal von meinem Gewissen spreche. In vielen Urteilen über mich wird gesagt, meine Hände seien blutig. Ich bin ein Teil des Bösen, das in der Welt und in den Schatten existiert. Ich sehe mich zuweilen als ein Übel, dessen Daseinszweck es ist, sich anderen bösen Einflüssen entgegenzustellen. Ich vernichte Menschen wie Melkin, wenn ich sie aufspüren kann, und an jenem Großen Tag, von dem die Propheten sprechen, an den sie aber eigentlich gar nicht glauben, an jenem Tag, da die Welt gesäubert wird von allem Bösen, werde auch ich in die Düsternis hinabsinken, zähneknirschend und meine Flüche murmelnd. Neuerdings habe ich das Gefühl, daß es sogar schon vorher dazu kommen könnte. Wie dem auch sei . . . Bis zu jenem Augenblick werde ich mir nicht die Hände waschen und sie auch nicht nutzlos in den Schoß legen.

Ich wendete mein Pferd und kehrte zur Burg des Ganelon zurück, der dies alles wußte, aber nie begreifen würde.

4

Über die unheimlichen und verrückten Wege nach Avalon ritten wir, Ganelon und ich, durch Gassen aus Träumen und Alpträumen, unter der hallenden Stimme der Sonne und den weißen Inseln der Nacht, bis diese zu Gold- und Diamantbrocken wurden und der Mond wie ein Schwan dahinsegelte. Der Tag schrie das Grün des Frühlings hinaus, wir überquerten einen breiten Strom, und die Berge vor uns waren mit Nacht überkrustet. Ich schickte einen Pfeil meiner Schöpfung in die mitternächtliche Schwärze empor, und der Schaft fing über mir Feuer und brannte sich wie ein Meteor nach Norden. Der einzige Drache, auf den wir stießen, war lahm und humpelte hastig in ein Versteck, wobei sein keuchender, quietschender Atem Gänseblümchen versengte. Schimmernde Vogelscharen deuteten pfeilförmig unser Ziel an, kristallklare Stimmen aus den Seen ließen unsere Worte widerhallen, während wir vorüberritten. Ich sang im Sattel, und nach einer

Weile fiel Ganelon ein. Wir waren nun schon über eine Woche unterwegs, und das Land und der Himmel und die Windstöße verrieten mir, daß wir Avalon nahe gekommen waren.

Als sich die Sonne hinter den Felsen verbarg und der Tag zu Ende ging, lagerten wir in einem Wald in der Nähe eines Sees. Ich ging zum Wasser, um zu baden, während Ganelon unsere Sachen auspackte. Das Wasser war kalt und atemberaubend erfrischend. Ich plätscherte eine Weile darin herum.

Dabei glaubte ich, mehrere Schreie zu hören – doch es blieb bei einem vagen Gefühl. Wir befanden uns in einem unheimlichen Wald, aber ich machte mir keine großen Sorgen. Trotzdem zog ich mich hastig an und kehrte ins Lager zurück.

Unterwegs vernahm ich es erneut: ein Jammern, ein Flehen. Als ich näher kam, erkannte ich, daß ein Gespräch im Gange war.

Schließlich betrat ich die kleine Lichtung, die wir als Lagerplatz erwählt hatten. Unsere Sachen lagen im Gras, eine Feuerstelle war halb fertiggestellt.

Ganelon hockte unter einem alten Eichenbaum auf den Fersen. Der Mann hing an einem Ast.

Er war jung und blond. Mehr vermochte ich auf den ersten Blick nicht festzustellen. Es ist schwierig, sich einen Eindruck von den Gesichtszügen und der Größe eines Mannes zu machen, wenn er mehrere Fuß über dem Boden kopfunter an einem Baum hängt.

Die Hände waren ihm auf dem Rücken gefesselt worden, und er hing an einem Seil, das an seinem rechten Fußknöchel befestigt war.

Er stieß hastige, kurze Antworten auf Ganelons Fragen hervor, und sein Gesicht war feucht von Speichel und Schweiß. Er hing nicht schlaff herab, sondern pendelte hin und her. Seine Wange wies eine Abschürfung auf, an seiner Brust waren mehrere Blutflecken zu sehen.

Ich blieb stehen, zwang mich dazu, nicht einzugreifen, und beobachtete die beiden. Ganelon behandelte den Mann sicher nicht ohne Grund auf diese Weise, so daß ich nicht gerade von Mitleid für den Burschen überwältigt wurde. Was immer Ganelon auf diese Verhörmethode gebracht hatte, in jedem Fall waren die Informationen auch für mich interessant. Außerdem interessierten mich die Erkenntnisse, die mir das Verhör über Ganelon bringen würde, der nun immerhin eine Art Verbündeter war. Und ein paar weitere Minuten mit dem Kopf nach unten konnten dem Burschen nicht groß schaden . . .

Als das Pendeln nachließ, stieß Ganelon seinen Gefangenen mit der Schwertspitze an und ließ ihn erneut heftig ausschwingen. Dies führte zu einer weiteren leichten Brustwunde; ein neuer roter Fleck breitete sich aus. Gleichzeitig stieß der Jüngling einen Schrei aus. An seiner Gesichtsfarbe erkannte ich, daß er noch ziemlich jung war. Ganelon streckte sein Schwert aus und hielt die Spitze mehrere Zoll über die Stelle, die der Hals des Jungen beim Zurückschwingen passieren mußte. Im letzten Augenblick ließ er die Schneide zurückschnellen und lachte leise, als der Junge sich hin und her warf und zu flehen begann. »Bitte!«

»Ich will alles hören«, sagte Ganelon.

»Das ist schon alles«, sagte der Gepeinigte. »Ich weiß wirklich nicht mehr!«

»Warum nicht?«

»Sie sind dann an mir vorbeigaloppiert! Ich konnte nichts mehr sehen!«

»Warum bist du ihnen nicht gefolgt?«

»Sie waren beritten – ich war zu Fuß.«

»Warum bist du ihnen nicht zu Fuß gefolgt?«

»Ich war durcheinander.«

»Durcheinander? Du hattest Angst! Du bist desertiert!«

»Nein!«

Ganelon streckte die Waffe aus und zog sie wieder im letzten Augenblick zurück.

»Nein!« rief der Jüngling.

Wieder hob Ganelon die Klinge.

»Ja!« kreischte der Junge. »Ja, ich hatte Angst!«

»Und dann bist du geflohen?«

»Ja! Ich bin immer weiter geflohen! Ich bin seither auf der Flucht . . .«

»Und du weißt nicht, wie sich die Sache weiterentwickelt hat?«

»Nein!«

»Du lügst!«

Wieder geriet die Klinge in Bewegung.

»Nein!« flehte der Junge. »Bitte . . .«
Ich trat vor. »Ganelon«, sagte ich.
Er sah mich an und senkte grinsend seine Waffe. Der Junge sah mich an.
»Was haben wir denn hier?« fragte ich.
»Ha!« rief Ganelon und klatschte dem Jungen eins auf den Sack, daß er aufschrie. »Einen Dieb, einen Deserteur – mit einer interessanten Geschichte.«
»Dann schneide ihn los und erzähl mir, was du erfahren hast«, sagte ich.
Ganelon machte kehrt und durchtrennte mit einem einzigen Schwerthieb die Schnur. Der Junge fiel zu Boden und begann zu schluchzen.
»Ich habe ihn erwischt, wie er unsere Vorräte stehlen wollte, und kam auf den Gedanken, ihn nach der Gegend zu befragen«, sagte Ganelon. »Er kommt von Avalon – auf schnellstem Wege.«
»Was meinst du damit?«
»Er war Fußsoldat in einer Schlacht, die dort vor zwei Nächten geschlagen wurde. Während des Kampfes gewann seine Feigheit die Oberhand, und er ist desertiert.«
Der Jüngling wollte widersprechen, und Ganelon versetzte ihm einen Tritt.
»Sei still!« sagte er. »Ich erzähle doch nur, was du mir gesagt hast!«
Der junge Mann bewegte sich seitwärts wie ein Krebs und starrte mich mit weitaufgerissenen Augen flehend an.
»Schlacht? Wer hat denn gekämpft?« fragte ich.
Ganelon lächelte grimmig.
»Die Geschichte dürfte Euch bekannt vorkommen«, sagte er. »Die Streitkräfte Avalons gingen in die schwerste – und vielleicht letzte – einer ganzen Reihe von Auseinandersetzungen mit Wesen, deren Herkunft nicht natürlich zu erklären ist.«
»Oh?«
Ich musterte den Jungen, der den Blick senkte – doch ich sah die Angst in seinen Augen, ehe die Lider herabglitten.
». . . Frauen«, sagte Ganelon. »Bleichgesichtige Furien aus einer unbekannten Hölle, lieblich und kalt. Bewaffnet und in Rüstung. Langes, helles Haar. Augen wie Eis. Sie reiten auf dem

Rücken weißer feuerspeiender Reittiere, die sich von Menschenfleisch ernähren. Sie stürmen nachts aus einem Höhlengewirr in den Bergen hervor, welches vor einigen Jahren von einem Erdbeben geöffnet wurde. Sie veranstalteten zahlreiche Überfälle und nahmen junge Männer als Gefangene mit, brachten alle anderen um. Viele tauchten später als seelenlose Infanterie in ihrem Gefolge wieder auf. Das alles hört sich sehr nach den Menschen des Kreises an, mit denen wir es zu tun hatten.«

»Aber von denen waren viele noch am Leben, als sie befreit wurden«, sagte ich. »Im Kampf wirkten sie gar nicht so seelenlos, nur irgendwie betäubt – so wie es mir auch einmal ergangen ist. Seltsam«, fuhr ich fort, »daß man die Höhlen nicht am Tage versperrt hat, wo die Reiterinnen ihr Unwesen doch nur nachts getrieben haben . . .«

»Der Deserteur hat mir berichtet, daß man so etwas versucht hat«, sagte Ganelon. »Doch die unheimlichen Wesen seien nach einer gewissen Zeit stets wieder aufgetaucht, stärker denn je zuvor.«

Das Gesicht des Jungen war gespenstisch bleich, doch als ich ihn fragend ansah, nickte er.

»Sein General, den er den Protektor nennt, hat sie oft besiegt«, fuhr Ganelon fort. »Er hat sogar den Teil einer Nacht mit der Anführerin, einer bleichen Hexe namens Lintra, verbracht – ob im Liebesspiel oder zu Verhandlungen, weiß ich nicht genau. Jedenfalls ist nichts dabei herausgekommen. Die Überfälle gingen weiter, und die Macht der unheimlichen Wesen wuchs. Der Protektor faßte schließlich den Plan, einen umfassenden Angriff einzuleiten, um den Gegner völlig zu vernichten. Und während dieses Kampfes ist unser Freund hier geflohen« – er deutete mit dem Schwert auf den jungen Mann –, »weshalb wir jetzt nicht wissen, wie die Geschichte ausgegangen ist.«

»Verhält es sich so?« fragte ich den Gefangenen.

Der Junge wandte sich von der Spitze des Schwerts ab, hielt einen Augenblick lang meinem Blick stand und nickte langsam.

»Interessant«, sagte ich zu Ganelon. »Sehr interessant. Ich habe das Gefühl, daß die Probleme Avalons mit den Gefahren zu tun haben, die wir vor kurzem bannen konnten. Wenn ich nur wüßte, wie der Kampf hier ausgegangen ist!«

Ganelon nickte und faßte seine Waffe fester.

»Also, wenn wir mit ihm fertig sind ...«, sagte er.

»Moment – Ihr habt gesagt, er wollte sich etwas zu essen stehlen?«

»Ja.«

»Bindet ihn los. Wir geben ihm zu essen.«

»Aber er wollte uns bestehlen!«

»Habt Ihr mir nicht erzählt, Ihr hättet einmal einen Mann wegen eines Paars Schuhe umgebracht?«

»Ja, aber das war doch etwas anderes.«

»Inwiefern?«

»Na, ich – ich habe mich nicht erwischen lassen.«

Ich lachte schallend. Zuerst blickte er mich verärgert an, dann verwirrt. Schließlich begann er ebenfalls zu lachen. Der junge Mann sah uns an, als hätten wir den Verstand verloren.

»Also gut«, sagte Ganelon schließlich, »also gut.« Er bückte sich, drehte den Jungen mit einer kräftigen Handbewegung herum und schnitt die Schnur durch, die seine Handgelenke zusammenhielt.

»Komm, mein Junge«, sagte er. »Ich besorge dir etwas zu essen.« Er beschäftigte sich mit unserer Ausrüstung und öffnete mehrere Proviantpakete.

Der Junge stand auf und humpelte langsam hinter ihm her. Er ergriff, was ihm gereicht wurde, und begann es hastig hinunterzuschlingen, ohne den Blick von Ganelon zu wenden. Seine Informationen, sollten sie stimmen, warfen etliche Komplikationen für mich auf – als erstes den Umstand, daß ich in einem vom Krieg überzogenen Land meine Absichten wahrscheinlich nicht so schnell verwirklichen konnte. Auch verstärkten sich meine Befürchtungen hinsichtlich Art und Ausmaß der Störungen, die ich hervorgerufen hatte.

Ich half Ganelon ein kleines Feuer anzufachen.

»Wie beeinflußt dies Eure weiteren Pläne?« fragte er.

Ich sah eigentlich keine Alternative. Die Schatten in der Nähe dessen, was ich erstrebte, waren sicher ähnlich beeinträchtigt. Ich konnte mein Ziel natürlich in einem Schatten suchen, der nicht heimgesucht wurde – aber wenn ich dann dort eintraf, wäre es der falsche Ort für mich. Was ich erstrebte, wäre dort nicht vorhanden. Wenn die Vorstöße des Chaos auf meinem Wunschweg durch die Schatten eintraten, hingen sie mit der Art meiner Wünsche zusammen und mußten früher oder später bewältigt werden, so oder so. Ausweichen konnte man ihnen nicht. So lief das Spiel nun mal, und ich durfte mich nicht beschweren – hatte ich doch die Regeln selbst aufgestellt.

»Wir reiten weiter«, sagte ich. »Avalon ist mein Ziel.«

Der junge Mann stieß einen kurzen Schrei aus und begann warnend auf mich einzureden – vielleicht aus einem Gefühl des Verpflichtetseins heraus, weil ich Ganelon davon abgehalten hatte, ihn zu durchbohren. »Reitet nicht nach Avalon, Sir! Dort gibt es nichts, was Ihr erstreben könntet! Man würde Euch töten!«

Ich lächelte ihn an und dankte ihm. Ganelon lachte leise vor sich hin und sagte: »Nehmen wir ihn doch mit, damit er sich als Deserteur verantworten kann.«

Daraufhin rappelte sich der Jüngling auf und rannte davon. Immer noch lachend, zog Ganelon seinen Dolch und machte Anstalten, die Klinge zu schleudern. Ich hieb ihm gegen den Arm, und er traf weit daneben. Der junge Mann verschwand im Wald, und Ganelon lachte noch immer.

Er brachte den Dolch wieder an sich. »Ihr hättet mich nicht aufhalten sollen«, sagte er.

»Ich habe anders entschieden.«

Er zuckte die Achseln.

»Wenn er heute nacht zurückkehrt und uns die Hälse durchschneidet, seid Ihr vielleicht anderer Ansicht.«

»Dann allerdings. Aber er kommt nicht zurück, und das wißt Ihr auch.«

Wieder hob er die Schultern, schnitt sich ein Stück Fleisch ab und erwärmte es über den Flammen.

»Nun, der Krieg hat ihm wenigstens beigebracht, wie man die Beine unter den Arm nimmt«, sagte er anerkennend. »Vielleicht erleben wir den morgigen Tag doch noch.«

Er biß ab und begann zu kauen. Sein Beispiel spornte mich an, und ich versorgte mich ebenfalls mit einem Stück Fleisch.

Später erwachte ich aus unruhigem Schlaf und starrte durch das Dach der Blätter auf die Sterne. Ein in die Zukunft schauender

Teil meines Geistes beschäftigte sich mit dem Jungen und nahm uns tüchtig ins Gebet. Es dauerte lange, bis ich wieder einschlafen konnte.

Am Morgen häuften wir Erde über die Feuerstelle und ritten weiter. Bis zum Nachmittag schafften wir es in die Berge und ließen sie am folgenden Tag hinter uns.

Auf unserem Weg zeigten sich da und dort frische Spuren – doch wir begegneten niemandem.

Am nächsten Tag kamen wir an mehreren Bauernhäusern und Siedlungen vorbei, ohne uns aufzuhalten. Ich hatte mich gegen die wilde, dämonische Route entschlossen, der ich bei der Verbannung Ganelons gefolgt war. Zwar wäre dieser Weg viel kürzer gewesen, doch hätte sich mein Begleiter bestimmt darüber aufgeregt. Außerdem brauchte ich Zeit zum Nachdenken, so daß ein solcher Ausflug nicht in Frage kam. Inzwischen ging auch der lange Weg seinem Ende entgegen. An diesem Nachmittag erlangten wir Ambers Himmel, und ich bewunderte stumm den Anblick. Es sah beinahe so aus, als ritten wir durch den Wald von Arden. Allerdings war kein Hörnerklang zu vernehmen, und kein Julian, kein Morgenstern, keine gierig hechelnden Hunde tauchten auf, wie damals, als ich zum letztenmal durch Arden kam. Wir nahmen nur den Vogelgesang in den mächtigen Bäumen wahr, das Keckern eines Eichhörnchens, das Bellen eines Fuchses, das Plätschern eines Wasserfalls, das Weiß und Blau und Rosa von Blumen in den Schatten.

Der Nachmittagswind war angenehm kühl; er stimmte mich derart friedlich, daß mich der Anblick der frischen Gräber am Wegesrand hinter einer Kurve ziemlich unvorbereitet traf. In der Nähe befand sich eine zertrampelte Lichtung. Wir verweilten kurze Zeit, erfuhren aber auch nicht mehr, als auf den ersten Blick erkennbar gewesen war.

Ein Stück weiter passierten wir eine ähnliche Stelle mit mehreren verkohlten Grasflecken und Büschen. Der Weg zeigte inzwischen Spuren intensiver Benutzung, und das Gebüsch links und rechts war geknickt und niedergetrampelt, als seien hier zahlreiche Männer und Tiere durchgekommen. Von Zeit zu Zeit roch die Luft nach Asche, und einmal kamen wir an einem Pferdekadaver vorbei, der bereits ziemlich verwest und von Raben zerfleddert war. Wir hielten eine Zeitlang den Atem an.

Der Himmel Ambers schenkte mir keine Kraft mehr, obwohl der Weg in der nächsten Zeit keine Überraschungen mehr brachte. Der Tag neigte sich dem Abend entgegen, und der Wald war schon viel lichter geworden, als Ganelon im Südosten die Rauchsäulen bemerkte. Wir schlugen den ersten Seitenweg ein, der in die Richtung zu führen schien, auch wenn uns das von Avalon fortführte. Es war schwierig, die Entfernung zu schätzen, doch wir erkannten bald, daß wir unser Ziel erst nach Einbruch der Dunkelheit erreichen würden.

»Die Armee – noch im Lager?« fragte Ganelon.

»Oder die der Eroberer.«

Er schüttelte den Kopf und lockerte die Klinge in der Scheide.

In der Dämmerung verließ ich den Weg, um ein Wasserplätschern zu erkunden. Es war ein heller, klarer Bach, der von den Bergen herabstürzte und noch etwas Gletscherkälte mit sich führte. Ich badete darin, stutzte meinen neuen Bart zurecht und befreite meine Kleidung vom Staub der Reise. Da nun das Ende unseres Ritts bevorstand, wollte ich natürlich einen zivilisierteren Eindruck machen, soweit das möglich war. Ganelon wußte meinen Wunsch zu schätzen und benetzte sein Gesicht mit Wasser und schneuzte sich einmal vernehmlich.

Schließlich stand ich am Ufer, blinzelte mit frischausgespülten Augen zum Himmel empor und sah den Mond plötzlich ganz deutlich hervortreten, sah seine Ränder scharf werden. Das widerfuhr mir zum erstenmal! Ich hörte auf zu atmen und blickte reglos hinauf. Dann suchte ich den Himmel nach ersten Sternen ab, suchte den Rand von Wolken, die Gipfel ferner Berge, weit entfernte Bäume. Noch einmal blickte ich auf den Mond, der sich noch immer klar und deutlich am Himmel zeigte. Ich konnte wieder normal sehen!

Als ich zu lachen begann, wich Ganelon zurück – und erkundigte sich weder jetzt noch später nach dem Grund.

Ich unterdrückte meinen Wunsch zu singen, stieg wieder auf mein Pferd und kehrte zum Weg zurück. Die Schatten wurden dunkler, und zwischen den Ästen über unseren Köpfen blühten Sternenwolken auf. Ich atmete ein schönes Stück der Nacht ein, hielt es einen Augenblick lang in meinen Lungen, gab es wieder frei. Ich war wieder ganz der alte – ein herrliches Gefühl!

Ganelon lenkte sein Pferd neben mich und sagte leise: »Wir müssen mit Posten rechnen.«

»Ja«, sagte ich.

»Sollten wir dann nicht lieber den Weg verlassen?«

»Nein. Ich möchte nicht heimlichtuerisch erscheinen. Mir macht es nichts aus, notfalls auch mit einer Eskorte einzutreffen. Wir sind eben nur zwei einfache Reisende.«

»Vielleicht erkundigt man sich nach dem Grund für unsere Reise.«

»Dann geben wir uns als Söldner aus, die von den Auseinandersetzungen in der Gegend gehört haben und eine Anstellung suchen.«

»Ja. Das könnte nach unserem Aussehen klappen. Hoffentlich nimmt man sich überhaupt die Zeit, uns anzuschauen.«

»Wenn man uns so schlecht erkennen kann, bieten wir auch kein gutes Ziel.«

»Das ist wahr – trotzdem tröstet mich der Gedanke wenig.«

Ich lauschte auf unseren Hufschlag. Der Weg verlief nicht geradlinig, sondern wand sich hierhin und dorthin, streckte sich ein Stück, um sich dann erneut zu krümmen. Als wir die nächste Anhöhe erreichten, traten die Bäume noch weiter auseinander.

Als wir den Gipfel des nächsten Hügels erreichten, sahen wir vor uns ein ziemlich offenes Gelände. Gleich darauf befanden wir uns an einer Stelle, von der aus wir mehrere Meilen weit zu blicken vermochten. Wir zügelten unsere Tiere an einem Abgrund, der sich nach zehn oder fünfzehn steilen Metern zu einem gemächlichen Hang neigte und zu einer großen Ebene hinabführte, die etwa eine Meile entfernt begann und in ein hügeliges, da und dort bewaldetes Gebiet mündete. Die Ebene war mit Lagerfeuern übersät, und zur Mitte hin erhoben sich etliche Zelte. In der Nähe grasten zahlreiche Pferde. Meiner Schätzung nach saßen viele hundert Männer an den Feuern oder bewegten sich im Lager.

Ganelon seufzte. »Wenigstens scheint es sich um gewöhnliche Menschen zu handeln«, sagte er.

»Ja.«

»Und wenn es ganz normale Soldaten sind, werden wir wahrscheinlich längst beobachtet. Dieser Aussichtspunkt ist einfach zu günstig, um unbewacht zu bleiben.«

»Ja.«

Hinter uns ertönte plötzlich ein Geräusch. Wir wollten uns eben umdrehen, als eine Stimme ganz in der Nähe sagte: »Keine Bewegung!«

Ich erstarrte, vollendete aber meine Kopfbewegung und erblickte vier Männer. Zwei hatten Armbrüste auf uns gerichtet, die beiden anderen hielten Schwerter in den Fäusten. Einer der Schwertkämpfer trat zwei Schritte vor.

»Absteigen!« befahl er. »Auf dieser Seite! Langsam!«

Wir stiegen von unseren Pferden und standen ihm gegenüber, wobei wir darauf achteten, die Hände von den Waffengriffen zu lassen.

»Wer seid Ihr? Woher kommt Ihr?« fragte er.

»Wir sind Söldner«, erwiderte ich. »Aus Lorraine. Wir hörten, daß hier gekämpft würde. Wir suchen Arbeit. Unser Ziel ist das Lager dort unten. Es ist doch hoffentlich das Eure!«

». . . Und wenn ich nein sagte, wenn ich behaupten wollte, wir seien die Patrouille einer Armee, die das Lager gleich überfallen will?«

Ich zuckte die Achseln. »In dem Fall die Frage – ist vielleicht Eure Seite an ein paar frischen Männern interessiert?«

Er spuckte aus. »Der Protektor braucht Männer wie Euch nicht«, sagte er und fuhr fort: »Aus welcher Richtung kommt Ihr?«

»Aus dem Osten«, entgegnete ich.

»Habt Ihr letztlich – Schwierigkeiten gehabt?«

»Nein«, sagte ich. »Wäre das zu erwarten gewesen?«

»Schwer zu sagen«, erwiderte er. »Legt die Waffen ab. Ich schicke Euch ins Lager hinab. Man wird Euch dort befragen wollen, ob Ihr vielleicht im Osten – ungewöhnliche Dinge gesehen habt.«

»Wir haben nichts Besonderes bemerkt«, behauptete ich.

»Wie dem auch sei – man gibt Euch wahrscheinlich ein Essen. Allerdings glaube ich nicht, daß man Euch anwerben wird. Zum Kämpfen seid Ihr ein bißchen zu spät gekommen. Und jetzt die Waffen ablegen.«

Während wir die Schwertgurte lösten, rief er zwei weitere Männer aus dem Wald herbei. Er wies sie an, uns zu Fuß nach unten zu bringen. Dabei sollten wir unsere Pferde an den Zügeln führen. Die Männer ergriffen unsere Waffen, und als wir uns zum Gehen wandten, rief der Mann, der uns verhört hatte: »Wartet!«

Ich drehte mich um.

»Ihr! Wie lautet Euer Name?« wandte er sich an mich.

»Corey.«

»Bleibt stehen!«

Er kam auf mich zu und pflanzte sich dicht vor mir auf. Zehn Sekunden lang starrte er mich an.

»Was ist los?« fragte ich.

Anstelle einer Antwort fummelte er in einem Beutel an seinem Gürtel herum. Er zog eine Handvoll Münzen heraus und hielt sie sich dicht vors Gesicht.

»Verdammt! Zu dunkel«, sagte er. »Und Licht dürfen wir nicht machen.«

»Wozu?« fragte ich.

»Ach, es ist nicht weiter wichtig«, gab er Auskunft. »Allerdings kamt Ihr mir bekannt vor, und ich wollte den Grund feststellen. Ihr seht aus wie der Mann, der auf manchen unserer alten Münzen abgebildet ist. Ein paar sind noch im Umlauf.

Meinst du nicht auch?« wandte er sich an den neben ihm stehenden Armbrustschützen.

Der Mann senkte die Armbrust und trat vor. Aus zusammengekniffenen Augen starrte er mich an.

»Ja«, sagte er.

»Wer war das – der Mann, den wir meinen?«

»Einer von den Alten. Vor meiner Zeit. Ich weiß es nicht mehr.«

»Ich auch nicht. Nun ja . . .« Er zuckte die Achseln. »Ist auch unwichtig. Geht weiter, Corey. Antwortet ehrlich auf alle Fragen, dann geschieht Euch nichts.«

Ich wandte mich ab und ließ ihn im Mondlicht stehen. Er kratzte sich am Kopf und blickte mir irritiert nach.

Die Männer, die uns bewachten, gehörten nicht zum gesprächigen Typ. Was mir nur recht war.

Während wir den Hang hinabstiegen, dachte ich an die Aussage des jungen Soldaten und an die Lösung des Konflikts, den er beschrieben hatte – ich hatte hier nun die physische Analogie der gewünschten Welt erreicht und mußte mit der existierenden Situation fertig werden.

Im Lager herrschte ein angenehmer Geruch nach Mensch und Tier, nach Holzrauch, gebratenem Fleisch, Leder und Öl. All dies vermengte sich im Feuerschein, wo die Männer sich unterhielten, Waffen schliffen, ihre Ausrüstung reparierten, aßen, spielten, schliefen, tranken – und uns beobachteten, wie wir unsere Pferde mitten durch das Lager führten und uns einem fast in der Mitte gelegenen Trio zerschlissener Zelte näherten. Die Sphäre des Schweigens um uns wurde immer größer, je weiter wir vordrangen.

Vor dem zweitgrößten Zelt hielt man uns an, und einer unserer Wächter sprach mit einem Posten, der vor dem Zelt auf und ab ging. Der Mann schüttelte mehrmals den Kopf und deutete auf das größte Zelt. Das Gespräch dauerte einige Minuten, ehe unser Wächter zu uns zurückkehrte und mit seinem Begleiter sprach, der links von uns wartete. Schließlich nickte unser Begleiter und kam auf mich zu, während die anderen vom nächstgelegenen Lagerfeuer einen Mann herbeiriefen.

»Die Offiziere halten im Zelt des Protektors eine Versammlung ab«, sagte er. »Wir werden Eure Pferde anbinden und grasen lassen. Nehmt die Sättel ab und legt sie hierhin. Ihr müßt warten. Später wird der Hauptmann Euch rufen lassen.«

Ich nickte, und wir machten uns daran, unsere Besitztümer abzuschnallen und die Pferde trockenzureiben. Ich tätschelte Star am Hals und sah zu, wie ein kleiner humpelnder Mann ihn und Ganelons Feuerdrachen zu den anderen Pferden führte. Dann ließen wir uns auf unseren Bündeln nieder und warteten. Einer der Posten brachte uns heißen Tee und erhielt dafür eine Pfeifenfüllung von meinem Tabak. Anschließend zogen sich die beiden Wächter ein Stück zurück.

Ich beobachtete das große Zelt, trank meinen Tee und dachte an Amber und den kleinen Nachtclub in der Rue de Char et Pain in Brüssel, auf jener Schatten-Erde, die solange meine Heimat gewesen war. Sobald ich mir das Juweliersrouge beschafft hatte, das ich brauchte, wollte ich nach Brüssel zurückkehren, um noch einmal Geschäfte zu machen mit den Händlern der Waffenbörse. Meine Bestellung war kompliziert und teuer, das war mir klar, denn sie setzte voraus, daß ein Munitionsfabrikant einen speziellen Herstellungsgang für mich einrichtete. Auf jener Erde hatte ich dank meiner zeitweiligen militärischen Tätigkeit außer Interarmco noch andere Verbindungen, und ich nahm an, daß mich die Beschaffung des Gewünschten nur einige Monate kosten würde. Ich begann mich mit den Einzelheiten zu befassen, und die Zeit verging fast unbemerkt.

Nach etwa anderthalb Stunden gerieten die Schatten des großen Zelts in Bewegung. Es dauerte aber noch mehrere Minuten, bis die Eingangsplane zur Seite geworfen wurde und Männer ins Freie traten, langsam, sich unterhaltend und über die Schulter ins Zelt blickend. Die letzten beiden verweilten am Eingang, ins Gespräch vertieft mit jemandem, der im Innern blieb. Die übrigen Männer verteilten sich auf die anderen Zelte.

Die beiden am Eingang schoben sich seitlich ins Freie. Ich hörte ihre Stimmen, doch ich vermochte nicht zu verstehen, was sie sagten. Als sie weiter herauskamen, bewegte sich auch der Mann, mit dem sie sprachen, und ich vermochte einen Blick auf ihn zu werfen. Er hatte das Licht im Rücken, und die beiden Offiziere standen im Wege, doch ich vermochte zu erkennen, daß er dünn und sehr groß war.

Unsere Wächter hatten sich noch nicht geregt, was mir darauf hinzudeuten schien, daß einer der beiden Offiziere der vorhin erwähnte Hauptmann sein müsse. Ich starrte weiter in das Zelt, versuchte die Männer durch meine Willenskraft dazu zu bringen, sich weiter zu entfernen und mir einen klaren Ausblick auf ihren Befehlshaber zu verschaffen.

Nach einer Weile geschah dies auch, und Sekunden später machte der Unbekannte einen Schritt nach vorn.

Zuerst wußte ich nicht zu sagen, ob mir Licht und Schatten nicht etwa einen Streich spielten . . . Aber nein! Wieder bewegte er sich, und ich konnte ihn eine Sekunde lang deutlich sehen. Ihm fehlte der rechte Arm, der unmittelbar unter dem Ellbogen abgetrennt worden war. Die Wunde war so dick verbunden, daß die Verstümmelung wohl erst vor kurzem geschehen sein mußte.

Dann machte die große linke Hand eine weite, abwärtsgerichtete Bewegung und verharrte ein Stück vom Körper entfernt. Der Armstumpf zuckte im gleichen Augenblick hoch, und etwas regte sich im Hintergrund meines Geistes. Das Haar des Mannes war lang, glatt und braun, und ich sah, wie sein Kinn sich vorreckte . . .

Im nächsten Augenblick trat er ins Freie, und ein Windhauch verfing sich in seinem weiten Mantel und ließ ihn nach rechts ausschwingen. Ich sah, daß er ein gelbes Hemd und braune Hosen trug. Der Mantel selbst erstrahlte in einem grellen Orangeton, und er faßte mit einer unnatürlich schnellen Bewegung der linken Hand zu und zog ihn wieder über den Armstumpf.

Hastig stand ich auf, und sein Kopf richtete sich ruckhaft in meine Richtung.

Unsere Blicke begegneten sich, und mehrere Herzschläge lang rührte sich keiner von uns.

Die beiden Offiziere machten kehrt und starrten uns an, und schon schob er sie zur Seite und kam mit großen Schritten auf mich zu. Ganelon stieß einen unverständlichen Laut aus und stand hastig auf. Unsere Wächter erhoben sich ebenfalls überrascht.

Er blieb mehrere Schritte vor mir stehen, und seine haselnußbraunen Augen musterten mich von Kopf bis Fuß. Seine Lippen verzogen sich selten – doch in diesem Augenblick brachte er ein schwaches Lächeln zustande.

»Kommt mit«, sagte er und wandte sich seinem Zelt zu.

Wir folgten ihm und ließen unsere Sachen liegen.

Er entließ die beiden Offiziere mit einem Blick, blieb neben dem Zelteingang stehen und winkte uns an sich vorbei. Er folgte und ließ die Zeltplane hinter sich zufallen. Meine Augen erfaßten seinen Schlafsack, einen kleinen Tisch, Bänke, Waffen, eine Feldherrntruhe. Auf dem Tisch befanden sich eine Öllampe, Bücher, Landkarten, eine Flasche und etliche Becher. Eine zweite Lampe flackerte auf der Truhe.

Er umfaßte meine Hand und lächelte wieder.

»Corwin«, sagte er. »Lebendig wie eh und je.«

»Benedict«, sagte ich und lächelte nun ebenfalls. »Und atmet wie eh und je. Es ist teuflisch lange her!«

»Kann man wohl sagen! Wer ist dein Freund?«

»Er heißt Ganelon.«

»Ganelon«, sagte er und nickte in seine Richtung, machte aber keine Anstalten, ihm die Hand zu reichen.

Er trat an den Tisch und füllte drei Becher mit Wein. Einen reichte er mir, den zweiten Ganelon. Dann hob er den dritten.

»Auf deine Gesundheit, Bruder«, sagte er.

»Auf die deine.«

Wir tranken.

»Setzt euch«, sagte er dann, deutete auf die nächste Bank und nahm am Tisch Platz. »Und willkommen in Avalon.«

»Vielen Dank – Protektor.«

Er schnitt eine Grimasse.

»Die Bezeichnung besteht nicht zu unrecht«, sagte er tonlos, ohne den Blick von meinem Gesicht zu wenden. »Ich weiß nur nicht, ob der frühere Protektor dieser Gegend von sich dasselbe behaupten könnte.«

»Er hat eigentlich nicht genau an diesem Ort geherrscht«, sagte ich. »Und ich glaube, er könnte das von sich sagen.«

Er zuckte die Achseln.

»Natürlich«, sagte er. »Aber genug davon! Wo hast du gesteckt? Was hast du gemacht? Warum bist du hierhergekommen? Erzähl mir von dir! Unser letztes Gespräch liegt Jahre zurück.«

Ich nickte. Es war bedauerlich, gehörte aber zur Familienetikette wie auch zur Ausübung der Macht, daß ich seine Fragen beantworten mußte, ehe ich selbst Fragen stellte. Er war älter als ich, und ich war – wenn auch ahnungslos – in seinen Einflußbereich eingedrungen. Nicht daß ich ihm die Geste nicht gönnte. Er gehörte zu den wenigen Verwandten, die ich respektierte und sogar mochte. Nur lagen mir zahlreiche Fragen auf der Zunge. Wie er schon gesagt hatte – es war viel zu lange her.

Und wieviel durfte ich ihm verraten? Ich hatte keine Ahnung, welcher Seite er seine Sympathien geschenkt hatte. Ich wollte die Gründe für sein selbstgewähltes Exil nicht etwa erfahren, indem ich die falschen Themen anschnitt. Also mußte ich mit etwas Neutralem anfangen und ihn dann Zug um Zug aushorchen.

»Es muß doch irgendwo einen Anfang geben«, sagte er im gleichen Moment. »Mir ist egal, wie du die Sache anpackst.«

»Es gibt viele Anfänge«, sagte ich. »Es ist schwierig . . . am besten hole ich wohl ganz weit aus . . .«

Ich kostete einen Schluck Wein.

»Ja«, fuhr ich fort. »Das scheint mir das einfachste zu sein – obwohl ich einen großen Teil der Ereignisse erst kürzlich begriffen habe.

Es geschah mehrere Jahre nach dem Sieg über die Mondreiter von Ghenesh und deinem Verschwinden, daß Eric und ich uns ernsthaft zu streiten begannen«, setzte ich an. »Ja, es war ein Streit um die Nachfolge. Vater hatte wieder einmal von Abdankung gesprochen und weigerte sich wie eh und je, einen Nachfolger zu benennen.

Natürlich kam es sofort wieder zu den altbekannten Diskussionen darüber, wer wohl der rechtmäßige Erbe wäre. Eric und du, ihr seid natürlich älter als ich, doch während Faiella, meine und Erics Mutter, nach dem Tod von Clymnea seine Frau wurde, haben sie . . .«

»Es reicht!« brüllte Benedict und schlug so heftig auf den Tisch, daß die Platte zersplitterte.

Die Lampe hüpfte herum und begann zu flackern, stürzte aber wie durch ein Wunder nicht um. Sofort wurde der Vorhang vor dem Ausgang zur Seite geschoben, und ein Posten spähte besorgt herein. Benedict warf ihm einen Blick zu, und er zog sich hastig wieder zurück.

»Ich habe keine Lust, mir unsere jeweilige Bastard-Vergangenheit anzuhören«, sagte Benedict leise. »Dieser obszöne Zeitvertreib war einer der Gründe, warum ich mich überhaupt aus dem Schoß der Familie und Amber entfernt habe. Bitte erzähl deine Geschichten ohne solche Fußnoten.«

»Nun – ja«, sagte ich und mußte mich räuspern. »Wie ich schon sagte, hatten wir ziemlich heftige Auseinandersetzungen über die Sache. Eines Abends blieb es dann nicht bei Worten. Wir kämpften.«

»Ein Duell?«,

»So formell war es nun auch wieder nicht. Eher könnte man sagen, daß wir gleichzeitig beschlossen, uns gegenseitig zu ermorden. Jedenfalls kämpften wir ziemlich lange miteinander, und Eric gewann schließlich die Oberhand und machte Anstalten, mir den Garaus zu machen. Auch wenn ich meiner Geschichte wieder vorgreife, muß ich hinzufügen, das mir all diese Einzelheiten erst vor etwa fünf Jahren wieder ins Gedächtnis zurückgebracht wurden.«

Benedict nickte, als verstünde er, was ich meinte.

»Ich kann nur vermuten, was unmittelbar nach meiner Bewußtlosigkeit geschah«, fuhr ich fort. »Jedenfalls hielt sich Eric im letzten Augenblick zurück und tötete mich nicht. Als ich erwachte, befand ich mich auf einem Schatten Welt namens Erde, in einem Ort, der London heißt. Die Stadt wurde gerade von der Pest heimgesucht, und ich steckte mich an. Ich erholte mich jedoch und hatte keine Erinnerung an die Zeit vor meinem Aufenthalt in London. Auf dieser Schattenwelt lebte ich viele Jahrhunderte lang und suchte nach Anhaltspunkten für meine Identität. Ich reiste viel herum, nahm oft an militärischen Feldzügen teil. Ich besuchte die dortigen Universitäten, sprach mit den klügsten Köpfen, suchte die berühmtesten Ärzte auf. Doch nirgendwo fand sich ein Schlüssel zu meiner Vergangenheit. Mir war bewußt, daß ich nicht wie die anderen Menschen war, und ich gab mir größte Mühe, diese Tatsache zu verheimlichen. Es stimmte mich wütend, daß ich alles haben konnte, was ich wollte – außer dem, was ich mir am sehnlichsten wünschte: Aufschluß über meine Identität, meine Erinnerungen.

Die Jahre vergingen, doch mein Zorn und meine Sehnsucht blieben. Es bedurfte eines Unfalls, der meinen Schädel verletzte, um jene Veränderungen auszulösen, die die ersten Erinnerungen zurückbrachten. Dies geschah vor etwa fünf Jahren, und die Ironie besteht darin, daß ich guten Grund habe, Eric als Urheber für den Unfall zu verdächtigen. Flora hatte wahrscheinlich die ganze Zeit auf jener Schatten-Erde gelebt und mich im Auge behalten.

Um zu meinen Vermutungen zurückzukehren – Eric muß sich im letzten Augenblick gebremst haben, denn er wünschte sich wohl meinen Tod, wollte aber nicht, daß die Tat auf ihn zurückfiel. Folglich schaffte er mich durch die Schatten an einen Ort, wo ein schneller Tod auf mich wartete – er wollte wohl nach Amber zurückkehren und sagen können, wir hätten uns gestritten und ich wäre trotzig davongeritten und hätte etwas davon gemurmelt, ich wolle wieder einmal verschwinden. Wir hatten an jenem Tag im Wald von Arden zusammen gejagt – nur wir beide.«

»Ich finde es seltsam«, unterbrach mich Benedict, »daß zwei

Rivalen wie ihr unter solchen Umständen zusammen auf die Jagd geht.«

Ich trank einen Schluck Wein und lächelte.

»Vielleicht war doch etwas mehr dahinter, als ich eben erkennen ließ«, sagte ich. »Vielleicht hießen wir beide die Gelegenheit zur Jagd willkommen – nur wir beide allein im Wald.«

»Ich verstehe«, sagte er. »Es wäre also denkbar, daß die Situation auf den Kopf gestellt worden wäre?«

»Nun«, erwiderte ich, »das ist schwer zu sagen. Ich glaube nicht, daß ich soweit gegangen wäre. Natürlich spreche ich von heute. Immerhin ändern sich die Menschen. Und damals . . .? Ja, vielleicht hätte ich ihm dasselbe angetan. Ich vermag es nicht mit Sicherheit zu sagen, aber möglich ist es.«

Wieder nickte er, und ich spürte einen Anflug von Zorn in mir, der sofort in Belustigung umschlug.

»Zum Glück kommt es mir hier nicht darauf an, meine Motive zu erläutern«, fuhr ich fort. »Um meine Mutmaßungen fortzusetzen – ich glaube, daß Eric mir danach auf der Spur blieb. Gewiß war er zuerst enttäuscht, daß ich seinen Anschlag überlebt hatte, doch zugleich mußte er annehmen, daß ich ihm nicht mehr schaden konnte. Er sorgte also dafür, daß Flora mich im Auge behalten konnte, und die Welt drehte sich friedlich weiter, eine lange Zeit. Dann hat Vater vermutlich abgedankt und ist verschwunden, ohne die Frage der Nachfolge zu klären . . .«

»Ach was!« sagte Benedict. »Eine Abdankung hat es nie gegeben! Er ist einfach verschwunden. Eines Morgens war er nicht mehr in seinen Räumen. Sein Bett war unberührt. Ein Brief oder ein sonstiger Hinweis war nicht zu finden. Man hatte ihn am Vorabend bemerkt, wie er die Zimmer betrat, doch niemand hat ihn fortgehen sehen. Sein Fehlen wurde zuerst nicht mal für absonderlich gehalten. Man nahm einfach an, er sei wieder einmal in den Schatten unterwegs, um sich womöglich eine neue Braut zu suchen. Es dauerte ziemlich lange, ehe jemand ein Verbrechen zu vermuten wagte oder den Umstand als eine neuartige Form der Abdankung hinzustellen beliebte.«

»Das war mir nicht bekannt«, sagte ich. »Deine Informationsquellen waren dem Kern der Dinge offenbar näher als meine.«

Daraufhin nickte er nur und löste damit in mir unangenehme

Spekulationen über seine Kontakte in Amber aus. Vielleicht stand er neuerdings auf Erics Seite!

»Wann warst du denn zum letztenmal dort?« wagte ich mich vor.

»Gut zwanzig Jahre ist das jetzt her«, erwiderte er. »Doch ich halte Kontakt und lasse mich informieren.«

Nicht mit jemandem, der diesen Umstand mir gegenüber hatte erwähnen wollen! Und das mußte ihm bekannt sein; sollte ich seine Worte nun als Warnung verstehen – oder etwa als Drohung? Meine Gedanken überschlugen sich. Natürlich besaß er ein Spiel mit den Haupttrümpfen. Ich blätterte sie im Geiste vor mir auf und ging sie hastig durch. Random hatte ahnungslos getan, als ich ihn nach Benedicts Verbleib befragte. Brand wurde schon lange vermißt. Ich hatte einen Hinweis darauf, daß er noch lebte, als Gefangener an einem unbekannten üblen Ort, unfähig, Informationen über die Geschehnisse in Amber zu erlangen. Flora konnte seine Kontaktperson auch nicht gewesen sein, da sie bis vor kurzem in den Schatten praktisch im Exil gelebt hatte. Llewella hielt sich in Rebma auf, Deirdre ebenfalls; als ich sie zum letztenmal sah, war sie außerdem in Amber in Ungnade gewesen. Fiona? Julian hatte mir gesagt, sie sei »irgendwo im Süden«. Er wußte nicht genau, wo. Wer blieb nun noch übrig?

Eric selbst, Julian, Gérard oder Caine. Eric kam nicht in Frage. Der hätte niemals Einzelheiten über Vaters Nichtabdankung auf eine Weise verbreitet, die es Benedict ermöglichte, sich eine solche Meinung zu diesem Thema zu bilden. Julian stand hinter Eric, war allerdings nicht ohne persönlichen Ehrgeiz. Wenn es ihm nützen konnte, würde er Informationen weitergeben. Das gleiche galt für Caine. Gérard dagegen hatte auf mich immer den Eindruck gemacht, als interessiere ihn das Wohl Ambers mehr als die Frage, wer denn auf seinem Thron saß. Seine Sympathie für Eric hielt sich allerdings in Grenzen, und er war einmal bereit gewesen, Bleys oder mich gegen ihn zu unterstützen. Meiner Auffassung nach hätte er Benedicts Informiertheit über die Ereignisse als eine Art Rückversicherung für das ganze Land angesehen. Ja, mit ziemlicher Sicherheit war es einer dieser drei. Julian haßte mich, Caine mochte mich nicht besonders, hatte aber auch nichts gegen mich, und Gérard und ich teilten angenehme Erinnerungen, die bis in meine Kindheit zurückreichten. Ich mußte schleunigst herausfinden, wer dahintersteckte – und Benedict war natürlich nicht so ohne weiteres bereit, mir klaren Wein einzuschenken, kannte er doch meine jetzigen Beweggründe nicht. Eine Verbindung zu Amber konnte dazu verwendet werden, mir zu schaden oder zu nützen, je nach seinen Wünschen, je nach der Person am anderen Ende. So war diese Information für ihn zugleich Waffe und Schild, und es kränkte mich doch etwas, daß er es für richtig hielt, mir diesen Umstand so deutlich vor Augen zu führen. Ich rang mich schließlich zu der Annahme durch, seine kürzliche Verwundung habe ihn unnatürlich vorsichtig gemacht – denn ich hatte ihm bisher niemals Grund zur Sorge gegeben. Allerdings führte dies dazu, daß ich ebenfalls ungewöhnlich vorsichtig war – eine traurige Erkenntnis, wenn man nach vielen Jahren einen Bruder wiedersieht.

»Interessant«, sagte ich und ließ den Wein in meinem Becher kreisen. »So gesehen hat es den Anschein, als habe jedermann voreilig gehandelt.«

»Nicht jeder«, sagte er.

Ich spürte, daß sich mein Gesicht rötete.

»Verzeihung«, sagte ich.

Er nickte knapp. »Bitte setze deinen Bericht fort.«

»Nun, zurück zu meinen Vermutungen«, setzte ich an. »Als Eric zu dem Schluß kam, der Thron habe nun lange genug leer gestanden und es wäre Zeit, danach zu greifen, muß er sich zugleich überlegt haben, daß meine Amnesie nicht ausreichte und daß es besser wäre, meinen Anspruch ein für allemal zu unterbinden. Daraufhin sorgte er dafür, daß ich auf der Schatten-Erde in einen Unfall verwickelt wurde, der tödlich hätte sein müssen – es aber nicht war.«

»Woher weißt du das alles? Wieviel vermutest du nur?«

»Als ich sie später befragte, hat Flora diesen Plan gewissermaßen eingestanden – einschließlich ihrer Rolle dabei.«

»Sehr interessant. Sprich weiter.«

»Der Schlag auf den Kopf sorgte für etwas, das mir nicht einmal Sigmund Freud hatte verschaffen können«, fuhr ich fort. »Erinnerungsfetzen regten sich in mir, die mit der Zeit immer stärker wurden – besonders als ich Flora wiedersah und allen möglichen

Dingen ausgesetzt wurde, die mein Gedächtnis anregten. Ich überzeugte Flora schließlich, daß ich mich wieder an alles erinnern konnte, und brachte sie dazu, offen über Menschen und Umstände zu sprechen. Dann tauchte Random auf. Er war auf der Flucht vor etwas . . .«

»Auf der Flucht? Wovor? Warum?«

»Vor irgendwelchen seltsamen Kreaturen aus den Schatten. Den Grund habe ich nie erfahren.«

»Interessant«, meinte er, und ich mußte ihm zustimmen. In meiner Zelle hatte ich oft darüber nachgedacht und mich gefragt, warum wohl Random, von den Furien gehetzt, überhaupt auf der Bühne erschienen war. Vom Augenblick unserer Begegnung an bis zu unserer Trennung hatten wir in einer Art Gefahr geschwebt; ich war zu der Zeit mit meinen eigenen Sorgen beschäftigt, und er hatte nichts verlauten lassen über die Gründe für sein plötzliches Auftauchen. Ich hatte mir im Augenblick seines Erscheinens natürlich Gedanken gemacht, doch ich wußte nicht, ob es sich um etwas handelte, das ich hätte wissen sollen, und ließ die Frage zunächst offen. Die späteren Ereignisse lenkten mich davon ab, bis ich mich dann in der Zelle und jetzt in diesem Augenblick wieder damit befassen konnte. Interessant? In der Tat. Aber auch beunruhigend.

Ich vermochte Random über meinen Zustand zu täuschen«, fuhr ich fort. »Er nahm an, ich erstrebte den Thron, während ich mich zunächst nur darum bemühte, mein Gedächtnis wiederzufinden. Er erklärte sich einverstanden, mir bei der Rückkehr nach Amber zu helfen, und brachte mich auch tatsächlich zurück. Na ja, fast«, korrigierte ich mich. »Wir landeten in Rebma. Doch inzwischen hatte ich Random reinen Wein eingeschenkt, und er schlug vor, ich solle das Muster noch einmal abschreiten und mich auf diese Weise völlig wiederherstellen. Die Gelegenheit bot sich mir, und ich ergriff sie. Das Ergebnis war positiv, und ich nutzte die Macht des Musters, um mich nach Amber zu versetzen.«

Er lächelte. »In diesem Augenblick muß Random ein sehr unglücklicher Mensch gewesen sein«, bemerkte er.

»Jedenfalls ist er nicht gerade in Jubelrufe ausgebrochen«, sagte ich. »Er hatte Moires Urteil akzeptiert – er mußte eine Frau ihrer Wahl heiraten, ein blindes Mädchen namens Vialle, und mindestens ein Jahr lang bei ihr bleiben. Ich ließ ihn zurück und erfuhr später, daß er das Urteil erfüllt hatte. Deirdre war ebenfalls dort. Wir hatten sie unterwegs getroffen; sie war aus Amber geflohen, und wir suchten zu dritt in Rebma Schutz. Auch sie blieb dort.«

Ich leerte meinen Becher, und Benedict deutete mit einer Kopfbewegung auf die Flasche, die aber schon fast leer war. Er nahm eine neue aus seiner Truhe, und wir füllten unsere Becher. Ich trank einen großen Schluck. Dieser Wein war noch besser als der erste – vermutlich sein Privatvorrat.

»Im Palast«, fuhr ich fort, »schlug ich mich in die Bibliothek durch, wo ich mir ein Spiel Tarockkarten verschaffte. Dies war der Hauptgrund für meinen Vorstoß. Doch Eric überraschte mich gleich darauf, und wir kämpften in der Bibliothek. Ich verwundete ihn und hätte ihn wohl auch besiegen können, doch nun traf Verstärkung für ihn ein, und ich mußte fliehen. Ich setzte mich mit Bleys in Verbindung, der mich zu sich in die Schatten holte. Den Rest weißt du sicher von deinen Informanten. Daß Bleys und ich uns zusammentaten, Amber angriffen und die Schlacht verloren. Er stürzte vom Kolvir in die Tiefe. Ich warf ihm meine Karten zu, und er fing sie auf. Soweit ich gehört habe, wurde seine Leiche bis jetzt nicht gefunden. Doch es war ein tiefer Sturz – wenn ich auch annehme, daß in jenem Augenblick Flut herrschte. Ich weiß nicht, ob er an jenem Tag gestorben ist oder nicht.«

»Ich auch nicht«, sagte Benedict.

»Ich wurde gefangengenommen, und Eric wurde gekrönt. Man zwang mich, der Krönung beizuwohnen, obwohl ich mich eigentlich nicht dazu bereitfinden wollte. Es gelang mir, mich zu krönen, bevor der Bastard – genealogisch gesprochen – das Ding wieder an sich nahm und es sich auf den Kopf setzte. Dann ließ er mich blenden und ins Verlies werfen.«

Benedict beugte sich vor und starrte mir ins Gesicht.

»Ja«, sagte er. »Ich habe davon gehört. Wie hat man es gemacht?«

»Mit glühenden Eisen«, sagte ich und zuckte unwillkürlich zusammen. Ich verspürte den Drang, meine Augen zu berühren. »Ich bin ohnmächtig geworden.«

»Sind die Augäpfel verletzt gewesen?«

»Ja«, sagte ich. »Ich glaube schon.«

»Und wie lange hat die Regeneration gedauert?«

»Es dauerte etwa vier Jahre, bis ich wieder verschwommene Umrisse sehen konnte«, sagte ich. »Und erst jetzt ist die Sehschärfe wieder normal. Alles in allem etwa fünf Jahre, würde ich sagen.«

Er lehnte sich zurück, seufzte und lächelte schwach.

»Gut», sagte er. »Du machst mir Hoffnung. Natürlich haben schon andere von uns Körperteile verloren und eine Regeneration erfahren – doch ich bin bisher noch nie so schlimm verstümmelt worden.« Er hob den Armstumpf.

»O ja«, sagte ich. »Eine eindrucksvolle Serie, die mich immer sehr interessiert hat. Allerlei Kleinigkeiten, sicher nur noch den Beteiligten und mir in Erinnerung: Fingerkuppen, Zehen, Ohrläppchen. Ich würde meinen, daß du wegen deines Arms hoffen darfst. Aber es wird seine Zeit dauern. – Nur gut, daß du Rechts- *und* Linkshänder bist«, fügte ich hinzu.

Er lächelte unbehaglich und trank von seinem Wein. Nein, er war noch nicht bereit, mir zu sagen, was ihm widerfahren war.

Auch ich griff wieder nach meinem Becher. Ich wollte ihm nichts von Dworkin sagen. Ich hatte Dworkin als eine Art Trumpf im Ärmel behalten wollen. Keiner von uns kannte die volle Macht dieses Mannes, der offensichtlich verrückt war. Doch er war beeinflußbar. Offensichtlich hatte sogar Vater mit der Zeit Angst vor ihm bekommen und ihn einsperren lassen. Was hatte er mir doch in meiner Zelle gesagt? Daß Vater ihn ins Gefängnis geworfen hätte, nachdem er verkündet hatte, ein Mittel zur Vernichtung von ganz Amber gefunden zu haben. Wenn es sich hierbei nicht nur um das Geplapper eines Wahnsinnigen handelte und wenn dies der eigentliche Grund für seinen Aufenthalt in einer Zelle war, dann war Vater großzügiger gewesen, als ich es hätte je sein können. Der Mann war zu gefährlich, um am Leben zu bleiben. Andererseits hatte Vater versucht, ihn von seiner Krankheit zu heilen. Dworkin hatte von Ärzten gesprochen – von Männern, die er verscheucht oder vernichtet hatte, indem er seine Macht gegen sie richtete. Meine Erinnerungen zeigten ihn als klugen, freundlichen alten Mann, Vater und dem Rest der Familie treu ergeben. Es wäre wahrlich schwierig, einen solchen Menschen umzubringen, solange es noch Hoffnung gab. Er war in ein Quartier verbannt worden, das eigentlich als fluchtsicher galt. Doch als er die Sache eines Tages über hatte, war er einfach ins Freie marschiert. Da kein Mensch in Amber durch die Schatten schreiten kann, wo es nun mal keine Schatten gibt, mußte er etwas bewirkt haben, das ich nicht begriff und das mit dem Prinzip hinter den Trümpfen zusammenhing, woraufhin er dann sein Quartier verlassen konnte. Ehe er dorthin zurückkehrte, vermochte ich ihn zu überreden, mir einen ähnlichen Ausgang aus meiner Zelle zu verschaffen, einen Ausgang, der mich zum Leuchtturm von Cabra versetzte, wo ich mich erholte, ehe ich jene Reise antrat, die mich nach Lorraine führte. Wahrscheinlich hatte man seine Umtriebe noch gar nicht entdeckt. Meines Wissens hatte unsere Familie schon immer besondere Kräfte besessen, doch es war an ihm gewesen, sie zu analysieren und ihre Funktionen im Muster und in den Tarockkarten zu formalisieren. Oft hatte er die Sprache auf dieses Thema gebracht, doch den meisten von uns war der Stoff schrecklich abstrakt und langweilig vorgekommen. Wir sind eben eine sehr pragmatische Familie. Brand war der einzige, der offenbar Interesse für diese Dinge aufbrachte. Und Fiona. Das hatte ich fast vergessen. Auch Fiona hörte ihm manchmal zu. Und Vater. Vater besaß erstaunliche Kenntnisse über Dinge, die er niemals erwähnte. Er hatte nie viel Zeit für uns und hatte so viele Seiten, die wir nicht kannten. Doch hinsichtlich der Prinzipien, die hier angewendet wurden, war er vermutlich ebenso kenntnisreich wie Dworkin. Der Hauptunterschied zwischen den beiden Männern lag in der Anwendung dieser Kenntnisse. Dworkin war ein Künstler. Was Vater war, weiß ich eigentlich nicht. Obwohl er kein unzugänglicher Patriarch war, lud er uns nie zur Aussprache ein. Sobald er uns einmal wahrnahm, war er großzügig mit Geschenken und unterhaltenden Einfällen. Doch unsere Erziehung überließ er Angehörigen seines Hofs. Meinem Gefühl nach tolerierte er uns als gelegentliche unvermeidliche Folgen der Leidenschaft. Im Grunde bin ich einigermaßen überrascht, daß unsere Familie nicht viel größer ist. Wir dreizehn, außerdem zwei Brüder und eine Schwester, die inzwischen tot waren, stellten nahezu fünfzehnhundert Jahre elterlicher Fortpflanzung dar. Da gab es noch einige andere Geschwister lange vor uns, von denen ich hatte sprechen hören und die nicht mehr lebten. Kein sensationelles Ergebnis für ein so lustvolles Familienoberhaupt – allerdings waren wir selbst auch nicht besonders fruchtbar geworden. Wir waren kaum in der Lage, für uns selbst zu sorgen und durch die Schatten zu schreiten, als Vater uns ermutigte, diese Fähigkeiten auszunutzen, uns Orte zu suchen, wo wir glücklich leben konnten, und uns dort niederzulassen. Dies war meine Verbindung zu jenem Avalon, das es heute nicht mehr gibt. Soweit ich weiß, war Vaters Herkunft nur ihm selbst bekannt. In meinem ganzen Leben war ich keinem Menschen begegnet, dessen Gedächtnis in eine Zeit zurückreichte, da es keinen Oberon gegeben hatte. Ist das seltsam? Nicht zu wissen, woher der eigene Vater kommt, nachdem man Jahrhunderte zur Verfügung gehabt hat, die Neugier walten zu lassen? Ja. Aber er war geheimnisvoll, mächtig, schlau – Aspekte, die wir alle zum Teil in uns wiederfanden. Er wollte uns gut versorgen und zufriedenstellen, das spüre ich – doch durften wir nicht so gut gestellt sein, daß wir zur Gefahr für seine Herrschaft werden konnten. In ihm regte sich vermutlich ein Element des Unbehagens, ein nicht unberechtigtes Gefühl der Vorsicht angesichts der Möglichkeit, daß wir zuviel über ihn und die alten Zeiten erfuhren. Ich nehme nicht an, daß er sich jemals eine Periode vorgestellt hatte, da er nicht mehr in Amber herrschen würde. Zwar sprach er von Zeit zu Zeit scherzhaft oder grollend von seiner Abdankung. Doch meinem Gefühl nach stand immer eine kühle Berechnung dahinter, der Wunsch zu sehen, welche Reaktion darauf erfolgte. Er mußte die Situation erkannt haben, die sein Tod hervorrufen würde, weigerte sich aber anzuerkennen, daß es je soweit kommen würde. Und keiner von uns hatte einen Überblick über all seine Pflichten und Verantwortungen, über seine heimlichen Aufgaben. So unangenehm mir dieses Eingeständnis auch war, ich kam langsam zu der Überzeugung, daß keiner von uns wirklich geeignet war, den Thron zu übernehmen. Nur zu gern hätte ich Vater die Schuld an dieser Unfähigkeit zugeschoben, doch leider war ich seit meinem Aufenthalt auf der Schatten-Erde zu gut mit Freud bekannt, um nicht einen Teil der Schuld auch bei mir zu suchen. Außerdem kamen mir Zweifel über die Gültigkeit unserer Ansprüche. Wenn es keine Abdankung gegeben hatte und er tatsächlich noch lebte, konnte einer von uns bestenfalls auf eine Regentschaft hoffen. Es wäre sicher kein angenehmer Augenblick – und schon gar nicht, wenn man auf dem Thron saß –, ihn in eine andere Situation zurückkehren zu sehen. Sagen wir es ganz offen – ich hatte Angst vor ihm, und das nicht ohne Grund. Nur ein Dummkopf hat keine Angst vor einer realen Macht, die er nicht versteht. Doch ob es nun um den Königstitel oder die Regentschaft ging, mein Anspruch war fundierter als der von Eric, und ich war noch immer entschlossen, ihn durchzusetzen. Wenn eine Macht aus Vaters düsterer Vergangenheit, die keiner von uns wirklich verstand, mir helfen konnte, diesen Anspruch zu sichern, und wenn Dworkin eine solche Macht war, dann mußte er im verborgenen bleiben, bis ich ihn zu meinen Gunsten einsetzen konnte.

Galt das aber auch, wenn die von ihm vertretene Macht die Fähigkeit war, ganz Amber zu vernichten – und damit sämtliche Schatten-Welten, das gesamte Universum, wie ich es kannte?

Dann besonders, gab ich mir zur Antwort. Denn wem sonst konnte man eine solche Macht anvertrauen?

Wir sind wirklich eine sehr pragmatische Familie.

Ich trank mehr Wein, dann fummelte ich an meiner Pfeife herum, säuberte sie, stopfte sie von neuem.

»In den Grundzügen ist das meine Geschichte bis heute«, sagte ich, stand auf und holte mir Feuer von der Lampe. »Als ich wieder sehen konnte, gelang mir die Flucht aus Amber. Ich trieb mich eine Zeitlang in einem Land namens Lorraine herum, wo ich Ganelon kennenlernte, dann kam ich hierher.«

»Warum?«

Ich nahm Platz und sah ihn an.

»Weil dieser Ort dem Avalon nahe ist, das mir einmal am Herzen lag«, sagte ich.

Ich hatte absichtlich nicht erwähnt, daß ich Ganelon von früher kannte, und hoffte, daß mein Begleiter sich entsprechend verhielt. Dieser Schatten war unserem Avalon nahe genug, daß sich Ganelon in der Landschaft und mit den meisten Lebensgewohnheiten auskennen mußte. Was immer ich daraus gewinnen mochte, mir schien es jedenfalls geraten, Benedict diese Information vorzuenthalten.

Er ging darüber hinweg, wie ich es erwartet hatte, stand dieser Aspekt doch im Schatten interessanterer Details.

»Und deine Flucht?« fragte er. »Wie hast du das geschafft?«

»Mir wurde bei meiner Flucht aus der Zelle natürlich geholfen. Als ich erst einmal draußen war . . . Nun, es gibt noch einige Passagen, die Eric nicht kennt.«

»Ich verstehe«, sagte er verständnisvoll nickend – natürlich in der Hoffnung, ich würde nun die Namen meiner Helfer nennen, doch klug genug, um nicht offen danach zu fragen.

Ich zog an meiner Pfeife und lehnte mich lächelnd zurück.

»Es ist angenehm, Freunde zu haben«, sagte er, als stimme er Gedanken zu, die mir jetzt durch den Kopf gehen mochten.

»Wir alle dürften ein paar Freunde in Amber haben.«

»Das bilde ich mir jedenfalls ein«, sagte er und fuhr fort: »Wie ich gehört habe, hast du die zum Teil angekratzte Zellentür verriegelt zurückgelassen, nachdem du deine Bettstatt angezündet hattest. Außerdem hast du Bilder an die Wand gemalt.«

»Ja«, sagte ich. »Das lange Eingesperrtsein bleibt nicht ohne Einfluß auf den Geist. Ich bekam die Folgen jedenfalls sehr zu spüren. Ich machte lange Perioden durch, in denen ich nicht ganz bei Verstand war.«

»Ich beneide dich nicht um diese Erfahrung, Bruder«, sagte er. »Ganz und gar nicht. Was hast du jetzt für Pläne?«

»Die sind noch ungewiß.«

»Verspürst du vielleicht den Wunsch, hierzubleiben?«

»Ich weiß es nicht«, entgegnete ich. »Wie stehen die Dinge hier?«

»Ich habe die Führung«, sagte er – eine einfache Feststellung, keine Prahlerei. »Ich glaube, es ist mir soeben gelungen, die einzige wirkliche Gefahr für das Territorium zu beseitigen. Wenn ich recht habe, steht uns eine einigermaßen ruhige Zeit bevor. Der Preis war hoch« – er deutete auf seinen Armstumpf –, »aber der Einsatz hat sich gelohnt, wie sich bald erweisen wird, wenn das Leben wieder in seine normalen Bahnen zurückkehrt.«

Er beschrieb mir eine Situation, die in den Grundzügen mit der Schilderung des jungen Soldaten übereinstimmte. Sein Bericht gipfelte in dem Sieg über die höllischen Frauen. Die Anführerin war umgekommen, ihre Reiter waren geflohen und auf der Flucht getötet worden. Das Höhlensystem war von neuem verschlossen worden. Benedict hatte sich vorgenommen, eine kleine Streitmacht im Feld zu belassen, um jedes Risiko auszuschließen, während seine Kundschafter die Gegend nach Überlebenden absuchten.

Von seiner Zusammenkunft mit Lintra, der gegnerischen Anführerin, sprach er nicht.

»Wer hat die Anführerin getötet?« wollte ich wissen.

»Das ist mir gelungen«, sagte er und machte eine heftige Bewegung mit dem Armstumpf. »Allerdings habe ich beim ersten Hieb ein wenig zu lange gezögert.«

Ich wandte den Blick ab. Ganelon tat es mir nach. Als ich meinen Bruder wieder ansah, hatte sich sein Gesicht beruhigt, und der verstümmelte Arm hing wieder an seiner Seite herab.

»Wir hatten nach dir gesucht. Wußtest du das, Corwin?« fragte er. »Brand suchte in vielen Schatten nach dir, ebenso Gérard. Du hattest recht mit deiner Vermutung über die Äußerungen, die Eric am Tag nach deinem Verschwinden machte. Doch wir waren nicht geneigt, sein Wort ohne weiteres hinzunehmen. Wiederholt bemühten wir deine Trumpfkarte, doch es kam keine Antwort. Offensichtlich kann ein Gehirnschaden den Trumpf blockieren. Eine interessante Vorstellung. Die mangelnde Reaktion auf den Trumpf führte uns schließlich zu der Überzeugung, daß du umgekommen wärst. Dann schlossen sich Julian, Caine und Random der Suche an.«

»Ihr alle? Wirklich? Ich bin erstaunt!«

Er lächelte.

»Oh«, sagte ich und mußte ebenfalls lächeln.

Ihr Mitmachen bei der Suche bedeutete, daß es ihnen nicht um mein Wohl gegangen war, sondern um die Möglichkeit, Beweise für einen Brudermord zu finden, Beweise, mit denen Eric entmachtet oder erpreßt werden konnte.

»Ich habe in der Nähe Avalons nach dir gesucht«, fuhr Benedict fort. »Und da fand ich diesen Ort und blieb hier hängen. Er war damals in einem jämmerlichen Zustand, und generationenlang mühte ich mich, dem Land wieder zu seiner früheren Pracht zu verhelfen. Während ich die Arbeit im Gedenken an dich begann, entwickelte sich in mir mit der Zeit eine Zuneigung zu dem Land und seinem Volk. Die Menschen hier sahen mich bald als ihren Protektor an – und ich mich ebenfalls.«

Seine Worte beunruhigten und rührten mich zugleich. Wollte er sagen, ich hätte die Sache hier vermasselt, und er habe sich ins Geschirr gelegt, um alles wieder in Ordnung zu bringen – gewissermaßen als Aufräumaktion für den jüngeren Bruder? Oder wollte er mir mitteilen, er habe erkannt, daß ich diese – oder eine ihr sehr ähnlich sehende – Welt geliebt hatte, und er habe für Ruhe und Ordnung gesorgt, um damit sozusagen meine Wünsche zu erfüllen? Vielleicht war ich nun doch etwas zu empfindlich.

»Es ist ein angenehmes Gefühl, zu wissen, daß man mich gesucht hat«, sagte ich, »und daß du das Land hier beschützt. Ich würde mir diesen Ort gern einmal ansehen – denn er erinnert mich tatsächlich an das Avalon von früher. Hättest du etwas gegen einen Besuch einzuwenden?«

»Ist das alles, was du möchtest? Einen Besuch machen?«

»Mehr hatte ich nicht im Sinn.«

»Dann solltest du dir klarmachen, daß die hiesige Meinung über den Schatten deiner selbst, der einmal hier geherrscht hat, nicht besonders gut ist. In dieser Welt erhält kein Kind den Namen Corwin, auch trete ich nicht als Corwins Bruder auf.«

»Ich verstehe«, sagte ich. »Mein Name ist Corey. Können wir alte Freunde sein?«

Er nickte.

»Alte Freunde sind hier immer gern gesehen«, sagte er.

Ich lächelte und nickte. Ich war gekränkt über seine Vorstellung, daß ich womöglich Absichten auf diesen Schatten eines Schatten hätte – ich, der ich das kalte Feuer der Amber-Krone auf meiner Stirn gespürt hatte, wenn auch nur eine Sekunde lang.

Ich überlegte, wie er sich verhalten würde, wenn er von meiner eigentlichen Schuld an diesen Überfällen erfuhr. So gesehen, war ich vermutlich auch am Verlust seines Arms schuld. Doch ich zog es vor, die Situation noch um einen Schritt zurückzustufen und Eric als Gesamtverantwortlichen zu sehen. Schließlich war es sein Vorgehen, das meinen Fluch ausgelöst hatte.

Trotzdem hoffte ich, daß Benedict niemals die Wahrheit erfuhr.

Ich hätte zu gern gewußt, wie er zu Eric stand. Würde er ihn unterstützen oder sich hinter mich stellen oder sich aus der Sache ganz heraushalten, wenn ich zu handeln begann? Er seinerseits fragte sich bestimmt, ob mein Ehrgeiz erloschen war oder noch immer glomm – und was ich, wenn ich noch Pläne hatte, zu unternehmen gedachte. Also . . .

Wer würde die Sprache auf das Thema bringen?

Ich zog mehrmals kräftig an meiner Pfeife, leerte den Becher, schenkte mir nach, rauchte weiter. Ich lauschte auf die Geräusche des Lagers, auf den Wind . . .

»Was hast du langfristig vor?« fragte er mich dann fast beiläufig.

Ich konnte antworten, ich hätte mich noch nicht entschlossen, ich sei es zufrieden, frei zu sein, zu leben, sehen zu können . . . Ich konnte ihm weismachen, das wäre mir im Augenblick genug, ich hätte keine speziellen Pläne . . .

. . . Und er hätte gewußt, daß ich ihm Lügen auftischte. Denn er kannte mich besser.

»Du kennst meine Pläne«, sagte ich also.

»Wenn du mich um Hilfe bitten würdest«, sagte er, »müßte ich sie dir verweigern. Amber ist auch ohne einen neuen Machtkampf übel genug dran.«

»Eric ist ein Usurpator«, sagte ich.

»Ich betrachte ihn eher als Regenten. Im Augenblick ist jeder von uns ein Usurpator, der Anspruch auf den Thron erhebt.«

»Dann nimmst du also an, daß Vater noch am Leben ist?«

»Ja. Am Leben und ziemlich mitgenommen. Er hat mehrmals versucht, Verbindung aufzunehmen.«

Es gelang mir, mein Gesicht unbewegt zu halten. Ich war also nicht der einzige. Jetzt meine eigenen Erfahrungen zu offenbaren, hätte sich heuchlerisch, opportunistisch und geradezu unwahr angehört – hatte er mir doch bei unserem Kontakt vor fünf Jahren den Weg zum Thron freigegeben. Allerdings konnte er auch eine Regentschaft gemeint haben . . .

»Als Eric den Thron übernahm, hast du ihm nicht geholfen«, sagte ich. »Würdest du ihn jetzt unterstützen, da er auf dem Thron sitzt, wenn ein Versuch unternommen würde, ihn zu stürzen?«

»Ich habe es schon gesagt«, erwiderte er. »Ich betrachte ihn als Regenten. Das soll nicht heißen, daß ich die Situation billige, doch ich möchte in Amber keine weiteren Unruhen erleben.«

»Du würdest ihn also unterstützen?«

»Ich habe gesagt, was ich in dieser Sache sagen wollte. Du bist herzlich eingeladen, mein Avalon zu besuchen, doch nicht, es als Ausgangspunkt für einen Angriff auf Amber zu benutzen. Klärt das die Lage hinsichtlich der Dinge, die du vielleicht in deinem Köpfchen bewegst?«

»Allerdings«, sagte ich.

»Und möchtest du uns noch immer besuchen?«

»Ich weiß nicht recht«, sagte ich. »Wirkt sich dein Wunsch, in Amber Unruhen zu vermeiden, auch zur anderen Seite hin aus?«

»Was meinst du damit?«

»Ich meine, wenn man mich etwa gegen meinen Willen nach Amber zurückbrächte, würde ich dort natürlich denkbar viel Unruhe schaffen, um eine Rückkehr in meine frühere Lage zu verhindern.«

Sein Gesicht entspannte sich, und er senkte langsam den Kelch.

»Ich wollte nicht andeuten, daß ich dich verraten würde. Glaubst du etwa, ich hätte keine Gefühle, Corwin? Ich möchte nicht, daß du wieder in Gefangenschaft gerätst und erneut geblendet wirst – oder daß etwas Schlimmeres mit dir passiert. Als Gast bist du mir stets willkommen, und du kannst an unseren Grenzen außer deinem Ehrgeiz auch deine Ängste zurücklassen.«

»Dann möchte ich dir meinen Besuch nach wie vor abstatten«, sagte ich. »Ich habe keine Armee und bin auch nicht in der Absicht gekommen, Soldaten auszuheben.«

»Dann bist du herzlich willkommen, das weißt du.«

»Vielen Dank, Benedict. Ich habe zwar nicht erwartet, dich hier vorzufinden – doch ich bin froh darüber.«

Sein Gesicht rötete sich etwas, und er nickte.

»Ich freue mich ebenfalls«, sagte er. »Bin ich der erste aus der Familie, den du – nach deiner Flucht zu sehen bekommst?«

Ich nickte. »Ja, und ich bin natürlich neugierig, wie es den anderen geht. Irgendwelche wichtigen Neuigkeiten?«

»Es hat keine neuen Todesfälle gegeben«, sagte er.

Wir lachten leise vor uns hin, und ich wußte, daß ich den Familienklatsch auf anderem Wege in Erfahrung bringen mußte. Der Versuch hatte sich aber gelohnt.

»Ich gedenke noch eine Zeitlang im Felde zu bleiben«, sagte er; »und die Patrouillenritte fortzusetzen, bis ich sicher bin, daß von den Angreifern niemand mehr im Freien unterwegs ist. Es dauert vielleicht noch eine Woche, bis wir uns endgültig zurückziehen.«

»Oh? War euer Sieg denn nicht total?«

»Ich glaube schon – doch ich gehe niemals unnötige Risiken ein. Es lohnt sich, ein wenig mehr Zeit aufzuwenden, um ganz sicherzugehen.«

»Klug gehandelt«, sagte ich und nickte.

». . . Wenn du also nicht unbedingt bei uns im Lager bleiben möchtest, sehe ich keinen Grund, warum du nicht zur Stadt vorausreiten und dich dem Kern der Dinge nähern solltest. Ich besitze mehrere Wohnungen in Avalon und denke daran, dir ein kleines Landhaus zur Verfügung zu stellen, das ich ganz hübsch finde. Es liegt nicht weit von der Stadt.«

»Ich freue mich darauf.«

»Ich gebe dir morgen früh eine Karte und einen Brief an meinen Hausverwalter.«

»Vielen Dank, Benedict.«

»Ich stoße zu dir, sobald ich hier fertig bin«, fuhr er fort. »Außerdem schicke ich täglich Boten in die Stadt. Durch sie bleibe ich mit dir in Verbindung.«

»Einverstanden.«

»Dann such dir ein bequemes Plätzchen«, sagte er. »Ich bin sicher, du wirst den Gong zum Frühstück nicht verschlafen.«

»Das passiert mir selten«, erwiderte ich. »Ist es dir recht, wenn wir dort schlafen, wo unsere Sachen liegen?«

»Aber ja«, sagte er, und wir leerten unsere Becher.

Als wir das Zelt verließen, packte ich den Vorhang beim Öffnen ganz oben und vermochte ihn ein Stück zur Seite zu zerren, als ich ihn beiseite stieß. Benedict wünschte uns eine gute Nacht und wandte sich ab, während ich die Plane zurückfallen ließ. Er übersah den mehrere Zoll breiten Schlitz, den ich an einer Seite geschaffen hatte.

Ich schlug mein Lager ein Stück rechts von unseren Besitztümern auf, wobei ich zu Benedicts Zelt hinübersah, und ich stapelte die Sachen um, während ich sie durchsah. Ganelon warf mir einen fragenden Blick zu, doch ich nickte nur und machte mit den Augen eine Bewegung zum Zelt. Er blickte in die Richtung, gab mir das Nicken zurück und machte sich daran, seine Decke weiter rechts auszulegen.

Ich maß die Entfernung mit den Augen, ging zu ihm und sagte: »Wißt Ihr, ich möchte doch lieber hier schlafen. Hättet Ihr etwas dagegen, mit mir zu tauschen?« Ich unterstrich meine Worte mit einem Augenzwinkern.

»Mir egal«, sagte er achselzuckend.

Die Lagerfeuer waren ausgegangen oder brannten nieder, und die meisten Soldaten hatten sich schlafen gelegt. Der Posten kümmerte sich kaum um uns. Im Lager war es sehr still, und keine Wolke verdeckte den Glanz der Sterne. Ich war müde und empfand den Geruch nach Rauch und feuchter Erde als sehr angenehm, fühlte ich mich doch an frühere Zeiten und ähnliche Orte erinnert, an die Rast am Ende eines langen Tages.

Doch anstatt die Augen zu schließen, nahm ich mein Bündel und stellte es mir in den Rücken. Ich füllte meine Pfeife erneut und entzündete sie.

Zweimal mußte ich die Stellung wechseln, während Benedict im Zelt hin und her schritt. Einmal verschwand er aus meinem Blickfeld und war einige Sekunden lang nicht zu sehen. Doch dann bewegte sich das hintere Licht, und ich erkannte, daß er seine Truhe geöffnet hatte. Im nächsten Augenblick kam er wieder in Sicht und räumte den Tisch ab. Er trat einen Augenblick zurück, kehrte zurück und setzte sich an seinen alten Platz. Ich schob mich so zurecht, daß ich seinen linken Arm im Auge behalten konnte.

Er blätterte in einem Buch oder sortierte etwas, das ungefähr die gleiche Größe hatte.

Etwa Karten?

Natürlich!

Ich hätte viel gegeben für einen Blick auf den Trumpf, den er schließlich auswählte und vor sich hinhielt. Ich hätte viel dafür gegeben, Grayswandir in meiner Hand zu fühlen, für den Fall, daß plötzlich eine weitere Person in dem Zelt erschienen wäre – und zwar nicht durch den Eingang, durch den ich die Szene verfolgte. Meine Handflächen und Fußsohlen begannen zu kribbeln in Erwartung des Kampfes.

Doch er blieb allein.

Reglos saß er da, etwa eine Viertelstunde lang, und als er sich schließlich wieder bewegte, legte er die Karten in seine Truhe zurück und löschte die Lampen.

Die Wächter setzten ihren monotonen Dienst fort, und Ganelon begann zu schnarchen.

Ich klopfte meine Pfeife aus und rollte mich auf die Seite.

Morgen, so sagte ich mir. Wenn ich morgen hier erwache, ist alles in Ordnung . . .

5

Ich kaute auf einem Grashalm herum und sah, wie sich das Mühlenrad drehte. Ich lag auf dem Bauch am gegenüberliegenden Ufer des Flusses und hatte den Kopf in die Hände gestützt. Im Dunst über dem Gischten und Schäumen am Fuße des Wasserfalls hatte sich ein winziger Regenbogen gebildet, und ab und zu flog ein Tropfen sogar bis zu mir. Das gleichmäßige Rauschen und das Knarren des Rades löschten alle anderen Geräusche des Waldes aus. Die Mühle lag heute verlassen da, und ich starrte nachdenklich hinüber, hatte ich doch ein solches Bauwerk seit vielen Jahren nicht mehr gesehen. Das Rad zu beobachten und dem Wasser nachzulauschen – das war mehr als eine Erholung. Es war irgendwie hypnotisch.

Es war unser dritter Tag als Benedicts Gäste. Ganelon war auf einer Vergnügungstour in der Stadt. Ich hatte ihn am Vortag begleitet und alle Erkundigungen eingezogen, die ich brauchte. Jetzt hatte ich keine Zeit mehr, den Touristen zu spielen. Ich mußte nachdenken und so schnell wie möglich handeln. Im Lager hatte es keine Probleme mehr gegeben. Benedict hatte uns zu essen vorgesetzt und uns, wie versprochen, eine Karte und ein Einführungsschreiben überreicht. Wir waren bei Sonnenaufgang losgeritten und gegen Mittag am Landhaus eingetroffen. Man empfing uns zuvorkommend, und nachdem wir unsere Sachen ausgepackt hatten, waren wir in die Stadt gegangen, wo wir den Rest des Tages verbrachten.

Benedict gedachte noch einige Tage im Feld zu bleiben. Wenn

er zurückkam, mußte ich die mir gestellte Aufgabe erledigt haben. Folglich stand ein Höllenritt auf dem Programm. Zeit für eine gemächliche Reise blieb mir nicht. Ich mußte mich an die richtigen Schatten erinnern und mich bald auf den Weg machen.

Es hätte sehr angenehm sein können, an diesem Ort zu verweilen, der mich so sehr an mein Avalon erinnerte, wenn meine dunklen Pläne nicht förmlich zur Besessenheit geworden wären. Die Erkenntnis dieser Tatsache war jedoch nicht gleichbedeutend mit ihrer Bewältigung. Die vertrauten Szenen und Geräusche hatten mich nur kurz ablenken können, ehe ich mich wieder meinen Plänen zuwandte.

Soweit ich es überschauen konnte, würde es keine Schwierigkeiten geben. Mit dem geplanten Ausflug müßten sich zwei Probleme lösen lassen, wenn ich ihn vollenden konnte, ohne Verdacht zu erregen. Dies bedingte, daß ich über Nacht ausblieb, doch ich hatte so etwas schon geahnt und Ganelon gebeten, meine Abwesenheit zu decken.

Im Rhythmus der quietschenden Geräusche des Mühlrades sank mir der Kopf herab, und ich verdrängte alles andere aus meinem Geist und machte mich daran, die richtige Beschaffenheit des Sandes heraufzubeschwören, seine Färbung und Temperatur, die Winde, den Geschmack von Salz in der Luft, die Wolken . . .

Und ich schlief ein und begann zu träumen – doch nicht von dem Ort, den ich erstrebte.

Ich beobachtete ein riesiges Roulette, und wir alle saßen darauf – meine Brüder, meine Schwestern, ich selbst und andere, die ich kannte oder einst gekannt hatte; wir stiegen auf und stürzten hinab, jeder in der ihm zugeteilten Sektion. Wir alle forderten lautstark, das Rad möge für uns anhalten, und begannen zu jammern, wenn wir die Spitze passierten und wieder abwärts schossen. Die Fahrt des Rades begann sich zu verlangsamen, und ich befand mich auf dem Weg nach oben. Ein blonder Jüngling hing mit dem Kopf nach unten vor mir, flehte mich an und äußerte düstere Warnungen, doch seine Worte gingen in der Kakophonie der Stimmen unter. Sein Gesicht verdunkelte sich, zerschmolz, verwandelte sich in etwas unbeschreiblich Schreckliches, und ich hieb nach der Schnur, die sein Fußgelenk hielt, und er stürzte aus meinem Blickfeld. Als ich mich der Spitze näherte, verlangsamte das Rad die Fahrt noch mehr – und in diesem Augenblick sah ich Lorraine. Sie schwenkte die Arme, gab mir verzweifelt Zeichen, rief meinen Namen. Ich sah sie ganz deutlich und beugte mich in ihre Richtung, ich sehnte mich nach ihr, wollte ihr helfen. Doch als das Rad seine Drehung fortsetzte, verschwand sie wieder.

»Corwin?«

Ich versuchte ihren Schrei zu ignorieren, denn ich war fast oben. Der Laut ertönte von neuem, doch ich spannte die Muskeln an und bereitete mich darauf vor, nach oben zu springen. Wenn das Rad nicht für mich anhielt, wollte ich das verdammte Ding hereinlegen, wenn es ging – auch wenn ein Sturz in die Tiefe meinen völligen Ruin bedeutet hätte. Ich setzte zum Sprung an. Noch ein Klikken . . .

»Corwin!«

Das Rad wich zurück, kehrte zurück, verblaßte, und ich blickte wieder auf das Mühlrad, während mir mein Name in den Ohren nachklang und sich mit dem Plätschern des Bachs vermischte, damit verschmolz, darin verhallte.

Ich blinzelte und fuhr mir mit den Fingern durchs Haar. Dabei fielen mir einige Gänseblümchen auf die Schultern, und irgendwo hinter mir ertönte ein Kichern.

Verblüfft drehte ich mich um.

Sie stand etwa ein Dutzend Schritte von mir entfernt, ein großes, schlankes Mädchen mit dunklen Augen und kurzgeschnittenem braunem Haar. Sie trug eine Fechtjacke und hielt in der rechten Hand ein Rapier, in der linken eine Maske. Sie sah mich lachend an. Ihre Zähne waren weiß, ebenmäßig und ein wenig zu lang; ein Streifen Sommersprossen zog sich über ihre schmale Nase und den oberen Teil der gebräunten Wangen. Sie war von einer Aura aus Vitalität umgeben, die eine andere Anziehungskraft ausübte als bloße Anmut. Und vermutlich besonders, wenn sie mit dem Auge langjähriger Erfahrung gesehen wird.

Sie grüßte mich mit der Klinge.

»*En garde,* Corwin«, sagte sie.

»Wer seid Ihr, zum Teufel?« fragte ich. Im gleichen Moment fiel mein Blick auf Jacke, Maske und Rapier neben mir im Gras.

»Keine Fragen, keine Antworten«, sagte sie. »Erst müssen wir miteinander fechten.«

Sie setzte die Maske auf und wartete.

Ich stand auf und nahm die Jacke zur Hand. Mir war klar, daß es leichter sein würde, mit ihr zu kämpfen, als mit ihr zu diskutieren. Die Tatsache, daß sie meinen Namen kannte, beunruhigte mich, und je mehr ich darüber nachdachte, desto bekannter kam sie mir irgendwie vor. Sicher war es am besten, ihr die Freude zu machen, sagte ich mir, zog die Jacke an und knöpfte sie zu.

Dann nahm ich die Klinge zur Hand und setzte die Maske auf.

»Na gut«, sagte ich, deutete einen Salut an und trat vor. »Also gut.«

Sie kam mir entgegen, und wir begannen zu kämpfen. Ich ließ sie angreifen.

Sie attackierte schnell mit Schlag – Finte – Finte – Stoß. Meine Riposte kam zweimal ebenso schnell, doch sie vermochte zu parieren und mit gleichem Tempo erneut vorzustoßen. Ich reagierte darauf mit einem langsamen Rückzug, um sie aus der Reserve zu locken. Sie lachte und folgte mir, begann mich zu bedrängen. Sie war gut, was sie auch wußte. Sie wollte ein bißchen angeben. Tatsächlich wäre es ihr zweimal fast gelungen, mich zu treffen, zweimal auf dieselbe Weise, sehr tief, was ich nicht so mochte. Danach gab ich mir Mühe und erwischte sie schließlich mit einem angehaltenen Stoß. Sie fluchte leise vor sich hin, bestätigte den Treffer und fiel sofort wieder über mich her. Normalerweise fechte ich nicht gern mit Frauen, so gut sie auch sein mögen – doch diesmal hatte ich zu meiner Überraschung Spaß an der Sache. Die Geschicklichkeit und die Anmut, mit der sie ihre Angriffe vortrug und durchhielt, bereitete mir Freude, ließ mich lebhaft reagieren, und ich dachte unwillkürlich an den Verstand, der hinter diesem Kampfstil stecken mußte. Zuerst war ich bestrebt gewesen, sie schnell zu ermüden, den Kampf zu beenden und dann meine Fragen zu stellen. Doch jetzt beherrschte mich der Wunsch, die Auseinandersetzung in die Länge zu ziehen.

Sie ermüdete nur sehr langsam. In diesem Punkt brauchte ich mir keine Sorgen zu machen. Während wir am Ufer des Flusses vor- und zurücksprangen, ging mir jedes Zeitgefühl verloren; unsere Klingen klirrten in ständigem Rhythmus gegeneinander.

Es mußte ziemlich viel Zeit vergangen sein, als sie schließlich mit dem Fuß aufstampfte und die Klinge zu einem letzten Gruß hob. Dann riß sie sich die Maske vom Gesicht und lächelte mich an.

»Vielen Dank«, sagte sie schweratmend.

Ich erwiderte den Gruß und warf die Netzmaske ab. Dann drehte ich mich um und fummelte an den Jackenschnallen herum, und ehe ich etwas merkte, war sie heran und küßte mich auf die Wange. Dazu brauchte sie sich nicht einmal auf die Zehenspitzen zu stellen. Im ersten Augenblick war ich verwirrt, dann lächelte ich. Ehe ich etwas sagen konnte, hatte sie meinen Arm ergriffen und mich in die Richtung gedreht, aus der wir gekommen waren.

»Ich habe einen Picknickkorb für uns mitgebracht«, sagte sie.

»Ausgezeichnet. Ich bin hungrig. Außerdem bin ich neugierig . . .«

»Ich erzähle Euch alles, was Ihr wissen wollt«, sagte sie fröhlich.

»Wie wär's mit Eurem Namen?«

»Dara«, erwiderte sie. »Ich heiße Dara, wie meine Großmutter.«

Dabei sah sie mich an, als hoffe sie auf eine Art Reaktion von mir. Es tat mir fast leid, sie enttäuschen zu müssen, doch zumindest nickte ich und wiederholte den Namen. »Warum habt Ihr mich Corwin genannt?« fragte ich.

»Weil Ihr nun mal so heißt«, sagte sie. »Ich habe Euch erkannt.«

»Woran?«

Sie ließ meinen Arm los.

»Hier ist er«, sagte sie, griff hinter einen Baum und nahm einen Korb zur Hand, der dort zwischen den Wurzeln gestanden hatte.

»Ich hoffe, daß sich die Ameisen nicht schon darüber hergemacht haben«, sagte sie, ging zu einer schattigen Stelle am Fluß und breitete ein Tuch auf dem Boden aus.

Ich hängte die Fechtausrüstung auf einen Busch in der Nähe.

»Ihr scheint eine ganze Menge Sachen mit Euch herumzuschleppen«, bemerkte ich.

»Mein Pferd steht dort hinten«, erwiderte sie und deutete mit einer Kopfbewegung flußabwärts.

Dann widmete sie sich wieder der Aufgabe, das Tuch zu beschweren und den Korb auszupacken.

»Warum dort hinten?« fragte ich.

»Damit ich mich an Euch heranschleichen konnte, natürlich. Bei Hufschlag wärt Ihr doch sicher sofort aufgewacht.«

»Da habt Ihr wahrscheinlich recht«, sagte ich.

Sie schwieg einen Augenblick lang, als hinge sie ernsten Gedanken nach, um diesen Eindruck schließlich mit einem Kichern verfliegen zu lassen.

»Trotzdem – beim erstenmal habt Ihr mich nicht gehört. Aber immerhin . . .«

»Beim erstenmal?« fragte ich, da sie die Frage offenbar von mir erwartete.

»Ja. Ich hätte Euch vorhin fast niedergeritten«, sagte sie. »Ihr habt fest geschlafen. Als ich Euch erkannte, bin ich nach Hause zurückgeritten und habe den Picknickkorb und die Fechtsachen geholt.«

»Ich verstehe.«

»Kommt und setzt Euch«, sagte sie. »Und öffnet doch bitte die Flasche, ja?«

Sie stellte eine Flasche vor mich hin und packte vorsichtig zwei Kristallkelche aus, die sie auf das Tuch stellte.

Ich begab mich an meinen Platz und setzte mich.

»Das ist Benedicts bestes Kristall«, stellte ich fest, als ich die Flasche öffnete.

»Ja«, sagte sie. »Seid vorsichtig beim Eingießen. Vielleicht sollten wir lieber nicht anstoßen.«

»Da habt Ihr sicher recht«, sagte ich und schenkte ein.

Sie hob das Glas.

»Auf das Wiedersehen«, sagte sie.

»Was für ein Wiedersehen?«

»Das unsere.«

»Ich habe Euch noch nie zuvor gesehen.«

»Seid nicht so prosaisch«, bemerkte sie und trank einen Schluck.

Ich zuckte die Achseln. »Auf unser Wiedersehen.«

Daraufhin begann sie zu essen, und ich tat es ihr nach. Sie hatte so viel Spaß an der Atmosphäre der Rätselhaftigkeit, die sie geschaffen hatte, daß ich gern auf ihr Spiel einging, nur um sie fröhlich zu sehen.

»Wollen mal sehen – woher könnten wir uns kennen?« fragte ich. »Von einem großen Hof? Vielleicht aus einem Harem . . .?«

»Vielleicht aus Amber«, sagte sie. »Ihr wart dort . . .«

»Amber?« fragte ich und mußte daran denken, daß ich hier Benedicts Glas in der Hand hielt, und beschränkte meine Emotionen auf die Stimme. »Wer seid Ihr eigentlich?«

». . . Dort standet Ihr – gutaussehend, eingebildet, von allen Damen bewundert«, fuhr sie fort. »Und ich – ein unansehnliches kleines Ding, das Euch aus der Ferne anhimmelte. Ein graues, ganz und gar nicht lebhaftes Geschöpf, die kleine Dara – ein Spätentwickler, wie ich noch schnell hinzufügen möchte –, die sich nach Euch verzehrte . . .«

Ich murmelte eine Verwünschung vor mich hin, und sie lachte erneut.

»War es nicht so?« fragte sie.

»Nein«, entgegnete ich und tat mich noch einmal an Fleisch und Brot gütlich. »Es dürfte sich eher um jenes Freudenhaus gehandelt haben, in dem ich mich am Rücken verletzte. In dieser Nacht war ich betrunken . . .«

»Ihr erinnert Euch also!« rief sie. »Ich habe dort ausgeholfen. Tagsüber ritt ich Pferde ein.«

»Ich geb's auf«, sagte ich und schenkte Wein nach.

Am meisten irritierte mich die Tatsache, daß sie mir wirklich verdammt bekannt vorkam. Nach ihrem Aussehen und Verhalten schätzte ich ihr Alter allerdings auf etwa siebzehn Jahre – und das schloß eine frühere Begegnung so ziemlich aus.

»Hat Euch Benedict das Fechten beigebracht?« fragte ich.

»Ja.«

»Was bedeutet er Euch?«

»Er ist natürlich mein Liebhaber«, erwiderte sie. »Er behängt mich mit Schmuck und Pelzen.«

Wieder lachte sie.

Ich nahm den Blick nicht von ihrem Gesicht.

Ja, möglich war es . . .

»Ich bin gekränkt«, sagte ich schließlich.

»Warum?« fragte sie.

»Benedict hat mir keinen reinen Wein eingeschenkt.«

»Reinen Wein?«

»Ihr seid seine Tochter, nicht wahr?«

Ihr Gesicht rötete sich, doch sie schüttelte den Kopf.

»Nein«, sagte sie. »Aber Ihr kommt der Sache schon näher.«

»Enkelin?«

»Na ja . . . gewissermaßen.«

»Das verstehe ich nicht ganz.«

»Großvater – so soll ich ihn immer nennen. Doch in Wirklichkeit ist er der Vater meiner Großmutter.«

»Ich verstehe. Habt Ihr noch Geschwister?«

»Nein, ich bin allein.«

»Was ist mit Eurer Mutter – und Großmutter?«

»Beide tot.«

»Wie sind sie gestorben?«

»Gewaltsam. Beide Male geschah es, als er in Amber war. Deshalb ist er wohl seit langer Zeit nicht mehr dortgewesen. Er läßt mich nicht gern ohne Schutz hier – auch wenn er weiß, daß ich selbst auf mich aufpassen kann. Und Ihr wißt das jetzt auch, nicht wahr?«

Ich nickte. Damit fanden verschiedene Dinge ihre Erklärung – unter anderem die Frage, warum er hier Protektor war. Er mußte seine Enkelin irgendwo aufwachsen lassen, da er sie zweifellos nicht nach Amber bringen wollte. Sicher wollte er auch nicht, daß die übrigen Familienangehörigen von ihrer Existenz erfuhren. Zu leicht konnte man sie als Waffe gegen ihn mißbrauchen. Es konnte nicht seinem Willen entsprechen, daß ich so leicht mit ihr bekannt wurde.

»Ich glaube nicht, daß Ihr jetzt hiersein solltet«, sagte ich daher. »Ich habe das Gefühl, daß Benedict sehr zornig wäre, wenn er es erführe.«

»Ihr seid genauso wie er! Ich bin erwachsen, verdammt noch mal!«

»Habt Ihr mich ein Wort dagegen sprechen hören? Trotzdem solltet Ihr jetzt an einem anderen Ort sein, nicht wahr?«

Anstelle einer Antwort stopfte sie sich einen Bissen in den Mund. Ich tat es ihr nach. Nach mehreren unbehaglichen Minuten des Kauens beschloß ich, das Thema zu wechseln.

»Wie habt Ihr mich erkannt?« fragte ich.

Sie trank einen Schluck aus ihrem Glas und grinste.

»Natürlich von Eurem Bild.«

»Welches Bild?«

»Auf der Karte«, erwiderte sie. »Als ich noch klein war, haben wir immer damit gespielt. Auf diese Weise habe ich meine Verwandten kennengelernt. Ihr und Eric seid zusammen mit Benedict die guten Schwertkämpfer. Das wußte ich. Deshalb habe ich auch . . .«

»Ihr habt einen Satz Trümpfe?« unterbrach ich sie.

»Nein«, sagte sie und schürzte die Lippen. »Er gibt mir kein Spiel – dabei hat er mehrere, das weiß ich.«

»Wirklich? Wo bewahrt er sie auf?«

Sie kniff die Augen zusammen und sah mich starr an.

Verdammt! So begierig hätte meine Stimme nicht klingen sollen!

Doch sie antwortete mir ganz unbefangen. »Die meiste Zeit hat er ein Spiel bei sich, und wo er die anderen verwahrt, weiß ich nicht. Warum? Läßt er Euch die Karten nicht sehen?«

»Ich habe ihn deswegen noch nicht angesprochen«, erklärte ich. »Versteht Ihr die Bedeutung dieser Tarockkarten?«

»Es gab da gewisse Dinge, die ich nicht tun durfte, wenn ich in ihrer Nähe war. Soweit ich weiß, kann man sie auf besondere Art einsetzen, aber er hat mir nie Näheres erklärt. Sie sind ziemlich wichtig, nicht wahr?«

»Ja.«

»Das dachte ich mir. Er stellt sich immer damit an. Habt Ihr ein Spiel? Ich sollte wohl du zu dir sagen, wo wir doch verwandt sind.«

»Ja, ich habe ein Spiel – aber es ist gerade ausgeliehen.«

»Ich verstehe. Und du möchtest die Karten für etwas Kompliziertes und Unheimliches einsetzen?«

Ich zuckte die Achseln.

»Ich möchte sie schon benutzen, doch für etwas sehr Einfaches und Langweiliges.«

»Zum Beispiel?«

Ich schüttelte den Kopf.

»Wenn Benedict nicht möchte, daß du die Funktion der Karten erfährst, werde ich sie dir nicht verraten.«

»Du hast Angst vor ihm?« fragte sie.

»Ich habe großen Respekt vor Benedict, ganz zu schweigen von meiner Zuneigung.«

Sie lachte.

»Ist er ein besserer Kämpfer als du, ist er besser mit dem Schwert?«

Ich wandte den Blick ab. Sie mußte erst vor kurzer Zeit von einem ziemlich entlegenen Ort zurückgekehrt sein. Die Leute in der Stadt hatten von Benedicts Verstümmelung gewußt. Diese Art Nachricht verbreitet sich immer sehr schnell. Doch ich wollte nicht derjenige sein, der ihr davon erzählte.

»Mach daraus, was du willst«, sagte ich. »Wo bist du gewesen?«

»Im Dorf«, erwiderte sie. »In den Bergen. Großvater hat mich dorthin gebracht, zu Freunden, die Tecys heißen. Kennst du die Tecys?«

»Nein.«

»Ich bin schon früher dortgewesen«, erzählte sie. »Er bringt mich immer ins Dorf, wenn es hier Probleme gibt. Der Ort hat keinen Namen. Ich nenne ihn einfach Dorf. Alles ist dort irgendwie seltsam – die Leute, das Dorf. Sie scheinen uns irgendwie anzubeten. Sie behandeln mich, als wäre ich etwas Göttliches, und antworten nie richtig auf meine Fragen. Der Ritt dorthin ist nicht lang, aber die Berge sind ganz anders, der Himmel ist ganz anders, alles! – und es ist, als gäbe es keinen Weg zurück, sobald ich einmal dort bin. Schon früher habe ich versucht, aus eigener Kraft zurückzukehren, aber dabei habe ich mich nur verirrt. Stets mußte Großvater mich holen kommen, und dann machte der Weg keine Probleme. Die Tecys folgen allein seinen Anweisungen und verraten mir nichts. Sie behandeln ihn, als wäre er eine Art Gott.«

»Das ist er auch«, sagte ich. »Für sie.«

»Du hast gesagt, du kennst sie nicht.«

»Das brauche ich auch nicht. Aber ich kenne Benedict.«

»Wie schafft er das? Sag's mir.«

Ich schüttelte den Kopf.

»Wie hast du es denn geschafft?« fragte ich sie. »Wie hast du diesmal zurückkehren können?«

Sie leerte ihr Glas und hielt es mir hin. Als ich es vollgeschenkt hatte und mein Blick ihrem Blick begegnete, hatte sie den Kopf auf die rechte Seite gelegt und die Stirn gerunzelt; ihre Augen blickten in die Ferne.

»Eigentlich weiß ich es nicht«, sagte sie, hob das Glas und kostete von dem Wein. »Ich weiß gar nicht mehr, wie ich es überhaupt angefangen habe . . .«

Mit der linken Hand begann sie an ihrem Messer herumzuspielen und nahm es schließlich zur Hand.

»Ich war wütend, ausgesprochen wütend, daß er mich wieder einmal aus dem Weg geschafft hatte«, fuhr sie fort. »Ich sagte ihm, ich wolle hierbleiben und kämpfen, doch er ritt mit mir aus, und nach einer Weile trafen wir im Dorf ein. Ich weiß nicht, wie. Es war kein langer Ritt, doch plötzlich waren wir am Ziel. Ich kenne die Gegend. Immerhin bin ich hier geboren und aufgewachsen. Ich bin überallhin geritten, Hunderte von Meilen in allen Richtungen. Doch auf diesen Ausflügen habe ich das Dorf niemals finden können. Verstehst du: *niemals*. Trotzdem kam es mir so vor, als wären wir nur kurze Zeit unterwegs gewesen, und plötzlich waren wir wieder bei den Tecys. Allerdings waren seit meinem letzten Besuch mehrere Jahre vergangen, und mit dem Älterwerden hat sich auch mein Wille gefestigt. Ich beschloß, allein zurückzukehren.«

Mit dem Messer kratzte sie nun in der Erde neben sich herum, anscheinend achtlos.

»Ich wartete bis zum Einbruch der Dunkelheit«, erzählte sie, »und betrachtete die Sterne, die mir einen Anhalt geben sollten. Es war ein unheimliches Gefühl. Die Sterne sahen ganz anders aus! Ich vermochte keine einzige Konstellation zu erkennen. Ich ging ins Haus zurück und dachte darüber nach. Ich hatte ein wenig Angst und wußte nicht, was ich tun sollte. Den nächsten Tag verbrachte ich mit dem Versuch, die Tecys und die anderen Leute im Dorf zu befragen.

Aber das Ganze war wie ein böser Traum. Entweder waren die Menschen strohdumm, oder sie legten es bewußt darauf an, mich zu verwirren. Es gab nicht nur keinen Weg von dort nach hier, sie hatten auch keine Ahnung, wo das ›Hier‹ lag und waren sich über das ›Dort‹ noch weniger im klaren. In dieser Nacht sah ich mir von neuem die Sterne an, um mich zu vergewissern, was ich da gesehen hatte – und da war ich fast bereit, den Leuten zu glauben.«

Sie bewegte das Messer hin und her, als versuche sie es zu schleifen. Dabei glättete sie den Boden und klopfte ihn fest. Dann begann sie Linien zu zeichnen.

»In den nächsten Tagen versuchte ich den Rückweg zu finden«, setzte sie ihren Bericht fort. »Ich hoffte unseren Weg finden und ihm folgen zu können – doch er verschwand einfach irgendwie, ich weiß nicht, wie. Dann tat ich das einzige, was mir noch einfiel. Jeden Morgen ritt ich in einer anderen Richtung davon, ritt bis zur Mittagsstunde und kehrte um. Doch nichts kam mir bekannt vor. Die ganze Situation war sehr verwirrend. Mit jedem Abend steigerten sich mein Zorn und meine Verwirrung über die Entwicklung – und ich war entschlossener denn je, den Weg zurück nach Avalon zu finden. Ich mußte Großvater beweisen, daß er mich nicht länger wie ein Kind zur Seite schieben und erwarten konnte, daß ich friedlich blieb.

Nach etwa einer Woche begann ich Träume zu haben. Alpträume, so muß ich sie wohl nennen. Hast du schon einmal geträumt, endlos zu laufen, ohne je irgendwohin zu gelangen? So etwa waren meine Träume über das brennende Spinngewebe. Eigentlich war es gar kein Spinngewebe – es gab keine Spinne, und gebrannt hat es auch nicht. Aber ich war darin gefangen und lief darauf herum und hindurch. Dabei bewegte ich mich eigentlich gar nicht. Diese Beschreibung ist sehr ungenau, aber ich weiß nicht, wie ich es anders ausdrücken soll. Und ich mußte den Versuch fortsetzen – ich wollte den Versuch fortsetzen, darin vorwärtszukommen, heraus aus dem Gewebe. Als ich erwachte, war ich müde, als hätte ich mich tatsächlich die ganze Nacht hindurch angestrengt. So ging es viele Nächte hindurch, und jedesmal kam mir der Traum stärker und länger und realer vor.

Dann kam der Morgen, da ich aufstand und mir der Traum noch im Kopf herumspukte. Und ich wußte, daß ich nach Hause reiten konnte. Noch halb in dem Traum befangen, ritt ich los. Ich ritt die ganze Strecke, ohne einmal anzuhalten, doch diesmal kümmerte ich mich nicht besonders um die Umgebung, sondern dachte nur an Avalon – und im Reiten wurde die Gegend immer bekannter, bis ich wieder hier war. Erst jetzt hatte ich das Gefühl, völlig wach zu sein. Und inzwischen kommen mir das Dorf und die Tecys, der fremde Himmel, die Sterne, der Wald und die Berge wie ein Traum vor. Ich bin gar nicht sicher, daß ich dorthin zurückfinden würde. Ist das nicht seltsam? Kannst du mir sagen, was da passiert ist?«

Ich stand auf und ging um den Rest unserer Mahlzeit herum. Dann hockte ich mich neben ihr nieder.

»Erinnerst du dich an das Aussehen des brennenden Spinngewebes, das eigentlich gar kein Spinngewebe war und auch gar nicht brannte?« fragte ich.

»Ja – einigermaßen schon.«

»Gib mir das Messer.«

Sie reichte es mir.

Mit der Spitze begann ich ihre Zeichnung im Sand zu erweitern, verlängerte hier eine Linie, verwischte dort eine andere, fügte eigene hinzu. Sie sagte kein Wort, doch sie verfolgte jede meiner Bewegungen. Als ich fertig war, legte ich das Messer zur Seite und wartete einen stummen Augenblick lang.

Schließlich sagte sie mit leiser Stimme: »Ja, das ist es«, wandte sich von der Zeichnung ab und starrte mich an. »Woher wußtest du das? Woher wußtest du, was ich geträumt habe?«

»Weil ich . . .«, sagte ich. »Weil du ein Gebilde geträumt hast, das in deiner Erbmasse niedergelegt ist. Warum und wie – das weiß ich nicht. Diese Erscheinung beweist aber, daß du in der Tat eine Tochter Ambers bist. Dein Erlebnis nennt man ›durch die Schatten gehen‹. Und geträumt hast du das Große Muster von Amber. Dieses Muster verleiht Menschen von königlichem Geblüt die Macht über die Schatten. Weißt du, wovon ich spreche?«

»Nicht genau«, sagte sie. »Ich glaube nicht. Ich habe Großvater auf die Schatten fluchen hören, aber ich habe ihn nie richtig verstanden.«

»Dann weißt du nicht, wo Amber wirklich liegt.«

»Nein. In dieser Frage ist er mir immer ausgewichen. Er hat mir wohl von Amber erzählt und von der Familie. Aber ich kenne nicht einmal die Richtung, in der Amber zu finden ist. Ich weiß nur, daß es weit entfernt liegt.«

»Es liegt in allen Richtungen«, sagte ich, »oder in jeder Richtung, die man sich aussucht. Man braucht nur . . .«

»Ja!« unterbrach sie mich. »Ich hatte es vergessen, oder dachte, er wolle nur geheimnisvoll oder herablassend tun – doch Brand hat vor langer Zeit einmal genau dasselbe gesagt. Aber was steht dahinter?«

»Brand! Wann war Brand hier?«

»Vor Jahren«, entgegnete sie. »Ich war damals noch ein kleines Mädchen. Er kam oft zu Besuch. Ich war sehr in ihn verliebt und fiel ihm auf die Nerven. Er erzählte mir viele Geschichten, brachte mir Spiele bei . . .«

»Wann hast du ihn zum letztenmal gesehen?«

»Oh, ich würde sagen, vor etwa acht oder neun Jahren.«

»Hast du noch andere kennengelernt?«

»Ja«, sagte sie. »Julian und Gérard waren vor nicht allzu langer Zeit hier. Das ist erst wenige Monate her.«

Ich kam mir plötzlich sehr ungeschützt vor. Benedict hatte mir manches verschwiegen. Es wäre mir lieber gewesen, er hätte mir Lügen aufgetischt, als mich völlig im dunkeln tappen zu lassen. Wenn man dann die Wahrheit herausfindet, kann man sich leichter aufregen. Der Ärger mit Benedict war der Umstand, daß er zu ehrlich war. Er zog es vor, mir lieber nichts zu erzählen, als mich anzulügen. Doch ich hatte das Gefühl, etwas Schlimmes wälze sich auf mich zu, und ich wußte, daß ich nicht zögern durfte, daß ich so schnell wie möglich handeln mußte. Ja, es würde ein harter Höllenritt werden, an dessen Ende mich die Steine erwarteten. Doch zunächst gab es mehr zu erfahren. Die Zeit . . . verdammt!

»Hast du sie bei dieser Gelegenheit zum erstenmal gesehen?« fragte ich.

»Ja«, sagte sie. »Und ich war sehr gekränkt.« Sie schwieg einen Augenblick lang und seufzte.

»Großvater hat mir verboten, unsere Verwandtschaft zu erwähnen. Er stellte mich als seinen Schützling vor. Und er weigerte sich, mir den Grund zu nennen. Verdammt!«

»Ich bin sicher, er hatte gute Gründe.«

»Oh, die hatte ich auch. Aber das hilft einem trotzdem nicht weiter, wenn man sein ganzes Leben lang darauf gewartet hat, Verwandte kennenzulernen. Weißt *du*, warum er mich so behandelt hat?«

»Amber macht im Augenblick eine schwere Zeit durch«, sagte

ich, »und die Lage dürfte sich noch verschlimmern, ehe sie wieder besser wird. Je weniger Leute von deiner Existenz wissen, desto geringer ist die Chance, daß du in die Sache hineingezogen wirst und Schaden nimmst. Er wollte dich nur schützen.«

Sie tat, als spucke sie aus.

»Ich brauche keinen Schutz«, sagte sie. »Ich kann selbst auf mich aufpassen.«

»Du bist eine vorzügliche Fechtmeisterin«, sagte ich. »Leider ist das Leben komplizierter als ein Duell, bei dem es fair zugeht.«

»Das weiß ich auch. Ich bin ja kein Kind mehr! Aber . . .«

»Nichts ›aber‹! Ich hätte an seiner Stelle genauso gehandelt. Er schützt sich und dich. Ich bin überrascht, daß er Brand eingeweiht hat. Er wird sich ziemlich aufregen, wenn er erfährt, daß ich ebenfalls die Wahrheit kenne.«

Ihr Kopf fuhr herum, und sie starrte mich mit aufgerissenen Augen an.

»Aber du würdest uns doch nicht schaden wollen!« sagte sie. »Wir . . . wir sind doch immerhin verwandt . . .«

»Woher, zum Teufel, willst du wissen, warum ich hierbin oder was ich denke!« rief ich aus. »Vielleicht hast du dich und deinen Großvater soeben ans Messer geliefert!«

»Du machst doch einen Scherz, nicht wahr?« fragte sie und hob wie abwehrend die linke Hand.

»Ich weiß nicht. Es muß durchaus kein Scherz sein – doch ich würde wohl kaum darüber sprechen, wenn ich etwas Übles im Schilde führte, nicht wahr?«

»Nein . . . wahrscheinlich nicht«, sagte sie.

»Ich will dir etwas sagen, das dir Benedict längst hätte offenbaren müssen«, fuhr ich fort. »Du darfst niemals einem Verwandten vertrauen. Das ist viel schlimmer als Vertrauen gegenüber Fremden. Bei einem Fremden besteht immerhin die Möglichkeit, daß du nicht in Gefahr bist.«

»Das meinst du ja ernst, oder?«

Und ob!«

»Und du selbst beziehst dich ein?«

Ich lächelte. »Für mich gilt das natürlich nicht. Ich bin ein Muster an Ehre, Freundlichkeit, Gnade und Güte. Du kannst mir rückhaltlos vertrauen.«

»Das werde ich tun«, sagte sie; ich lachte.

»O doch!« beharrte sie. »Du würdest uns kein Leid antun. Das weiß ich.«

»Erzähl mir von Gérard und Julian«, sagte ich. Mir war unbehaglich zumute wie immer, wenn mir jemand ungebeten Vertrauen entgegenbrachte. »Weshalb waren sie hier?«

Sie schwieg einen Augenblick lang, ohne den Blick von mir zu nehmen. »Ich habe dir schon ziemlich viel anvertraut«, sagte sie schließlich, »nicht wahr? Du hast recht. Man kann nie vorsichtig genug sein. Ich glaube, jetzt bist du mal an der Reihe!«

»Gut. Du lernst den Umgang mit unseresgleichen rasch. Was willst du wissen?«

»Wo liegt das Dorf wirklich? Und wo Amber? Die beiden sind sich irgendwie ähnlich, nicht wahr? Was sollte das heißen, als du vorhin sagtest, Amber liege in allen Richtungen oder in jeder, die man sich aussucht? Was sind Schatten?«

Ich stand auf und blickte auf sie hinab. Dann streckte ich die Hand aus. Sie wirkte plötzlich sehr jung und verängstigt, doch sie ergriff mutig meine Hand.

»Wohin . . .?« fragte sie im Aufstehen.

»Hier entlang«, sagte ich und führte sie an die Stelle, wo ich geschlafen hatte. Wir betrachteten den Wasserfall und das Mühlrad.

Sie wollte etwas sagen, doch ich unterbrach sie.

»Schau hin«, sagte ich. »Du mußt nur schauen.«

Und so standen wir da und starrten auf das Wirbeln, Plätschern und Drehen, während ich meine Gedanken ordnete. Dann sagte ich: »Komm«, ergriff sie am Ellbogen und ging mit ihr auf den Wald zu.

Als wir uns zwischen den Bäumen bewegten, verdunkelte eine Wolke die Sonne, und die Schatten wurden tiefer. Die Stimmen der Vögel klangen schriller, und Feuchtigkeit stieg aus dem Boden auf. Wir gingen von Baum zu Baum, und die Blätter wurden länger und breiter. Als die Sonne zurückkehrte, wirkte ihr Licht gelber, und hinter einer Wegbiegung stießen wir auf Pflanzenranken. Die Stimmen der Vögel erklangen nun zahlreicher und heiserer. Der Weg führte plötzlich bergan, und ich geleitete sie an einer Steinformation vorbei auf höheres Gelände. Ein fernes, kaum vernehmliches Grollen schien sich hinter uns bemerkbar zu machen. Das Blau des Himmels veränderte sich, während wir über eine Lichtung schritten und eine große braune Eidechse verscheuchten, die sich auf einem Felsen gesonnt hatte. Als wir um eine andere Felsgruppe bogen, sagte sie: »Ich wußte gar nicht, daß es hier so etwas gibt. Dabei dachte ich, ich kenne mich gut aus, aber hier bin ich noch nie gewesen.« Doch ich antwortete ihr nicht, denn ich war mit meiner ganzen Willenskraft beschäftigt, die Substanz der Schatten zu verändern.

Kurz darauf sahen wir uns wieder dem Wald gegenüber, doch jetzt führte der Weg hangaufwärts zwischen Bäumen hindurch. Die Bäume waren tropische Riesen, durchsetzt mit Farngewächsen, und neue Geräusche – Gebell, Zischen, Summen – wurden laut. Während wir weiter ausschritten, verstärkte sich das Grollen ringsum, der Boden begann förmlich davon zu vibrieren. Dara klammerte sich fester an meinen Arm; sie sagte nichts mehr, verschlang aber jedes Detail mit den Augen. Große, flache helle Blumen wuchsen im Unterholz zwischen Pfützen, in denen sich die von oben herabtropfende Feuchtigkeit niederschlug. Die Temperatur war ziemlich angestiegen, und wir schwitzten nicht wenig. Das Grollen wurde zu einem übermächtigen Tosen, und als wir an den Rand des Waldes kamen, wurden wir von dem Lärm bestürmt wie von ständigem Gewitterdonner.

Ich führte das Mädchen an den Rand des Abgrunds und deutete in die Tiefe.

Vor uns fiel der Wasserfall gut tausend Fuß hinab – ein mächtiger Katarakt, und der Fluß dröhnte unter dem mächtigen Aufprall wie ein Amboß. Die Strömung trug das Wasser kraftvoll dahin, ließ Luftblasen und mächtige Gischtwolken über weite Strecken wirbeln, ehe sie sich schließlich auflösten. Uns gegenüber, etwa eine halbe Meile entfernt, halb verdeckt durch Regenbogen und Wasserdunst, einer von Riesenhand geformten Insel ähnlich, rotierte langsam ein gigantisches Rad, bedächtig und schimmernd. Hoch über uns ließen sich große Vögel wie schwebende Kruzifixe in den Luftströmungen dahintreiben.

Wir verweilten ziemlich lange an dieser Stelle. Ein Gespräch war unmöglich, was mir nur recht sein konnte. Als sie sich schließlich von dem Bild abwandte, um mich mit zusammengekniffenen Augen abschätzend anzusehen, nickte ich und deutete mit den Augen wieder auf den Wald. Wir machten kehrt und schritten in die Richtung, aus der wir gekommen waren.

Bei der Rückkehr liefen dieselben Vorgänge umgekehrt ab, wobei ich es nicht ganz so schwer hatte. Als wir endlich wieder sprechen konnten, schwieg Dara dennoch, da sie offenbar inzwischen erkannt hatte, daß ich ein Teil der Veränderungsprozesse war, die ringsum abliefen.

Erst als wir wieder an dem alten Fluß standen und das kleine Mühlrad beobachteten, ergriff sie das Wort.

»War das ein Ort wie das Dorf?«

»Ja. Ein anderer Schatten desselben Orts.«

»Und wie Amber?«

»Nein. Amber wirft diese Schatten. Wenn man sich darauf versteht, läßt es sich in jede gewünschte Form bringen. Jener Ort war ein Schatten, ebenso dein Dorf – und auch *dieses* Fleckchen ist ein Schatten. Jeder Ort, den du dir nur vorstellen kannst, existiert irgendwo in den Schatten, du mußt nur die Kunst beherrschen, dorthin zu gelangen.«

». . . Und du und Großvater und die anderen – ihr könnt euch in diesen Schatten bewegen und euch nehmen und aussuchen, was ihr wollt?«

»Ja.«

»Und ich habe dasselbe getan, als ich aus dem Dorf zurückkehrte?«

»Ja.«

Ihr Gesicht war eine Studie aufdämmernder Erkenntnis. Ihre fast schwarzen Augenbrauen senkten sich um einen Zentimeter, und ihre Nasenflügel weiteten sich mit einem plötzlichen Atemzug.

»Ich kann es also auch . . .« sagte sie. »Ich kann mich überallhin bewegen, kann alles tun, was ich will!«

»Die Fähigkeit schlummert in dir«, sagte ich.

Da küßte sie mich in einer impulsiven Geste und wirbelte davon; ihr Haar umtanzte den schlanken Hals, als sie versuchte, sich alles auf einmal anzusehen.

»Ich kann alles!« sagte sie und blieb stehen.

»Es gibt Grenzen und Gefahren . . .«

»So ist das Leben nun mal«, sagte sie. »Wie lerne ich die Gabe einzusetzen?«

»Der Schlüssel dazu ist das Große Muster von Amber. Du mußt es durchschreiten, um die Fähigkeit voll zu erringen. Es ist in den Boden eines Saales unter dem Palast von Amber eingezeichnet. Es ist ziemlich groß. Man muß außen beginnen und ohne stehenzubleiben zur Mitte gehen. Dabei tritt ein ziemlich starker Widerstand auf, und man muß sich sehr anstrengen, um ihn zu brechen. Wenn man stehenbleibt oder das Muster zu verlassen versucht, ehe man es zu Ende beschritten hat, vernichtet es den Betreffenden. Doch begeht man es, wird die angeborene Macht über die Schatten der bewußten Kontrolle unterworfen.«

Sie eilte zu unserem Picknicklager und betrachtete das Muster, das wir dort in den Boden geritzt hatten.

Ich folgte ihr langsam. Als ich näher kam, sagte sie: »Ich muß nach Amber reisen und das Muster beschreiten!«

»Ich bin sicher, daß Benedict entsprechende Pläne mit dir hat – eines Tages.«

»Eines Tages?« fragte sie. »Nein, jetzt! Ich muß das Muster sofort beschreiten! Warum hat er mir nie etwas von diesen Dingen erzählt?«

»Weil du dieses Ziel noch nicht erreichen kannst. Die Verhältnisse in Amber sind so, daß es für euch beide gefährlich wäre, deine Existenz dort bekanntwerden zu lassen. Amber ist vorübergehend gesperrt für dich.«

»Das ist nicht fair!« sagte sie und starrte mich mürrisch an.

»Natürlich nicht«, sagte ich. »Aber so liegen die Dinge nun mal. Mir darfst du keine Schuld daran geben.«

Die Worte wollten mir nicht so recht über die Lippen, lag doch ein Teil der Schuld tatsächlich bei mir.

»Fast wäre es besser, wenn du mir nichts erzählt hättest«, sagte sie, »wenn ich doch noch nicht die Erfüllung finden kann.«

»So schlimm ist es nun auch wieder nicht«, sagte ich. »Die Situation in Amber wird sich stabilisieren – es dauert nicht mehr lange.«

»Wie erfahre ich davon?«

»Benedict wird es wissen. Er wird dir davon erzählen.«

»Er hat mir bisher nie viel erzählen wollen!«

»Wozu auch! Nur damit du dich benachteiligt fühlst? Du weißt, daß er dich gut behandelt hat, daß er sich Sorgen um dich macht. Wenn die Zeit reif ist, wird er die nötigen Schritte unternehmen.«

»Und wenn er es nicht tut? Wirst du mir dann helfen?«

»Ich werde tun, was ich kann.«

»Wie kann ich dich finden? Wie kann ich es dich wissen lassen?«

Ich lächelte. An diesem Punkt des Gesprächs waren wir angelangt, ohne daß ich bewußt darauf abgezielt hatte. Den wichtigen Aspekt brauchte ich ihr nicht zu verraten. Nur genug, um mir vielleicht später zu nützen . . .

»Die Tarockkarten«, sagte ich. »Die Familientrümpfe. Die sind mehr als eine sentimentale Narretei. Sie sind ein Verständigungsmittel. Besorge dir meine Karte, blicke sie fest an, konzentriere dich darauf, versuche alle anderen Gedanken aus deinem Geist zu vertreiben, tu so, als hättest du es wirklich mit mir zu tun, ehe du mich ansprichst. Dabei wirst du feststellen, daß dein Wunsch Wirklichkeit geworden ist, daß ich dir tatsächlich antworte.«

»Das sind alles Dinge, die mir Großvater beim Umgang mit den Karten verboten hat!«

»Natürlich.«

»Wie funktioniert das?«

»Das erzähle ich dir später einmal«, sagte ich. »Eine Hand wäscht die andere, weißt du noch? Ich habe dir von Amber und den Schatten erzählt. Jetzt erzähl du mir von Gérards und Julians Besuch.«

»Ja«, sagte sie. »Da gibt es allerdings nicht viel zu berichten. Vor fünf oder sechs Monaten hielt Großvater eines Morgens mitten in seiner Tätigkeit inne. Er war gerade dabei, einige Bäume im Obstgarten zu beschneiden – das macht er gern selbst –, und ich half ihm dabei. Er stand auf einer Leiter und schnipselte herum, und plötzlich erstarrte er, senkte die Schere und bewegte sich mehrere Minuten lang nicht. Ich dachte schon, er ruhe sich aus, und harkte weiter. Dann hörte ich ihn sprechen – er murmelte nicht nur vor sich hin, sondern sprach, als wäre er an einer Unterhaltung beteiligt. Zuerst dachte ich, er meinte mich, und fragte, was er gesagt habe. Doch er kümmerte sich nicht um mich. Jetzt kenne ich die Trümpfe und weiß, daß er mit einem von ihnen gesprochen haben muß. Wahrscheinlich mit Julian. Jedenfalls stieg er anschließend hastig von der Leiter, sagte mir, er müsse auf einen oder zwei Tage fort, und ging zum Haus. Doch gleich darauf blieb er stehen und kehrte zurück. Dann sagte er mir, daß er mich, falls Julian und Gérard auf Besuch kämen, als verwaiste Tochter eines getreuen Bediensteten vorstellen würde. Wenig später ritt er davon und nahm zwei reiterlose Pferde mit. Er hatte das Schwert angelegt.

Er kehrte mitten in der Nacht zurück und hatte beide Brüder bei sich. Gérard war nur noch so eben bei Bewußtsein. Sein linkes Bein war gebrochen, und die gesamte linke Körperhälfte wies Prellungen auf. Julian war ebenfalls ziemlich mitgenommen, hatte aber nichts gebrochen. Die beiden sind fast einen Monat lang bei uns geblieben; sie haben sich schnell wieder erholt. Dann liehen sie sich zwei Pferde aus und verschwanden. Seither habe ich sie nicht wiedergesehen.«

»Was haben sie über die Gründe ihrer Verwundungen gesagt?«

»Nur, daß sie in einen Unfall verwickelt worden seien. Sie wollten mit mir nicht darüber sprechen.«

»Wo? Wo ist das geschehen?«

»Auf der schwarzen Straße. Ich habe sie mehrmals davon sprechen hören.«

»Wo liegt die schwarze Straße?«

»Das weiß ich nicht.«

»Was haben sie darüber gesagt?«

»Sie haben sie lauthals verflucht. Das war alles.«

Ich blickte hinab und sah einen Rest Wein in der Flasche. Ich bückte mich, schenkte zwei letzte Gläser voll und reichte ihr eins.

»Auf unser Wiedersehen«, sagte ich und lächelte.

». . . Auf das Wiedersehen«, wiederholte sie, und wir tranken.

Sie begann unser Lager aufzuräumen, und ich half ihr. Plötzlich machte sich wieder das Gefühl bemerkbar, daß mir die Zeit zwischen den Fingern hindurchrinne.

»Wie lange soll ich warten, bis ich mich mit dir in Verbindung setze?« fragte sie.

»Drei Monate. Laß mir drei Monate Zeit.«

»Wo wirst du dann sein?«

»Hoffentlich in Amber.«

»Wie lange bleibst du hier?«

»Nicht sehr lange. Offen gesagt muß ich auf der Stelle einen kleinen Ausflug unternehmen. Bis morgen müßte ich zurück sein. Und dann bleibe ich wahrscheinlich nur noch ein paar Tage.«

»Ich wünschte, du bliebest länger.«

»Ich auch. Es würde mir sicher Spaß machen, wo ich dich jetzt kenne.«

Sie errötete und schien sich ganz auf den Korb zu konzentrieren, den sie packte. Ich suchte unsere Fechtsachen zusammen.

»Kehrst du jetzt zum Haus zurück?« fragte sie.

»In die Ställe. Ich reite sofort los.« Sie nahm den Korb auf.

»Dann gehen wir zusammen. Mein Pferd steht in dieser Richtung.«

Ich nickte und folgte ihr zu einem Pfad, der sich rechts von uns entlangzog.

»Wahrscheinlich wäre es das beste, wenn ich niemandem etwas sage, und schon gar nicht Großvater, nicht wahr?«

»Das wäre ratsam.«

Das Plätschern und Gurgeln des Flüßchens auf seinem Wege zum Meer verhallte, nur noch das Quietschen des Mühlrads, welches die Wasserfläche zerteilte, war eine Zeitlang zu hören.

6

Meistens ist das gleichmäßige Vorankommen wichtiger als Geschwindigkeit. Solange es eine regelmäßige Folge von Anreizen gibt, in die sich der Geist nacheinander verbeißen kann, ist auch Platz für eine laterale Bewegung. Hat dieser Vorgang erst einmal begonnen, ist das Tempo eine Sache des persönlichen Geschmacks.

Ich bewegte mich also langsam, doch gleichmäßig voran und setzte mein Urteilsvermögen ein. Es wäre sinnlos gewesen, Star unnötig zu ermüden. Schnelle Veränderungen fallen schon einem Menschen ziemlich schwer. Tiere, die sich nicht leicht etwas vormachen, haben größere Schwierigkeiten damit und drehen manchmal sogar durch.

Ich überquerte den Fluß auf einer kleinen Holzbrücke und bewegte mich eine Zeitlang parallel zu ihm. Ich hatte vor, die eigentliche Stadt zu umgehen und der ungefähren Richtung des Wasserlaufes zu folgen, bis ich in Küstennähe war. Es war ein schöner Nachmittag. Mein Weg lag im kühlen Schatten. Grayswandir hing an meiner Hüfte.

Ich ritt nach Westen und erreichte schließlich die Hügel, die sich dort erhoben. Ich wollte mit der Verschiebung erst beginnen, wenn ich eine Stelle erreicht hatte, von der ich auf die große Stadt hinabblicken konnte, die immerhin die größte Bevölkerungskonzentration darstellte in diesem Land, das meinem Avalon ähnelte. Die Stadt trug denselben Namen, und mehrere hunderttausend Menschen lebten und arbeiteten hier. Etliche Silbertürme fehlten, und der Fluß durchschnitt die Stadt weiter südlich in einem etwas anderen Winkel, nachdem er sich seither um das Zehnfache verbreitert hatte. Rauch stieg auf von den Schmieden und Schänken, leicht bewegt in der Brise aus dem Süden; die Menschen bewegten sich zu Fuß, im Sattel oder auf dem Bock von Wagen oder Kutschen durch die schmalen Straßen, betraten und verließen Läden, Herbergen, Häuser; Vogelscharen wirbelten durcheinander, stießen hinab und stiegen wieder auf über den Plätzen, wo Pferde angebunden waren; bunte Wimpel und Banner regten sich, Wasser schimmerte, Dunst lag in der Luft. Ich war zu weit entfernt, um Stimmen zu hören oder das Klappern, Hämmern, Sägen, Rasseln und Quietschen; nur ein sehr vages Summen schlug an mein Ohr. Zwar vermochte ich keine individuellen Düfte auszumachen, doch als Blinder hätte ich schon am Geruch bemerkt, daß eine Stadt ganz in der Nähe lag.

Der Anblick erfüllte mein Herz mit einer gewissen Nostalgie, mit der vagen Sehnsucht nach jenem Ort, der genauso hieß wie diese Stadt, der aber in einem Schattenland der Vergangenheit untergegangen war, ein Ort, an dem das Leben so einfach und ich glücklicher gewesen war als in diesem Augenblick.

Doch man lebt nicht so lange wie ich, ohne jene besondere Erkenntnisfähigkeit, die naive Gefühle im Entstehen erfaßt und im allgemeinen verhindert, daß Sentimentalitäten aufkommen.

Die damalige Zeit war vorbei und erledigt, und mein Streben zielte jetzt voll und ganz auf Amber ab. Ich zog das Pferd herum und setzte meinen Weg nach Süden fort. Der Wunsch zu siegen regte sich stärker in mir. Amber, ich vergesse dich nicht ...

Die Sonne wurde zu einem grellen Wundmal über meinem Kopf, und der Wind begann mich zu umtosen. Der Himmel wurde immer gelber und strahlender, bis ich den Eindruck hatte, als erstrecke sich über mir eine Wüste von Horizont zu Horizont. Die Hügel wurden zum Tiefland hin felsiger und boten sich den Blikken in windgeformten Skulpturen von grotesker Gestalt und düsterer Färbung dar. Als ich die Vorberge verließ, hüllte mich ein Sandsturm ein, so daß ich das Gesicht in meinem Mantel verbergen und die Augen zu Schlitzen zusammenkneifen mußte. Star wieherte, schnaubte mehrmals, mühte sich weiter. Sand, Felsbrocken, Wind, und das Orangerot des Himmels vertiefte sich, eine düstere Wolkengruppe, auf die sich die Sonne zubewegte.

Dann lange Schatten, das Ersterben des Windes, Ruhe ... Nur das Klappern der Hufe auf dem Gestein und die Geräusche der Atemzüge ... Dämmerung, als Sonne und Wolken zusammentreffen ... Die Grundfesten des Tages, von Donner erschüttert ...

Ferne Objekte in unnatürlicher Deutlichkeit sichtbar ... Ein kaltes, blaues, elektrisierendes Gefühl in der Luft ... Wieder Donner ...

Jetzt ein wogender, glasiger Vorhang zu meiner Rechten, der Regen, der Regen, der auf mich zukommt ... Blaue Bruchstellen in den Wolken ... Die Temperatur im Absinken, unsere Schritte gleichmäßig, die Welt ein einfarbiger Hintergrund ...

Dröhnender Donner, grellweißes Blitzen, der Vorhang, der nach uns greifen will ... Zweihundert Meter ... dann hundertundfünfzig ... genug!

Die untere Kante des Vorhangs pflügt, furcht sich schäumend dahin ... Der feuchte Erdgeruch ... Das Wiehern Stars ... Ein Voranstürmen ...

Kleine Wasserrinnsale, die sich vorwagen, einsinken, den Boden beflecken ... Zuerst schlammig blubbernd, dann dahinrinnend ... und schon ein gleichmäßiger Strom ... Ringsum kleine plätschernde Bäche ...

Vor uns eine Anhöhe, und Stars Muskeln spannen und entspannen, spannen und entspannen sich unter mir, während er die Spalten und Wasserläufe überspringt, sich durch die dahinrasende Wasserwand stürzt und den Hang erreicht, mit funkensprühenden Hufen auf Felsgestein, während wir höher klettern, während die Stimme des gurgelnden, dahinschäumenden Stroms zu einem gleichmäßigen Tosen absinkt ...

Immer höher und schließlich Trockenheit, eine kurze Pause, um die Säume meines Umhangs auszuwringen ... Unter und rechts von uns leckt ein graues, sturmzerzaustes Meer am Fuß der Klippe, auf der wir halten ...

Ins Binnenland nun, auf die Kleefelder und den Abend zu, das Dröhnen der Brandung im Rücken ...

Die Verfolgung von Sternschnuppen im dunkler werdenden Osten, nach einiger Zeit Stille und Nacht ...

Klar ist der Himmel, hell die Sterne, bis auf einige feine Wolkenfetzen ...

Eine heulende Schar rotäugiger Geschöpfe, die sich auf unserer Spur winden ... Schatten ... Grünäugig ... Schatten ... Gelb ... Schatten ... Und fort ...

Doch dunkle Gipfel mit Schneerücken bedrängen sich gegenseitig ringsum ... Festgefrorener Schnee, trocken wie Staub, von den eisigen Windstößen des Gebirges wogenhaft angehoben ... Schneewogen, die über Felshänge getrieben werden ... Ein weißes Feuer in der Nachtluft ... Meine Füße, die in den nassen Stiefeln schnell zu erstarren beginnen ... Star schnaubend und verwirrt, einen Huf vorsichtig vor den anderen setzend, den Kopf schüttelnd, als könne er das alles nicht fassen ...

Schatten hinter den Felsen, ein leichterer Hang, ein ersterbender Wind, weniger Schnee ... Ein sich windender Weg, immer wieder in die Kurve, ein Weg in die Wärme ... Hinab, hinab in die Nacht, unter den sich verändernden Sternen ...

Fern ist der Schnee der letzten Stunde; jetzt ausgetrocknete Pflanzen und eine Ebene ... Weit ist der Schnee, und die Nachtvögel erheben sich taumelnd in die Luft, wirbeln über der Aasmahlzeit durcheinander, werfen heiseres Protestgeschrei ab, als wir vorbeireiten ...

Wieder langsamer, zu dem Ort, wo das Gras wogt, bewegt von

dem weniger kalten Wind ... Das Fauchen einer jagenden Katze ... Die schattenhafte Flucht eines hüpfenden rehähnlichen Wesens ... Sterne, die ihre Plätze einnehmen, und das zurückkehrende Gefühl in meinen Füßen ...

Star bäumt sich auf, wiehert, flieht im Galopp vor einer unsichtbaren Erscheinung ... Es dauert lange, ihn zu beruhigen, und noch länger, bis das Zittern vergangen ist ...

Eislichtzapfen des zunehmenden Mondes auf fernen Baumwipfeln ... die feuchte Erde, die einen schimmernden Nebel ausatmet ... Motten, die im Nachtlicht tanzen ...

Der Boden momentan in pendelnder, sich wölbender Bewegung, als träten Berge von einem Bein aufs andere ... Jedem Stern ein Double ... Ein Lichtkranz um den runden Mond ... Die Ebene, die Luft darüber, alles voller fliehender Umrisse ...

Die Erde, eine abgelaufene Uhr, tickt und verstummt ... Stabilität ... Trägheit ... Die Sterne und der Mond wieder eins mit ihrem Geist ...

Ein Bogen um den Waldrand, nach Westen ... Impression eines schlummernden Dschungels: Delirium von Schlangen unter Öltuch ...

Nach Westen, nach Westen ... Irgendwo ein Fluß mit breiten sauberen Ufern, die mir den Weg zum Meer erleichtern ...

Hufschlag, wirbelnde, zuckende Schatten ... Die Nachtluft in meinem Gesicht ... Ein kurzer Blick auf Nachtwesen auf hohen, dunklen Mauern und schimmernden Türmen ... Die Luft schmeckt plötzlich süßer ... Die Szene verschwimmt vor den Augen ... Schatten ...

Zentaurenhaft sind Star und ich unter einer gemeinsamen Schweißschicht verschmolzen ... Wir saugen die Luft ein und geben sie in gemeinsamen Explosionen der Anstrengung wieder von uns ... Der Hals in Donner gehüllt, schrecklich ist die Pracht der Nüstern ... Den Boden verzehrend ...

Lachend, der Geruch des Wassers ringsum, die Bäume links schon sehr nahe ...

Dann dazwischen ... Schmale Stämme, Hängeranken, breite Blätter, tropfende Feuchtigkeit ... Spinngewebe im Mondlicht, sich mühende Schatten darin ... Schwammhafter Boden ... Phosphoreszierender Fungus auf umgestürzten Bäumen ...

Eine freie Stelle ... Raschelnde lange Grashalme ...

Mehr Bäume ...

Wieder der Flußgeruch ...

Später Geräusche ... Laute ... das glasige Lachen von Wasser ...

Näher, lauter, endlich daneben herreitend ... Der Himmel, der sich aufbäumt und seinen Bauch einzieht, und die Bäume ... Sauber, mit einem kühlen, feuchten Duft ...

Im gleichen Tempo links daneben her ... Leicht und schwebend, folgen wir ...

Trinken ... In den Untiefen herumplätschernd, dann bauchhoch mit gesenktem Kopf. Star im Wasser, trinkend wie eine Pumpe, Gischt aus den Nüstern prustend ... Flußaufwärts plätschert es gegen meine Stiefel, tropft mir aus dem Haar, läuft an meinen Armen herab. Stars Kopf wendet sich beim Klang des Lachens ...

Dann wieder flußabwärts, langsam, gewunden ... Zuletzt gerade, sich ausbreitend, langsamer werdend ...

Bäume dichter, dann gelichtet ...

Lang, gleichmäßig, gemächlich ...

Ein schwaches Licht im Osten ...

Jetzt nach unten geneigt und weniger Bäume ... Felsiger, die Dunkelheit wieder komplett ...

Der erste schwache Hinweis auf die See, ein verlorener Dufthauch ... Klappernd weiter, in der Kühle der späten Nacht ... Wieder ein flüchtiger Salzgeschmack der Luft ...

Gestein, das Fehlen von Bäumen ... Hart, steil, kahl, abwärts ... Immer unzugänglicher ...

Ein Blitzen zwischen Felswänden ... Losgetretene Steine in der jetzt dahinrasenden Strömung, das Plätschern vom Echo des Dröhnens verschluckt ... Immer tiefer der Schlund, dann sich ausbreitend ...

Hinab, hinab ...

Und weiter ...

Jetzt wieder Helligkeit im Osten, sanfter der Hang ... Wieder der Hauch von Salz, diesmal stärker ...

Schiefer und Dreck ... Um eine Ecke, hinab, immer heller.

Vorsicht, weich und locker der Boden ...

Windhauch und Licht, Windhauch und Licht . . . Hinter einem Felsvorsprung . . .

Zügel anziehen.

Unter mir lag die öde Küste, endlose Reihen gerundeter Dünenrücken, gegeißelt vom Wind, der aus Südwesten herandrängt, Sandstreifen emporschleudert, den Umriß des fernen kahlen, düsteren Morgenmeeres teilweise verwischt.

Ich sah zu, wie sich die rosa Schicht von Osten her über das Wasser legte. Da und dort entblößte der sich bewegende Sand düstere Kiesflecken. Über den anrennenden Wellen erhoben sich zerklüftete Felsmassen. Zwischen den mächtigen Dünen, die Hunderte von Fuß hoch waren, und mir, der ich hoch über der abweisenden Küste hockte, befand sich eine wilde, zerschmetterte Ebene aus zerklüfteten Felsen und Kies, im ersten Schimmer des Morgens aus der Hölle oder der Nacht emportauchend, belebt von Schatten.

Ja. Hier war ich richtig.

Ich stieg ab und sah zu, wie die Sonne die Szene mit einem trostlosen grellen Tag belegte. Dies war das harte weiße Licht, das ich gesucht hatte. Hier, ohne Menschen, war der richtige Ort, wie ich ihn Jahrzehnte zuvor auf der Schatten-Erde meines Exils gesehen hatte. Keine Bulldozer, keine Siebe, keine besenschwingenden Farbigen, keine hermetisch abgeriegelte Stadt Oranjemund. Keine Röntgenmaschinen, kein Stacheldraht, keine bewaffneten Posten. Hier gab es nichts von alledem. Nein. Denn dieser Schatten hatte niemals einen Sir Ernest Oppenheimer erlebt, und es hatte auch nie eine Firma ›Consolidated Diamond Mines of South West Africa‹ gegeben, auch keine Regierung, die eine solche Anhäufung von Küstenschürfinteressen gutgeheißen hätte. Hier erstreckte sich die Wüste, die Namib hieß, etwa vierhundert Meilen nordwestlich von Kapstadt, ein Streifen Dünen und Felsgestein, bis zu etlichen Dutzend Meilen breit und etwa dreihundert Meilen lang an dieser elenden Küste, an der meerwärts gelegenen Flanke der Richtersveld-Berge, in deren Schatten ich stand. Hier lagen Diamanten wie Vogelkot im Sand. Natürlich hatte ich eine Harke und ein Sieb mitgebracht.

Ich schnürte meine Vorräte auf und machte ein Frühstück. Ein heißer, staubiger Tag stand mir bevor.

Während ich in den Dünen arbeitete, dachte ich an Doyle, den kleinen Juwelier aus Avalon mit den dünnen Haaren und dem feuerroten, mit Geschwülsten bedeckten Gesicht. Juweliersrouge? Wozu wollte ich all das Juweliersrouge – genug, um eine Armee von Juwelieren ein Dutzend Leben lang zu versorgen? Ich hatte die Achseln gezuckt. Was interessierte es ihn, wozu ich das Zeug brauchte, solange ich dafür zahlte? Nun, wenn es eine neue Verwendung für das Zeug gab, die viel Geld zu bringen versprach, wäre man ja ein Dummkopf . . . Mit anderen Worten, er war nicht in der Lage, mich innerhalb einer Woche mit der gewünschten Menge zu versorgen? Kleine gepreßte Kicherlaute zwischen Zahnlücken. Eine Woche? O nein! Natürlich nicht! Lächerlich, kam gar nicht in Frage . . . Ich begriff. Nun, vielen Dank, und vielleicht war der Konkurrent ein Stück weiter oben in der Lage, das Zeug zu beschaffen; außerdem mochte er sich für ein paar ungeschliffene Diamanten interessieren, die ich in einigen Tagen erwartete . . . Diamanten, sagten Sie? Moment. Er interessierte sich stets für Diamanten . . . Ja, aber in Sachen Juweliersrouge ließen seine Leistungen doch zu wünschen übrig! Eine erhobene Hand. Vielleicht hatte er sich etwas zu voreilig über seine Fähigkeit geäußert, das Poliermittel zu liefern. Die Menge hatte ihn doch etwas stutzig gemacht. Die Ingredienzien gab es allerdings reichlich, und die Formel war ziemlich simpel. Ja, eigentlich gab es keinen Grund, warum man nicht etwas arrangieren könnte. Und innerhalb einer Woche. Aber nun zu den Diamanten . . .

Ehe ich seinen Laden verließ, hatten wir etwas arrangiert.

Ich habe viele Menschen kennengelernt, die der Meinung waren, daß Schießpulver explodiert – was natürlich nicht zutrifft. Es brennt sehr schnell ab und entwickelt dabei einen Gasdruck, der ein Geschoß aus dem offenen Ende einer Hülse preßt und es durch den Lauf einer Waffe treibt, nachdem es von der Zündkapsel entzündet worden ist, die das eigentliche Explodieren besorgt, wenn der Zündhebel hineingetrieben wird. Mit der typischen Voraussicht meiner Familie hatte ich im Laufe der Jahre mit einer Reihe von Brennstoffen experimentiert. Meine Enttäuschung angesichts der Entdeckung, daß sich Schießpulver in Amber nicht entzünden ließ und daß alle ausprobierten Zündkapseln dort ebenfalls nicht funktionierten, wurde nur durch die Erkenntnis abgemildert, daß auch keiner meiner Verwandten Feuerwaffen nach Amber bringen konnte. Erst viel später bot sich mir während eines Besuchs in Amber die Lösung. Ich hatte ein Armband poliert, das für Deirdre bestimmt war – und als ich das verschmutzte Tuch in einen Kamin warf, erlebte ich die in Amber so wundersame Eigenschaft des Juweliersrouges aus Avalon! Zum Glück flog nur eine kleine Menge in die Luft, und ich war in jenem Augenblick allein.

Das Mittel war ein ausgezeichneter Zündstoff. Mit einer ausreichenden Menge nichtzündfähigen Materials verschnitten, konnte man es auch richtig zum Abbrennen bringen.

Ich behielt die Entdeckung für mich, nahm ich doch an, daß sich das Mittel eines Tages dazu einsetzen ließ, um in Amber gewisse grundsätzliche Entscheidungen herbeizuführen.

Leider hatten Eric und ich unseren Zusammenstoß, ehe dieser Tag heranrückte, und die Entdeckung wurde zusammen mit all meinen anderen Erinnerungen auf Eis gelegt. Als ich mein Gedächtnis endlich zurückgewonnen hatte, tat ich mich mit Bleys zusammen, der einen Angriff auf Amber plante. Er brauchte mich eigentlich nicht, hatte mich aber als Partner akzeptiert – wohl um ein Auge auf mich zu haben. Hätte ich ihm Waffen geliefert, wäre er unbesiegbar und ich überflüssig gewesen. Und hätten wir Amber tatsächlich erobert, wie es seine Pläne vorsahen, wäre die Situation noch unhaltbarer geworden, da der größte Teil der Besatzungsmacht und natürlich das Offizierskorps auf seiner Seite standen. Dann hätte ich etwas Besonderes aufbieten müssen, um das Kräfteverhältnis wieder auszugleichen. Zum Beispiel ein paar Bomben und etliche automatische Waffen.

Wäre ich einen Monat früher wieder zu mir gekommen, hätte sich alles anders entwickelt. Dann säße ich jetzt vielleicht in Amber und wäre nicht ausgeglüht und erschöpft in dem Bewußtsein, daß ein weiterer Höllenritt und ein ganzer Sack voll Sorgen vor mir lagen, mit denen ich mich befassen mußte.

Ich spuckte Sand, um nicht zu ersticken, wenn ich lachte. Himmel, unser ›Wäre doch nur‹ war wirklich etwas Besonderes! Ich konnte an andere Dinge denken als an das, was hätte geschehen können. Zum Beispiel an Eric . . .

Ich erinnere mich an jenen Tag, Eric. Ich stand in Ketten und war vor dem Thron auf die Knie gezwungen worden. Eben hatte ich mich selbst gekrönt, um dich zu verspotten, und war dafür geschlagen worden. Als ich die Krone das zweitemal in der Hand hielt, schleuderte ich sie in deine Richtung. Aber du hast sie aufgefangen und gelacht. Ich war froh, daß sie wenigstens nicht beschädigt war, wenn sie dich schon nicht verwunden konnte. Ein so schönes Ding . . . Ganz aus Silber, mit sieben langen Zacken besetzt mit Smaragden, die schöner sind als alle Diamanten. An jeder Schläfe ein großer Rubin . . . An jenem Tag hast du dich selbst gekrönt, eine Geste der Arroganz, des hastig arrangierten Pomps. Deine ersten Worte als Herrscher wurden mir zugeflüstert, noch ehe das Echo »Lang lebe der König!« im Saal verhallt war. Ich erinnere mich an jedes einzelne Wort. »Deine Augen haben den schönsten Anblick genossen, den sie jemals sehen werden«, hast du gesagt, gefolgt von dem Befehl: »Wachen! Bringt Corwin in die Schmiede und brennt ihm die Augen aus! Er soll sich an die Szenen dieses Tages als die letzten erinnern, die er jemals vor Augen hatte! Dann werft ihn in die Schwärze des tiefsten Verlieses unter Amber, auf daß sein Name vergessen sei!«

»Jetzt herrschst du in Amber«, sagte ich laut. »Doch weder habe ich mein Augenlicht verloren, noch bin ich vergessen!«

Nein, dachte ich. Sieh zu, wie du mit deinem Titel fertig wirst, Eric. Die Mauern Ambers sind hoch und mächtig. Versteck dich dahinter. Umgib dich mit dem nutzlosen Stahl von Klingen. Wie eine Ameise panzerst du deine Behausung mit Staub. Du weißt jetzt, daß du nicht sicher leben kannst, solange ich lebe, und ich habe dir versprochen, daß ich zurückkehren werde. Ich komme, Eric! Ich bringe Waffen aus Avalon, und ich werde deine Tore niedertreten und deine Verteidiger auslöschen. Und dann wird es so sein wie schon einmal vor langer Zeit, eine Minute lang, ehe deine Männer dich retteten. An jenem Tage holte ich mir nur wenige Tropfen deines Blutes. Diesmal soll es alles sein.

Ich scharrte einen weiteren Rohdiamanten frei, etwa den sechzehnten, und schob ihn in den Beutel an meinem Gürtel.

Während ich auf die untergehende Sonne starrte, dachte ich an Benedict, Julian und Gérard. Was für eine Verbindung bestand zwischen diesen Männern? Wie immer sie aussah – jede Interessenverbindung, die Julian einschloß, war mir zuwider. Gérard war in Ordnung. Ich hatte ruhig einschlafen können damals im Lager, als ich mir vorstellte, daß sich Benedict mit ihm in Verbindung gesetzt hatte. Doch wenn er jetzt mit Julian verbündet war, lag hier ein Grund zur Besorgnis. Wenn mich ein Mensch noch mehr haßte als Eric, dann Julian. Wenn er erfuhr, wo ich steckte, war ich in großer Gefahr. Für eine Konfrontation war ich noch nicht gerüstet.

Vermutlich hätte Benedict einen moralischen Grund gefunden, mich in diesem Augenblick zu verraten. Schließlich wußte er, daß mein Tun darauf gerichtet war, Unruhe nach Amber zu tragen – und er wußte sehr wohl, daß ich etwas im Schilde führte. Ich vermochte seine Einstellung sogar zu verstehen. Ihm ging es in erster Linie um die Erhaltung des Reiches. Im Gegensatz zu Julian war er ein Mann mit Prinzipien, und ich bedauerte es, nicht auf seiner Seite zu stehen. Ich konnte nur hoffen, daß mein Coup so schnell und schmerzlos ablaufen würde wie eine Zahnziehung bei Betäubung und daß wir dann hinterher wieder am selben Strang ziehen konnten. Nachdem ich nun Dara kennengelernt hatte, wünschte ich mir dies auch um ihretwillen.

Er hatte mir zu wenig verraten. Ich wußte einfach nicht, ob er die ganze Woche über im Feld bleiben wollte oder ob er sich womöglich schon mit Streitkräften Ambers zusammengetan hatte, um mir eine Falle zu stellen, um mein Gefängnis zu mauern, um mein Grab auszuheben. Ich mußte mich beeilen, so gern ich noch in Avalon verweilt hätte.

Ich beneidete Ganelon, der jetzt in irgendeinem Gasthaus oder Freudenhaus trank, hurte oder kämpfte oder in den Bergen jagte. Er war zu Hause. Sollte ich ihn seinen Vergnügungen überlassen, obwohl er sich erboten hatte, mich nach Amber zu begleiten? Doch nein, bei meinem Verschwinden würde man ihn verhören, ihm Schlimmes antun, wenn Julian in der Sache steckte – und dann war es nicht mehr weit bis zu dem Augenblick, da er in dem Land, das er für seine Heimat hielt, als Ausgestoßener gelten würde – wenn man ihn überhaupt am Leben ließ. Daraufhin würde er sich zweifellos wieder außerhalb des Gesetzes stellen, und dieses dritte Mal mochte sein Verderben sein. Nein, ich wollte meine Versprechen halten. Er sollte mich begleiten, wenn er das noch immer mochte. Wenn er seinen Entschluß geändert hatte, nun . . . Ich beneidete ihn sogar um die Aussicht auf ein gesetzloses Dasein in Avalon. Zu gern wäre ich noch länger geblieben, um mit Dara durch die Berge zu reiten, um über Land zu reisen, auf den Flüssen zu fahren . . .

Ich dachte an das Mädchen. Das Wissen um ihre Existenz ließ das Bild doch etwas anders aussehen. Das Ausmaß dieser Veränderung war mir allerdings nicht ganz bewußt. Trotz unserer starken Haßgefühle und kleinkrämerischen Auseinandersetzungen sind wir Geschwister aus Amber doch ziemlich familienbewußt, stets interessiert an Neuigkeiten über die anderen, bestrebt, die Position der übrigen Familienmitglieder im wechselhaften Bild des Geschehens zu kennen. So mancher Austausch von Klatschgeschichten hat zwischen uns einen entscheidenden Schlag verzögert. Zuweilen vergleiche ich uns im Geiste mit einer Gruppe boshafter alter Damen in einem Altersheim, die ein abgefeimtes Hindernisrennen veranstalten.

Ich vermochte Dara in das große Ganze nicht einzuordnen, da sie selbst nicht wußte, wohin sie gehörte. Oh, mit der Zeit würde sie das schon lernen. Sobald ihre Existenz sich herumsprach, würde sie hervorragende Lehrer finden. Nachdem ich sie nun auf ihre Einzigartigkeit aufmerksam gemacht hatte, war es nur eine Sache der Zeit, bis sie bei dem großen Spiel mitmischte. Während unseres Gesprächs im Wäldchen war ich mir zuweilen vorgekommen wie die Schlange der Verführung – doch immerhin hatte sie ein Recht auf dieses Wissen. Früher oder später würde sie die Wahrheit erfahren, und je eher sie sie erkannte, desto eher konnte sie damit beginnen, ihre Verteidigung vorzubereiten. Es war also nur zu ihrem Vorteil.

Natürlich war es möglich – und sogar wahrscheinlich –, daß ihre Mutter und Großmutter überhaupt nichts gewußt hatten von der eigenen Herkunft . . .

Und was hatte es ihnen genützt? Nach Daras Auskunft waren sie beide eines gewaltsamen Todes gestorben.

War es möglich, daß der lange Arm Ambers aus den Schatten nach ihnen gegriffen hatte? Und daß er wieder zuschlagen wollte?

Wenn er wollte, konnte Benedict so hart und rücksichtslos sein wie wir alle. Vielleicht sogar brutaler. Er würde kämpfen, um seine Familie zu schützen, würde zweifellos auch einen von uns töten, wenn er es für nötig hielt. Er hatte offenbar angenommen, daß es ausreichte, Daras Existenz geheimzuhalten und ihr die Wahrheit zu verschweigen – daß dieser Schutz für sie genügte. Er war sicher wütend auf mich, wenn er erfuhr, was ich getan hatte – ein weiterer Grund zur Eile. Doch ich hatte ihr nicht aus reiner Gemeinheit die Wahrheit gesagt. Ich wollte, daß sie mit dem Leben davonkam; war ich doch der Meinung, daß er bisher nicht den richtigen Weg eingeschlagen hatte. Wenn ich zurückkam, hatte sie bestimmt Zeit gefunden, die Situation zu überdenken. Sicher bestürmte sie mich dann mit vielen Fragen, und ich wollte die Gelegenheit nutzen, sie zur Vorsicht anzuhalten und ihr Gründe dafür zu nennen.

Dies alles brauchte eigentlich nicht zu geschehen. War ich erst in Amber, sollte sich die Situation gründlich ändern. Es gab keine andere Möglichkeit . . .

Warum hatte bisher niemand eine Möglichkeit gefunden, die grundlegende Natur des Menschen zu verändern? Selbst die Auslöschung all meiner Erinnerungen und das neue Leben in einer neuen Welt hatte nur wieder zu demselben alten Corwin geführt. Wenn ich nicht glücklich war mit dem, was ich darstellte, mochte ich wahrlich Grund zum Verzweifeln haben.

An einer ruhigen Stelle des Flusses reinigte ich mich von Staub und Schweiß und dachte gründlich über die schwarze Straße nach, die meinen beiden Brüdern Schwierigkeiten gemacht hatte. Mir fehlten noch viele Informationen.

Während des Bades lag Grayswandir in Reichweite. Ein Familienangehöriger vermag einem Verwandten durch die Schatten zu folgen, solange die Spur noch warm ist. Doch meine Wäsche blieb ungestört, wenn ich auch Grayswandir auf dem Rückweg dreimal einsetzen mußte, allerdings gegen weniger alltägliche Dinge als Brüder.

Aber damit war zu rechnen gewesen, hatte ich doch das Tempo erheblich beschleunigt . . .

Es war noch dunkel, kurz vor Einsetzen der Morgendämmerung, als ich die Ställe hinter dem Landhaus meines Bruders erreichte. Ich kümmerte mich um Star, der zuletzt doch etwas nervös geworden war, redete ihm gut zu und beruhigte ihn, während ich ihn abrieb und ihm schließlich ausreichend Hafer und Wasser hinstellte. Ganelons Feuerdrache grüßte mich aus der benachbarten Box. Ich säuberte mich an der Pumpe im hinteren Teil des Stalls und versuchte mir darüber schlüssig zu werden, wo ich mich zum Schlafen niederlegen sollte.

Ich brauchte dringend Ruhe. Ein paar Stunden Schlaf mochten mich für eine Weile wieder auf die Beine bringen, doch ich gedachte die Augen nicht unter Benedicts Dach zu schließen – so leicht wollte ich mich denn doch nicht hereinlegen lassen. Zwar hatte ich oft geäußert, ich wollte einst im Bett sterben; in Wirklichkeit wünschte ich aber in hohem Alter von einem Elefanten zertrampelt zu werden, während ich mich den Liebesfreuden hingab.

Benedicts Alkohol gegenüber war ich weniger ablehnend eingestellt; ein kräftiger Schluck war geboten. Das Haus lag im Dunkeln; ich trat lautlos ein und tastete mich zur Kommode vor.

Ich schenkte mir ein gutes Glas voll, leerte es, goß nach und ging zum Fenster. Von hier aus hatte ich einen großartigen Ausblick. Das Landhaus stand an einem Hang, und Benedict hatte die Umgebung geschickt gestalten lassen.

»›Weiß liegt die lange Straße im Mondenschein‹«, zitierte ich, überrascht vom Klang meiner Stimme. »›Der Mond steht leer über dem Land . . .‹«

»Kann man wohl sagen. Kann man wohl sagen, Freund Corwin«, hörte ich Ganelon sagen.

»Ich habe Euch gar nicht bemerkt«, sagte ich leise, ohne mich umzudrehen.

»Der Grund dafür ist, daß ich so still sitze«, meinte er.

»Oh«, hauchte ich. »Wie betrunken seid Ihr?«

»Fast gar nicht«, erwiderte er. »Jedenfalls nicht mehr. Aber wenn Ihr ein netter Kerl wärt und mir einen Drink holen würdet . . .«

Ich wandte mich um.

»Warum könnt Ihr Euch nicht selbst versorgen?«

»Mir tun alle Knochen weh!«

»Na gut.«

Ich schenkte ihm ein Glas ein, brachte es ihm. Er hob es langsam, nickte mir dankend zu, trank einen Schluck. »Ah, das tut gut!« seufzte er. »Hoffentlich lassen sich ein paar Körperteile davon betäuben.«

»Ihr habt Euch in einen Kampf verwickeln lassen?« fragte ich.

»Aye«, entgegnete er. »In mehrere.«

»Dann erduldet Eure Wunden wie ein mutiger Soldat, damit ich mir mein Mitleid ersparen kann!«

»Aber ich habe gewonnen!«

»Gott! Wo habt Ihr die Leichen gelassen?«

»Oh, so schlimm war es auch wieder nicht. Ein Mädchen hat mir das angetan.«

»Dann laßt mich sagen, daß Ihr für Euer Geld wohl gut versorgt worden seid.«

»Um so etwas ging es gar nicht. Ich glaube, ich habe uns in ein schlechtes Licht gerückt.«

»Und? Wie denn?«

»Ich wußte nicht, daß sie die Dame des Hauses war. Ich kam zurück und war so richtig in Stimmung. Ich hielt sie für ein Hausmädchen . . .«

»Dara?« fragte ich aufhorchend.

»Aye, so hieß sie. Ich klopfte ihr auf das Hinterteil und ging auf einen Kuß oder zwei aus . . .« Er stöhnte. »Sie packte mich, hob mich vom Boden hoch und hielt mich über ihren Kopf. Dann sagte sie, sie sei die Dame des Hauses – und ließ mich los. Ich wiege fast zwei Zentner, wenn nicht mehr, und es war ein langer Weg nach unten.«

Er trank aus seinem Glas, und ich lachte leise.

»Sie hat auch gekichert«, sagte er reuig. »Sie half mir auf die Beine und war im großen und ganzen nicht unfreundlich. Ich habe mich natürlich entschuldigt . . . Euer Bruder muß ein ziemlich harter Bursche sein. Ein so kräftiges Mädchen ist mir in meinem ganzen Leben noch nicht über den Weg gelaufen! Was die mit einem Mann so anstellen kann . . .!«

Ehrfürchtiges Staunen schwang in seiner Stimme mit. Langsam schüttelte er den Kopf und kippte den Rest des Alkohols hinunter. »Es war erschreckend – und natürlich schrecklich peinlich«, schloß er.

»Hat sie Eure Entschuldigung angenommen?«

»O ja. Sie war ziemlich aufgeschlossen. Sie sagte mir, ich solle den Zwischenfall vergessen – sie würde dasselbe tun.«

»Warum liegt Ihr dann nicht im Bett und versucht die Sache zu überschlafen?«

»Ich wollte auf Euch warten, falls Ihr noch kämt. Ich wollte Euch abfangen.«

»Nun, das habt Ihr getan.«

Langsam stand er auf und griff nach seinem Glas.

»Wir wollen ins Freie gehen«, sagte er.

»Guter Gedanke.«

Unterwegs ließ er noch die Brandykrugflasche mitgehen, was ich ebenfalls für einen guten Einfall hielt.

Gleich darauf folgten wir einem Weg durch den Garten hinter dem Haus. Schließlich setzte er sich ächzend auf eine alte Steinbank unter einem großen Eichenbaum, füllte unsere Gläser nach und kostete.

»Ah! Eurer Bruder versteht sich auch auf Alkohol«, sagte er.

Ich setzte mich neben ihn und stopfte meine Pfeife.

»Nachdem ich mich entschuldigt und ihr meinen Namen gesagt hatte, kamen wir ein bißchen ins Reden«, fuhr Ganelon fort. »Sobald sie erfuhr, daß ich Euch begleite, wollte sie alle möglichen Sachen von mir wissen – über Amber und Schatten und Euch und die übrige Familie.«

»Habt Ihr dem Mädchen etwas gesagt?« fragte ich und zündete die Pfeife an.

»Völlig unmöglich, selbst wenn ich's gewollt hätte«, erwiderte er. »Ich weiß ja nichts von den Dingen, die sie wissen wollte.«

»Gut.«

»Doch ich habe darüber nachgedacht. Ich glaube nicht, daß Benedict ihr allzuviel erzählt, und begreife auch den Grund. An Eurer Stelle würde ich sehr darauf achten, was ich ihr sage, Corwin. Sie scheint ausgesprochen neugierig zu sein.«

Ich nickte und blies den Rauch durch die Nase.

»Dafür gibt es einen Grund«, sagte ich. »Einen sehr guten Grund. Es freut mich zu wissen, daß Ihr ein kühles Köpfchen bewahrt, auch wenn Ihr getrunken habt. Vielen Dank für die Nachricht.«

Er zuckte die Achseln und trank von seinem Brandy.

»Ein tüchtiger Sturz ist ziemlich ernüchternd. Außerdem ist Euer Wohlergehen zugleich das meine.«

»Das ist wahr. Findet diese Version Avalons Eure Zustimmung?«

»Version? Dies *ist* mein Avalon«, sagte er. »Eine neue Generation ist herangewachsen, gewiß, doch es ist derselbe Ort. Ich habe heute das Feld der Dornen besucht, wo ich in Euren Diensten Jack Haileys Truppe besiegte. Es war dieselbe Stelle.«

»Das Feld der Dornen . . .«, sagte ich und erinnerte mich.

»Ja, dies ist mein Avalon«, fuhr er fort. »Und ich kehre später hierher zurück – wenn wir die Sache in Amber überstehen.«

»Ihr wollt noch immer mitkommen?«

»Schon mein ganzes Leben lang habe ich mir gewünscht, Amber zu sehen – na ja, seit ich zum erstenmal davon hörte, und zwar von Euch, in glücklicheren Tagen.«

»Ich weiß eigentlich nicht mehr, was ich damals sagte. Muß eine gute Geschichte gewesen sein.«

»Wir waren an jenem Abend herrlich betrunken, und es kommt mir wie gestern vor, daß Ihr mir – zum Teil unter Tränen – von dem mächtigen Kolvir-Berg und den grünen und goldenen Türmen der Stadt erzähltet, von den Promenaden, Plätzen und Terrassen, Blumen und Brunnen . . . Eure Geschichte kam mir nur kurz vor – doch sie nahm den größten Teil der Nacht in Anspruch. Als wir schließlich ins Bett taumelten, war es schon Morgen. Gott! Ich könnte Euch fast eine Karte der Stadt zeichnen! Ich muß Amber sehen, ehe ich sterbe!«

»Ich erinnere mich nicht an den Abend«, sagte ich langsam. »Ich muß sehr betrunken gewesen sein.«

Er lachte leise. »Oh, wir haben in der guten alten Zeit so allerlei miteinander unternommen!« sagte er. »Und man erinnert sich hier an uns. Doch als Menschen, die vor langer, langer Zeit gelebt haben – und viele Geschichten sind ganz verkehrt. Aber was soll's! Wer behält die Dinge schon so in Erinnerung, wie sie wirklich waren?«

Ich rauchte stumm vor mich hin und dachte an die Vergangenheit.

». . . Und das alles bringt mich auf ein paar Fragen«, fuhr er fort.

»Bitte.«

»Euer Angriff auf Amber – wird der Euch mit Eurem Bruder Benedict verfeinden?«

»Ich wünschte, ich wüßte darauf eine Antwort«, entgegnete ich. »Zuerst wohl ja. Doch meine Attacke müßte längst abgeschlossen sein, ehe er einem Notruf folgen und Amber erreichen kann. Das heißt – mit Verstärkung. Er allein kann im Nu nach Amber gelangen, wenn ihm von der anderen Seite jemand hilft. Aber das brächte ihn nicht weiter. Nein. Ihm liegt bestimmt nichts daran, Amber zu zerreißen; folglich wird er jeden unterstützen, der es zusammenhalten kann, davon bin ich überzeugt. Wenn ich Eric erst einmal vertrieben habe, ist es sein Wunsch, daß die Auseinandersetzungen sofort beendet werden, und er wird mich auf dem Thron akzeptieren, nur um dieses Ziel zu erreichen. Natürlich billigt er die Tatsache der Thronübernahme nicht.«

»Darauf will ich ja hinaus. Wird es als Folge Eures Vorstoßes später böses Blut mit Benedict geben?«

»Ich glaube nicht. In dieser Sache geht es ausschließlich um Politik – und mein Bruder und ich kennen uns schon seit langer Zeit und sind stets besser miteinander ausgekommen als jeder von uns etwa mit Eric.«

»Ich verstehe. Da wir beide in dieser Sache stecken und Avalon nun Benedict zu gehören scheint, habe ich mir Gedanken gemacht, was er dazu sagen würde, wenn ich eines Tages hierher zurückkehrte. Würde er mich hassen, weil ich Euch geholfen habe?«

»Das möchte ich doch bezweifeln. So etwas entspricht nicht seiner Art.«

»Dann möchte ich meine Frage noch erweitern. Gott weiß, daß ich ein erfahrener Offizier bin, und wenn es uns gelingt, Amber zu erobern, gibt es für diese Tatsache einen guten Beweis. Nachdem nun sein Arm verletzt ist, glaubt Ihr, daß er mich als Feldkommandant seiner Miliz in Betracht ziehen würde? Ich kenne die Gegend hier sehr gut. Ich könnte ihn zum Feld der Dornen führen und ihm den Kampf dort beschreiben. Himmel! Ich würde ihm gut dienen –, so gut wie ich Euch gedient habe.«

Da lachte er.

»Verzeihung. Besser, als ich Euch gedient habe.«

»Das wäre nicht leicht«, erwiderte ich. »Natürlich gefällt mir der Gedanke. Aber ich bin mir gar nicht sicher, ob er Euch jemals vertrauen würde. Er könnte meinen, ich stecke dahinter und wolle ihn hereinlegen.«

»Diese verdammte Politik! Das wollte ich damit nicht sagen! Das Soldatendasein ist mein ein und alles – und ich liebe Avalon.«

»Ich glaube Euch ja. Aber könnte er Euch glauben?«

»Mit nur einem Arm braucht er einen guten Mann. Er könnte . . .«

Ich begann zu lachen und beherrschte mich sofort wieder, denn Laute dieser Art sind noch aus großer Entfernung vernehmbar.

Außerdem ging es hier um Ganelons Gefühle.

»Es tut mir leid«, sagte ich. »Entschuldigt bitte. Ihr versteht das noch nicht richtig. Ihr begreift noch nicht, mit wem wir uns damals am ersten Abend im Zelt unterhalten haben. Euch ist er vielleicht wie ein ganz normaler Mensch vorgekommen – womöglich noch wie ein Krüppel. Aber das ist nicht der Fall. Ich habe Angst vor Benedict. Kein Wesen in den Schatten oder in der Realität kommt ihm gleich. Er ist der Waffenmeister Ambers. Könnt Ihr Euch ein Millennium vorstellen? Tausend Jahre? Mehrere Jahrtausende? Könnt Ihr einen Mann begreifen, der an fast jedem Tag eines solchen Lebens einen Teil seiner Zeit im Umgang mit Waffen, Taktiken und Strategien verbracht hat? Ihr seht ihn hier in einem winzigen Königreich als Kommandant einer kleinen Miliz, mit einem gepflegten Obstgarten hinter dem Haus – laßt Euch dadurch nicht täuschen! Was immer die Militärwissenschaft ausmacht – er hat sie im Kopf. Oft ist er von Schatten zu Schatten gereist und hat unzählige Variationen derselben Schlacht beobachtet, mit kaum veränderten Voraussetzungen, um seine Theorien über die Kriegführung auszuprobieren. Er hat Armeen von solcher Größe befehligt, daß Ihr sie Tag um Tag an Euch vorbeimarschieren lassen könntet, ohne daß ein Ende der Kolonnen abzusehen wäre. Auch wenn ihn der Verlust des Arms jetzt beeinträchtigt, würde ich nicht gegen ihn kämpfen wollen, weder mit Waffen noch mit den bloßen Fäusten. Nur gut, daß er selbst keine Absichten auf den Thron hat – sonst säße er längst darauf. Und wenn er dort säße, hätte ich meinen Anspruch wohl in diesem

Augenblick aufgegeben und mich ihm unterworfen. Ich habe Angst vor Benedict.«

Ganelon schwieg eine lange Zeit, und ich trank einen tiefen Schluck, denn mein Hals war trocken geworden.

»Das wußte ich natürlich nicht«, sagte er schließlich. »Ich will es zufrieden sein, wenn er mich nur nach Avalon zurückkehren läßt.«

»Und das tut er bestimmt. Das weiß ich.«

»Dara sagte, sie hätte heute von ihm gehört. Er hat beschlossen, seinen Aufenthalt im Felde abzukürzen. Wahrscheinlich kehrt er schon morgen zurück.«

»Verdammt!« sagte ich und stand auf. »Dann müssen wir uns beeilen! Ich hoffe, Doyle hat das Zeug bereit. Wir müssen ihn morgen früh aufsuchen und die Angelegenheit beschleunigen. Ich möchte fort sein, wenn Benedict zurückkehrt!«

»Ihr habt also die Klunker?«

»Ja.«

»Darf ich sie mal sehen?«

Ich löste den Beutel von meinem Gürtel. Er öffnete die Schnur und nahm mehrere Steine heraus, die er in der linken Hand hielt und mit den Fingerspitzen langsam wendete.

»Die sehen ja nicht gerade umwerfend aus«, sagte er. »Soweit ich sie in diesem Licht überhaupt erkennen kann. Halt! Da ist ein Schimmer! Nein . . .«

»Sie sind natürlich im Rohzustand. Ihr haltet ein Vermögen in den Händen.«

»Erstaunlich«, sagte er, tat die Steine wieder in den Beutel und schloß ihn. »Und es hat Euch keine Mühe gemacht.«

»So leicht war es nun auch wieder nicht.«

»Trotzdem will es mir etwas unfair erscheinen, daß Ihr so schnell an ein Vermögen gekommen seid.«

Er gab mir den Beutel zurück.

»Ich will dafür sorgen, daß Ihr ein Vermögen erhaltet, wenn unsere Arbeit beendet ist«, sagte ich. »Das dürfte ein kleiner Ausgleich sein, falls Benedict Euch keine Stellung anbietet.«

»Nachdem ich nun weiß, wer er ist, bin ich entschlossener denn je, eines Tages für ihn zu arbeiten.«

»Wir wollen sehen, was sich tun läßt.«

»Jawohl. Vielen Dank, Corwin. Wie fädeln wir unsere Abreise ein?«

»Am besten legt Ihr Euch jetzt hin, denn ich werde Euch früh wecken. Star und Feuerdrache mögen es bestimmt nicht, vor einen Wagen gespannt zu werden – doch wir müssen uns eines von Benedicts Fahrzeugen ausborgen und in die Stadt fahren. Vorher sorge ich noch für etwas, das von unserem geordneten Rückzug ablenkt. Dann treiben wir Juwelier Doyle zur Eile an, beschaffen uns unsere Fracht und verschwinden möglichst schnell in die Schatten. Je größer unser Vorsprung ist, desto schwerer wird es Benedict fallen, uns aufzuspüren. Wenn wir einen halben Tag herausholen können, ist es für ihn praktisch unmöglich, uns in die Schatten zu folgen.«

»Warum sollte ihm überhaupt daran liegen, uns zu folgen?«

»Er mißtraut uns – zu Recht. Er wartet darauf, daß ich handle. Er weiß, daß ich mir hier etwas beschaffen will, doch er weiß nicht, was. Er möchte es aber wissen, damit er Gefahr von Amber abwenden kann. Sobald er erkennt, daß wir endgültig verschwunden sind, weiß er, daß wir das Gewünschte bekommen haben, und wird nach uns suchen.«

Ganelon gähnte, reckte sich, trank sein Glas aus.

»Ja«, sagte er schließlich. »Wir sollten uns wirklich hinlegen, um für die große Hatz gerüstet zu sein. Nachdem Ihr mir nun einiges über Benedict anvertraut habt, finde ich jene andere Sache, die ich Euch noch eröffnen wollte, weniger überraschend – wenn ich auch nicht weniger beunruhigt bin.«

»Und das wäre . . .?«

Er stand auf, ergriff vorsichtig die Flasche und deutete den Weg entlang.

»Wenn Ihr in dieser Richtung weitergeht«, sagte er, »vorbei an der Hecke, welche das Ende dieses Grundstücks kennzeichnet, und wenn Ihr dann noch etwa zweihundert Schritte in den angrenzenden Wald hineingeht, erreicht ihr zur Linken eine kleine Gruppe junger Bäume in einer überraschend auftauchenden Senke, etwa vier Fuß tiefer als der Weg. Dort unten befindet sich ein frisches Grab – die Erde ist festgetrampelt und mit Blättern bestreut. Ich habe die Stelle vorhin gefunden, als ich dort . . . äh . . . dem Ruf der Natur folgen wollte.«

»Woher wißt Ihr, daß es sich um ein Grab handelt?«

Er lachte leise.

»Wenn in einem Loch Leichen liegen, nennt man das im allgemeinen so. Das Grab ist nicht sehr tief, und ich habe ein bißchen mit einem Ast darin herumgestochert. Vier Leichen liegen dort – drei Männer und eine Frau.«

»Wie lange sind sie schon tot?«

»Nicht sehr lange. Höchstens ein paar Tage.«

»Ihr habt nichts verändert?«

»Ich bin doch kein Dummkopf, Corwin!«

»Es tut mir leid. Aber Eure Entdeckung beunruhigt mich doch sehr, denn ich verstehe sie nicht.«

»Offensichtlich haben diese Leute Benedict verärgert, und er hat sich revanchiert.«

»Möglich. Wie sahen sie aus? Wie sind sie gestorben?«

»Nichts Besonderes zu berichten. Sie waren im mittleren Alter, und man hatte ihnen die Kehle durchgeschnitten – bis auf einen Burschen, der einen Stich in den Leib bekommen hat.«

»Seltsam. Ja, es ist gut, daß wir hier bald verschwinden. Wir haben schon genug eigene Sorgen und können auf die hiesigen Probleme gern verzichten!«

»Wahr gesprochen. Gehen wir zu Bett!«

»Geht ruhig schon vor. Ich bin noch nicht soweit.«

»Befolgt den eigenen Rat – legt Euch zur Ruhe«, sagte er und wandte sich wieder dem Haus zu. »Bleibt nicht etwa auf und macht Euch Sorgen.«

»Nein.«

»Also gute Nacht.«

»Bis morgen.«

Ich blickte ihm nach. Er hatte natürlich recht, doch ich war noch nicht bereit, mein Bewußtsein fahrenzulassen. Noch einmal ging ich meine Pläne durch, um sicherzugehen, daß ich nichts übersehen hatte. Ich leerte das Glas und setzte es auf die Bank. Dann stand ich auf und schlenderte herum, wobei Tabakrauch meinen Kopf umwölkte. Mondlicht fiel herab, und die Morgendämmerung war meiner Schätzung nach noch ein paar Stunden entfernt. Ich war fest entschlossen, den Rest der Nacht im Freien zu verbringen, und hoffte ein passendes Plätzchen zu finden.

Natürlich schritt ich schließlich doch den Weg hinab zu der Gruppe junger Schößlinge. Dort stöberte ich ein bißchen herum und fand tatsächlich frische Erdspuren, aber ich hatte keine Lust, beim Mondenschein Leichen zu exhumieren, und war durchaus bereit, auf Ganelons Aussage hinsichtlich seiner Funde zu vertrauen. Ich bin mir gar nicht sicher, warum ich diese Stelle überhaupt aufsuchte. Vermutlich ein morbider Zug meines Unterbewußtseins. Allerdings wollte ich mich nicht gerade hier zum Schlafen niederlegen.

Dann begab ich mich in die Nordwestecke des Gartens und fand dort ein Eckchen, das vom Haus nicht eingesehen werden konnte. Hecken ragten hoch auf, das Gras war lang und weich und roch angenehm. Ich breitete meinen Mantel aus, setzte mich darauf und zog meine Stiefel aus. Dann schob ich die Füße ins Gras und seufzte.

Lange konnte es nicht mehr dauern. Durch die Schatten zu den Diamanten zu den Waffen nach Amber. Ich war unterwegs. Noch vor einem Jahr hatte ich hilflos in einer Zelle gelegen und war so oft zwischen Vernunft und Wahnsinn hin und her gependelt, daß ich die Grenze zwischen den beiden Zustandsformen förmlich ausradiert hatte. Inzwischen war ich wieder frei und bei Kräften, ich konnte sehen und hatte einen Plan. Ich war eine Gefahr, die sich von neuem bemerkbar zu machen suchte, eine größere Gefahr als je zuvor. Diesmal hing mein Geschick nicht von den Plänen eines anderen ab. Diesmal war ich für Erfolg oder Fehlschlag allein verantwortlich.

Das Gefühl war angenehm – angenehm wie das Gras und auch der Alkohol, der sich inzwischen meines Körpers bemächtigt hatte und mich mit einer warmen Flamme erfüllte. Ich säuberte meine Pfeife, steckte sie fort, reckte mich, gähnte und wollte mich schon zum Schlafen niederlegen.

Da bemerkte ich in der Ferne eine Bewegung, stemmte mich auf die Ellbogen hoch und versuchte genauer hinzuschauen, versuchte die Ursache zu erkennen. Ich brauchte nicht lange zu warten. Eine Gestalt bewegte sich langsam und lautlos auf dem Weg. Immer wieder blieb sie stehen. Sie verschwand unter dem Baum, wo Ganelon und ich gesessen hatten, und war eine Zeitlang meinen Blikken entschwunden. Dann ging sie mehrere Dutzend Schritte weiter, verharrte und schien in meine Richtung zu blicken. Schließlich kam sie auf mich zu.

Sie passierte ein Gebüsch und verließ den Schatten; ihr Gesicht wurde plötzlich vom Mondlicht erfaßt.

Offenbar bemerkte sie die Veränderung, denn sie lächelte in meine Richtung und begann langsamer zu gehen und blieb schließlich vor mir stehen.

»Dein Quartier scheint dir nicht zu liegen, Lord Corwin.«

»O doch«, erwiderte ich. »Nur haben wir eine so schöne Nacht, daß der Naturmensch in mir die Oberhand gewonnen hat.«

»Auch letzte Nacht muß etwas in dir die Oberhand gewonnen haben«, sagte sie. »Trotz des Regens.« Sie setzte sich neben meinen Mantel. »Hast du drinnen geschlafen oder draußen?«

»Die Nacht habe ich im Freien verbracht«, sagte ich. »Doch zum Schlafen bin ich nicht gekommen. Um ehrlich zu sein, habe ich seit unserer letzten Begegnung noch nicht geschlafen.«

»Wo bist du gewesen?«

»Unten am Meer. Ich habe Sand gesiebt.«

»Hört sich trostlos an.«

»Das war es auch.«

»Ich habe viel nachgedacht, seit wir durch die Schatten gegangen sind.«

»Das kann ich mir vorstellen.«

»Allzuviel geschlafen habe auch ich nicht. Deshalb habe ich dich nach Hause kommen und mit Ganelon sprechen hören, deshalb wußte ich auch, daß du hier irgendwo sein mußtest, als er allein zurückkam.«

»Richtig vermutet.«

»Ich muß nach Amber, weißt du. Ich muß das Muster beschreiten!«

»Ich weiß. Und das wirst du auch.«

»Bald, Corwin. Bald!«

»Du bist noch jung, Dara. Du hast viel Zeit.«

»Verdammt! Ich habe schon mein ganzes Leben darauf gewartet – ohne es überhaupt zu wissen! Gibt es denn keine Möglichkeit, jetzt zu reisen?«

»Nein.«

»Warum nicht? Du könntest mich auf kurzem Wege durch die

Schatten führen, nach Amber, könntest mich das Muster abschreiten lassen ...«

»Wenn wir nicht auf der Stelle getötet werden, haben wir vielleicht das Glück, für die erste Zeit in benachbarten Zellen – oder auf benachbarten Streckbänken – unterzukommen, ehe man uns hinrichtet.«

»Weshalb denn nur? Du bist ein Prinz der Stadt. Du hast das Recht zu tun, was dir beliebt.«

Ich lachte.

»Ich bin ein Geächteter, meine Liebe. Wenn ich nach Amber zurückkehre, richtet man mich hin – das wäre noch ein Glück für mich – oder stellt etwas weit Schlimmeres mit mir an. Wenn ich mir allerdings überlege, wie sich meine Gefangenschaft beim letztenmal entwickelt hat, möchte ich doch annehmen, daß man mich schnell tötet. Dieses Entgegenkommen hätte sicher auch meine Begleiterin zu erwarten.«

»Oberon würde so etwas nicht tun.«

»Bei entsprechender Provokation wäre er dazu wohl durchaus in der Lage. Aber diese Frage ist akademisch. Oberon herrscht längst nicht mehr. Mein Bruder Eric sitzt auf dem Thron und nennt sich Herrscher.«

»Wann ist es dazu gekommen?«

»Nach der Zeitrechnung in Amber vor mehreren Jahren.«

»Warum sollte er dich umbringen wollen?«

»Natürlich um zu verhindern, daß ich ihn umbringe.«

»Würdest du ihn denn töten?«

»Ja – und ich tue es auch. Und ich glaube, schon sehr bald.«

Sie sah mich an. »Warum?«

»Damit ich selbst auf den Thron komme. Du mußt wissen, daß der Titel eigentlich mir gehört. Eric hat ihn sich widerrechtlich angeeignet. Ich bin erst vor kurzem aus einer mehrjährigen Gefangenschaft geflohen, die er angeordnet hatte. Er machte allerdings den Fehler, mich am Leben zu lassen, weil er sich an meiner Qual weiden wollte. Er hatte nicht erwartet, daß ich mich befreien und ihn eines Tages erneut herausfordern würde. Ich hatte die Hoffnung selbst schon aufgegeben. Doch seit ich das Glück einer zweiten Chance genieße, möchte ich natürlich seinen Fehler vermeiden.«

»Aber er ist dein Bruder!«

»Nur wenigen Menschen ist diese Tatsache deutlicher bewußt als uns beiden, das kann ich dir versichern.«

»Wie schnell rechnest du damit, dein – Ziel zu erreichen?«

»Wie ich neulich schon sagte: wenn du an die Trümpfe herankommst, solltest du dich in etwa drei Monaten mit mir in Verbindung setzen. Wenn das nicht geht und sich die Dinge plangemäß entwickeln, melde ich mich, sobald ich die Herrschaft angetreten habe. Du müßtest innerhalb eines Jahres die Chance erhalten, das Muster zu beschreiten.«

»Und wenn dir dein Vorhaben nicht gelingt?«

»Dann mußt du länger warten – bis Eric seine Herrschaft gefestigt und Benedict ihn als König anerkannt hat. Dazu ist Benedict im Augenblick nämlich nicht bereit. Er hat sich schon lange nicht mehr in Amber blicken lassen – und Eric glaubt vielleicht, daß er gar nicht mehr unter den Lebenden weilt. Wenn er jetzt in Amber erscheint, muß er sich für oder gegen Eric erklären. Stellt er sich auf Erics Seite, ist Erics weitere Herrschaft gesichert – aber dafür möchte Benedict nicht verantwortlich sein. Spricht er sich gegen ihn aus, muß das Kämpfe zur Folge haben – und das will er ebenfalls nicht. Er selbst hat keine Ambitionen auf die Krone. Nur indem er sich von der Bühne fernhält, kann er die Ruhe gewährleisten, die im Augenblick herrscht. Läßt er sich blicken, ohne Stellung zu beziehen, käme er wahrscheinlich damit durch, doch eine solche Haltung wäre gleichbedeutend mit einer Ablehnung von Erics Anspruch und würde ebenfalls zu Problemen führen. Nähme er dich mit auf die Reise nach Amber, würde er sich damit seines freien Willens berauben, denn Eric würde durch dich Druck auf ihn ausüben.«

»Wenn du den Kampf also verlierst, komme ich vielleicht überhaupt nie nach Amber?«

»Ich beschreibe dir die Situation, wie ich sie sehe. Es sind zweifellos viele Faktoren im Spiel, die ich nicht kenne. Ich bin lange ausgeschaltet gewesen.«

»Du *mußt* siegen!« sagte sie und fügte abrupt hinzu: »Würde Großvater dich unterstützen?«

»Das bezweifle ich. Aber die Situation wäre dann ganz anders. Ich weiß von seiner Existenz – und von der deinen. Ich werde ihn nicht bitten, mich zu unterstützen. Solange er sich nicht gegen mich stellt, bin ich zufrieden. Und wenn ich schnell, wirksam und erfolgreich handle, wird er nicht gegen mich vorgehen. Es wird ihm nicht gefallen, daß ich über dich Bescheid weiß, aber wenn er erkennt, daß ich dir nicht schaden möchte, ist alles in Ordnung.«

»Warum willst du mich nicht als Hebel benutzen? Ich wäre doch der logischste Ansatzpunkt.«

»Richtig. Aber ich habe inzwischen erkannt, daß ich dich mag«, erwiderte ich. »Das kommt also nicht in Frage.«

Sie lachte. »Ich habe dich bezaubert!« sagte sie.

Ich lachte leise. »Ja, auf deine spezielle zarte Weise – mit dem Degen in der Hand.«

Plötzlich wurde sie wieder ernst.

»Großvater kommt morgen zurück«, sagte sie. »Hat Ganelon dir davon erzählt?«

»Ja.«

»Wie beeinflußt das deine unmittelbaren Pläne?«

»Ich gedenke ein hübsches Stück weg zu sein, wenn er hier eintrifft.«

»Was wird er tun?«

»Zuerst wird er sehr zornig auf dich sein, weil du hier bist. Dann wird er wissen wollen, wie du den Rückweg gefunden hast und wieviel du mir über dich erzählt hast.«

»Was sollte ich ihm antworten?«

»Sag ihm die Wahrheit über deinen Rückweg durch die Schatten. Das gibt ihm Stoff zum Nachdenken. Was deinen Status angeht, so hat dich deine frauliche Intuition hinsichtlich meiner Vertrauenswürdigkeit veranlaßt, mir dasselbe aufzutischen wie Julian und Gérard. Und wenn das Thema unseres Verbleibs zur Sprache kommt – Ganelon und ich haben uns einen Wagen ausgeliehen, um in die Stadt zu fahren. Wir haben gesagt, wir kämen erst spät zurück.«

»Aber wohin wollt ihr wirklich?«

»Oh, in die Stadt – aber nur kurz. Zurückkommen tun wir allerdings nicht. Mein Vorsprung muß möglichst groß sein, denn Benedict kann mich bis zu einem gewissen Punkt durch die Schatten verfolgen.«

»Ich werde ihn nach besten Kräften aufhalten. Wolltest du mich vor deiner Abreise nicht noch aufsuchen?«

»Ich wollte morgen früh noch mit dir besprechen, was wir eben geregelt haben. In deiner Unruhe bist du mir zuvorgekommen.«

»Dann freue ich mich, daß ich – unruhig gewesen bin. Wie gedenkst du Amber zu erobern?«

Ich schüttelte den Kopf. »Nein, meine liebe Dara. Ränkeschmiedende Prinzen müssen ein paar Geheimnisse auch für sich behalten. Und dieses Geheimnis gehört mir allein.«

»Es überrascht mich, daß in Amber soviel Mißtrauen und Mißgunst herrschen.«

»Warum? So ist es doch überall, mehr oder weniger. Du bist stets von solchen Dingen umgeben, denn alle Orte sind nach dem Bilde Ambers geformt.«

»Das ist schwer zu verstehen . . .«

»Eines Tages wirst du es verstehen. Laß es damit zunächst genug sein.«

»Noch etwas. Da ich in der Lage bin, irgendwie mit den Schatten fertigzuwerden, obwohl ich das Muster noch nicht bewältigt habe, sag mir doch bitte genau, wie du das anfängst. Ich möchte mich noch verbessern.«

»Nein!« sagte ich. »Ich darf es nicht zulassen, daß du mit den Schatten herumspielst, ehe du richtig darauf vorbereitet bist. Selbst später ist das noch gefährlich genug – und jeder vorherige Versuch wäre tollkühn. Du hast Glück gehabt, aber jetzt laß lieber die Finger davon. Und dabei will ich dir helfen – indem ich dir nämlich nichts mehr davon erzähle.«

»Na schön!« sagte sie. »Tut mir leid. Dann muß ich wohl warten.«

»Das dürfte ja auch nicht unmöglich sein. Und du bist nicht böse?«

»Nein. Na ja . . .« Sie lachte. »Es würde ja auch nichts nützen. Du weißt sicher, wovon du sprichst. Ich bin froh, daß du um mich besorgt bist.«

Ich brummte etwas vor mich hin, und sie hob die Hand und berührte mich an der Wange. Ich wandte den Kopf zur Seite, und ihr Gesicht näherte sich langsam dem meinen; ihr Lächeln war verschwunden, die Lippen öffneten sich, die Augen waren fast geschlossen. Ich spürte, wie sich ihre Arme um meinen Hals und meine Schultern legten, wie die meinen sie in einer ähnlichen Geste umschlossen. Meine Überraschung ging in der Süße unter, in Wärme und einer gewissen Erregung, der ich bereitwillig nachgab.

Wenn Benedict jemals davon erfuhr, würde er mehr als zornig auf mich sein ...

7

Der Wagen quietschte monoton, und die Sonne stand bereits tief im Westen, von wo sie uns noch mit einem grellen heißen Streifen Tageslicht versorgte. Auf der Ladefläche schnarchte Ganelon zwischen den Kisten, und ich beneidete ihn um seine lautstarke Beschäftigung. Er schlief bereits seit mehreren Stunden – während ich schon den dritten Tag ohne Ruhepause auskommen mußte.

Wir hatten etwa fünfzehn Meilen zwischen uns und die Stadt gebracht und fuhren weiter nach Nordosten. Doyle hatte die erbetene Menge noch nicht fertig gehabt, doch Ganelon und ich hatten ihn veranlaßt, seinen Laden zu schließen und die Produktion zu beschleunigen. Dies verzögerte die Aktion unerwünschterweise um mehrere Stunden. Ich war zu aufgeregt gewesen, um zu schlafen, und bekam auch jetzt kein Auge zu, während ich mich vorsichtig durch die Schatten manövrierte.

Ich kämpfte die Müdigkeit und den Abend zurück und holte einige Wolken herbei, die mir Schatten spendeten. Wir bewegten uns auf einer trockenen, tiefausgefahrenen Lehmstraße. Der Boden hatte eine häßliche gelbe Färbung und knirschte und bröckelte unter den Hufen und Rädern. Braunes Gras hing zu beiden Seiten schlaff herab, und die Bäume waren klein und knorrig, die Rinde dick und bemoost. Wir kamen an zahlreichen Schiefertonformationen vorbei.

Ich hatte Doyle für sein Mittel gut bezahlt und zugleich ein hübsches Armband erworben, das Dara am folgenden Tag zugestellt werden sollte. Meine Diamanten baumelten mir am Gürtel, der Griff Grayswandirs ruhte in der Nähe meiner Hand. Star und Feuerdrache schritten gleichmäßig und energisch aus. Ich war auf dem Weg zum Erfolg.

Ich fragte mich, ob Benedict schon nach Hause zurückgekehrt war. Ich überlegte, wie lange er sich wohl hinsichtlich meines Aufenthaltsortes täuschen ließ. Ich war vor ihm noch lange nicht sicher. Er vermochte einer Spur sehr weit in die Schatten zu folgen – und ich hinterließ eine ziemlich breite Spur. Aber ich hatte keine andere Wahl. Ich brauchte den Wagen. Ebenso mußte ich mich mit unserer jetzigen Geschwindigkeit abfinden, war ich doch beileibe nicht in der Verfassung für einen weiteren Höllenritt. Langsam und vorsichtig machte ich mich an die Verschiebungen, im Bewußtsein meiner abgestumpften Sinne und der zunehmenden Erschöpfung und in der Hoffnung, daß die allmähliche Steigerung von Veränderung und Entfernung zwischen mir und Benedict eine Barriere errichtete, die hoffentlich recht schnell unüberwindlich wurde.

Auf den nächsten zwei Meilen suchte ich mir einen Weg vom Spätnachmittag zurück in die Mittagsstunde, die ich allerdings bewölkt hielt, denn ich wünschte mir nur das Licht des Mittags, nicht seine Hitze. Schließlich vermochte ich eine kleine Brise ausfindig zu machen.

Inzwischen mußte ich ständig gegen die Schläfrigkeit ankämpfen. Ich war in Versuchung, Ganelon zu wecken und unsere Flucht zunächst nur in die Entfernung gehen zu lassen, während er kutschierte und ich schlief.

Doch so früh wagte ich das nun doch nicht. Es gab noch zu viele Dinge zu tun.

Ich wünschte mir mehr Tageslicht, zugleich eine bessere Straße. Ich hatte den gottverdammten gelben Lehm satt, und ich mußte auch etwas an den Wolken verändern und durfte dabei nicht unser Ziel vergessen . . .

Ich rieb mir die Augen und atmete mehrmals tief durch. Die Bilder in meinem Kopf begannen zu tanzen, und das ständige dumpfe Pochen der Pferdehufe und das Quietschen des Wagens begannen eine einschläfernde Wirkung auszuüben. Das Rucken und Schwanken nahm ich fast kaum noch wahr, die Zügel hingen mir locker in der Hand, und ich war schon einmal eingeschlummert und hatte sie zu Boden gleiten lassen. Zum Glück schienen die Pferde zu wissen, was ich von ihnen wollte.

Nach einer Weile erklommen wir einen langen, flachen Hang, der in einen Vormittag hineinführte. Der Himmel war inzwischen ziemlich dunkel, und es kostete mehrere Meilen und ein halbes Dutzend Kehren, die Wolkendecke etwas aufzulösen. Ein Unwetter konnte den Weg im Handumdrehen in einen Sumpf verwandeln. Bei dem Gedanken zuckte ich zusammen, ließ den Himmel in Ruhe und konzentrierte mich wieder auf die Straße.

Wir erreichten eine baufällige Brücke, die über ein ausgetrocknetes Flußbett führte. Am gegenüberliegenden Ufer war die Straße glatter und weniger gelb. Im Laufe der nächsten Stunde wurde sie noch dunkler, flacher, härter, und das Gras am Rain nahm eine frische grüne Farbe an.

Doch inzwischen hatte es zu regnen begonnen.

Ich kämpfte eine Zeitlang dagegen an, entschlossen, mein Gras und die dunkle, leichte Straße nicht aufzugeben. Der Kopf begann mir zu schmerzen, doch der Schauer endete eine Viertelmeile später, und die Sonne ließ sich wieder blicken.

Die Sonne . . . o ja, die Sonne.

Wir ratterten weiter und kamen in ein kühles Tal, in dem wir schließlich eine weitere schmale Brücke überquerten. Diesmal zog sich in der Mitte des Flußbetts ein schmaler Wasserlauf hin. Längst hatte ich mir die Zügel um die Handgelenke gebunden, da ich immer wieder für kurze Perioden einschlief. Wie aus großer Entfernung kommend, begann ich mich zu konzentrieren, richtete mich auf, ordnete meine Eindrücke . . .

Aus dem Wald zu meiner Rechten erkundeten die Vögel zögernd den Tag. Tautropfen hingen schimmernd an den Grashalmen, den Blättern. Ein kühler Hauch machte sich in der Luft bemerkbar, und die Strahlen der Morgensonne fielen schräg zwischen den Bäumen hindurch.

Doch mein Körper ließ sich durch das Erwachen dieses Schattens nicht täuschen, und ich war erleichtert, als sich Ganelon endlich hinter mir reckte und zu fluchen begann. Wäre er nicht bald zu sich gekommen, hätte ich ihn wohl wecken müssen.

Ich hatte genug. Vorsichtig zupfte ich an den Zügeln. Die

Pferde begriffen, was ich wollte, und blieben stehen. Ich leierte und zog die Bremse fest, da wir uns auf einer Steigung fanden, und griff nach der Wasserflasche.

»He!« sagte Ganelon, während ich trank. »Laßt mir auch einen Tropfen!«

Ich reichte ihm die Flasche nach hinten.

»Jetzt fahrt Ihr weiter«, sagte ich. »Ich muß schlafen.«

Er trank eine halbe Minute lang und atmete heftig aus.

»Gut«, sagte er, schwang sich über das Wagenbord auf die Straße. »Aber bitte noch einen Augenblick Geduld. Die Natur fordert ihr Recht.«

Er verließ die Straße, und ich kroch nach hinten auf die Ladefläche und streckte mich dort aus, wo er eben noch gelegen hatte. Den Mantel faltete ich mir zu einem Kissen zusammen.

Gleich darauf hörte ich ihn auf den Bock steigen, und es gab einen Ruck, als er die Bremse löste. Ich hörte, wie er mit der Zunge schnalzte und die Zügel aufklatschen ließ.

»Haben wir Morgen?« rief er mir zu.

»Ja.«

»Gut! Dann habe ich ja den ganzen Tag und die ganze Nacht hindurch geschlafen!«

Ich lachte leise.

»Nein – ich habe ein bißchen an den Schatten herumgeschoben«, sagte ich. »Ihr habt nur sechs oder sieben Stunden geruht.«

»Das verstehe ich nicht. Aber egal – ich glaube Euch. Wo sind wir jetzt?«

»Wir fahren noch immer nach Nordosten«, antwortete ich, »und stehen etwa zwanzig Meilen vor der Stadt und vielleicht ein Dutzend Meilen von Benedicts Haus entfernt. Gleichzeitig haben wir uns quer durch die Schatten bewegt.«

»Was soll ich jetzt tun?«

»Folgt der Straße, weiter nichts. Wir brauchen die Entfernung.«

»Könnte uns Benedict noch einholen?«

»Ich glaube ja. Deshalb dürfen wir die Pferde noch nicht ausruhen lassen.«

»Na schön. Soll ich nach etwas Bestimmtem Ausschau halten?«

»Nein.«

»Wann soll ich Euch wecken?«

»Nie.«

Da schwieg er, und während ich darauf wartete, daß mein Bewußtsein aufgesaugt würde, dachte ich natürlich an Dara. Schon während des Tages waren meine Gedanken immer wieder zu ihr gewandert.

Die Erkenntnis war ganz überraschend gekommen. Ich hatte sie nicht als Frau gesehen, bis sie sich in meine Arme sinken ließ und meinen Gedanken in diesem Punkt eine neue Richtung gab. Ich konnte nicht einmal den Alkohol dafür verantwortlich machen, da ich gar nicht viel getrunken hatte. Warum wollte ich die Schuld überhaupt woanders suchen? Weil ich mir irgendwie schuldbewußt vorkam – deswegen. Sie war zu weitläufig mit mir verwandt, als daß ich sie mir wirklich als Familienmitglied vorstellen konnte. Und das war auch nicht der springende Punkt. Ich hatte außerdem nicht das Gefühl, die Situation ausgenutzt zu haben, denn als sie mich suchen kam, wußte sie durchaus, was sie tat. Es waren vielmehr die Umstände, die Zweifel an meinen Motiven aufkommen ließen. Als ich sie kennenlernte und auf den Spaziergang durch die Schatten führte, hatte ich mehr erringen wollen als ihr Vertrauen und ihre Freundschaft. Ich versuchte einen Teil ihrer Treue, ihres Vertrauens, ihrer Zuneigung von Benedict auf mich zu lenken. Ich hatte sie auf meiner Seite sehen wollen, als eine mögliche Verbündete in diesem Haus, das schnell zum feindlichen Lager werden konnte. Ich hatte gehofft, sie im Notfall ausnützen zu können. All dies stimmte. Doch ich konnte mir einfach nicht vorstellen, daß ich sie auf jene Weise besessen hatte, nur um diesen Zielen näherzukommen, als Mittel zum Zweck. Vielleicht aber doch – allerdings nicht nur. Jedenfalls machte mich diese Erkenntnis unruhig und weckte das Gefühl, niederträchtig gehandelt zu haben. Warum? Ich hatte in meinem Leben viele Dinge getan, die objektiv betrachtet viel schlimmer waren – und diese Dinge machten mir nicht sonderlich zu schaffen. Ich kämpfte mit mir und rang mich nur mühsam zu der Antwort durch, an der kein Weg vorbeiführte. Mir lag an dem Mädchen – ganz einfach. Mein Gefühl war etwas anderes als die Freundschaft, die mich mit Lorraine verbunden hatte, eine

Freundschaft mit einem Hauch weltmüden Einvernehmens zwischen zwei Veteranen; auch unterschied sich mein Empfinden von der beiläufigen Sinnlichkeit, die kurz zwischen mir und Moire aufgeflackert war, ehe ich zum zweitenmal durch das Muster schritt. Dieses Gefühl war ganz anders. Ich kannte Dara erst so kurze Zeit, daß es mir fast unlogisch vorkam. Ich war ein Mann, der Jahrhunderte und Dutzende von Frauen hinter sich hatte. Und doch . . . hatte ich seit Jahrhunderten nicht mehr so empfunden. Ich hatte dieses Gefühl vergessen – bis es sich jetzt wieder regte. Ich wollte mich nicht in sie verlieben. Noch nicht. Vielleicht später. Am besten überhaupt nicht. Sie war nicht die richtige für mich. Im Grunde war sie noch ein Kind. Alles, was sie sich wünschte, alles, was sie neu und faszinierend fand, hatte ich irgendwann bereits getan. Nein, unsere Verbindung stimmte nicht. Es war nicht richtig, mich in sie zu verlieben. Ich hätte es eigentlich nicht dazu kommen lassen dürfen . . .

Ganelon summte eine freche Melodie vor sich hin. Der Wagen hüpfte und knirschte, wandte sich bergauf. Die Sonne strahlte mir ins Gesicht, und ich bedeckte das Gesicht mit dem Unterarm. Irgendwo in dieser Gegend griff endlich die Bewußtlosigkeit zu und zog ihre Decke über mich.

Als ich erwachte, war die Mittagsstunde vorbei, und ich fühlte mich wie gerädert. Ich nahm einen großen Schluck aus der Flasche, schüttete mir etwas in die Handfläche und rieb mir damit die Augen aus, fuhr mir mit den Fingern durch die Haare. Dann sah ich mir die Umgebung an. Viel Grün erstreckte sich auf allen Seiten, kleine Baumgruppen und offene Flächen mit hohem Gras. Wir fuhren auf einem Lehmweg dahin, der hier allerdings ziemlich fest und glatt war. Der Himmel war bis auf einige Wolken klar; Licht und Schatten wechselten in ziemlich regelmäßigen Abständen. Ein leichter Wind wehte.

»Weilt Ihr wieder unter den Lebenden? Gut!« sagte Ganelon, als ich über die Trennwand nach vorn kletterte und mich neben ihn setzte . . .

»Die Pferde werden langsam müde, Corwin, und ich möchte mir gern etwas die Beine vertreten«, sagte er. »Außerdem bin ich sehr hungrig. Ihr nicht auch?«

»Ja. Haltet dort vorn links im Schatten. Wir wollen ein Weilchen rasten.«

»Ich möchte aber gern noch ein Stück weiterfahren«, sagte er.

»Hat das einen besonderen Grund?«

»Ja. Ich möchte Euch etwas zeigen.«

»Na schön.«

Wir fuhren vielleicht eine halbe Meile weiter und erreichten schließlich eine Kurve, die uns ein wenig mehr nach Norden führte. Nach kurzer Zeit kamen wir an einen Hügel, von dessen Gipfel aus wir eine weitere Anhöhe erblickten, die sich noch höher emporschwang.

»Wie weit wollt Ihr denn noch fahren?« fragte ich.

»Bis auf den nächsten Hügel«, erwiderte er. »Vielleicht können wir es von dort ausmachen.«

»Na gut.«

Die Pferde mühten sich mit der Steigung des zweiten Hügels, und ich stieg aus und half von hinten nach. Als wir den Gipfel endlich erreichten, zügelte Ganelon die Pferde und zog die Bremse fest. Er stieg auf die Ladefläche des Wagens und stellte sich auf eine Kiste. Nach links blickend, legte er die Hand über die Augen.

»Kommt doch einmal herauf, Corwin!« rief er.

Ich kletterte über die hintere Klappe, und er hockte sich hin und streckte mir die Hand entgegen. Ich ergriff sie, und er half mir auf die Kiste. Ich folgte seinem erhobenen Finger mit den Blicken.

Etwa eine dreiviertel Meile entfernt verlief von links nach rechts, soweit ich schauen konnte, ein breiter schwarzer Streifen. Wir befanden uns mehrere Meter höher als die Erscheinung und vermochten sie etwa eine halbe Meile weit gut zu überschauen. Der Durchmesser betrug mehrere hundert Fuß und schien konstant zu bleiben, obwohl sich der Streifen auf der Strecke, die wir einsehen konnten, zweimal drehte und wendete. In der Erscheinung standen Bäume – allerdings völlig schwarz. Auf dem Streifen schien Bewegung zu herrschen, doch ich vermochte nicht zu sagen, was dort geschah. Vielleicht war es nur der Wind, der das schwarze Gras am Rand bewegte. Doch in der ganzen Erscheinung schien sich zugleich etwas zu regen, dahinzufließen – wie Strömungen in einem flachen, dunklen Fluß.

»Was ist das?« fragte ich.

»Ich hoffte, daß Ihr mir das sagen könntet«, erwiderte Ganelon. »Ich nahm an, daß es vielleicht zu Eurem Schatten-Zauber gehört.«

Ich schüttelte den Kopf. »Ich war ziemlich schläfrig, doch ich würde mich erinnern, wenn ich so etwas Seltsames eingefädelt hätte. Woher habt Ihr gewußt, daß das Ding hier sein würde?«

»Während Ihr schlieft, sind wir dem Streifen schon mehrmals nahe gekommen und haben uns wieder von ihm entfernt. Ich mag die Aura nicht, die davon ausgeht – ein allzu vertrautes Gefühl. Erinnert Euch das nicht an etwas?«

»Ja, allerdings. Leider.«

Er nickte. »Dieses Ding fühlt sich an wie der verdammte Kreis in Lorraine. Ja, dem ist es sehr ähnlich.«

»Die schwarze Straße . . .« sagte ich.

»Was?«

»Die schwarze Straße«, wiederholte ich. »Ich wußte nicht, was sie meinte, als sie davon sprach, aber jetzt beginne ich zu verstehen. Dies ist leider keine angenehme Entdeckung.«

»Ein anderes schlechtes Vorzeichen?«

»Ich fürchte ja.«

Er fluchte. »Wird es uns sofort Ärger machen?«

»Ich glaube nicht, aber genau kann man das nie wissen.«

Er stieg von der Kiste, und ich folgte ihm.

»Wir wollen die Pferde grasen lassen«, sagte er, »und dann unsere Mägen versorgen.«

»Ja.«

Wir gingen nach vorn, und er nahm die Zügel. Am Fuße des Hügels fanden wir eine gute Stelle zur Rast.

Wir verweilten dort fast eine Stunde lang. Die schwarze Straße erwähnten wir nicht, obwohl ich mich in Gedanken sehr damit beschäftigte. Natürlich mußte ich mir das Ding noch näher ansehen.

Als wir zur Weiterfahrt bereit waren, übernahm ich wieder die Zügel. Die Pferde, die sich etwas erholt hatten, zogen energisch an.

Ganelon saß links von mir und war noch immer ziemlich gesprächig. Erst mit der Zeit ging mir auf, wieviel ihm seine seltsame Rückkehr bedeutet hatte. Er hatte viele Orte besucht, die ihm aus der Zeit seines Räuberlebens bekannt waren, außerdem Schlachtfelder, auf denen er sich in seiner ehrbaren Zeit ausgezeichnet hatte. Seine Erinnerungen rührten mich in mancher Hinsicht. Eine ungewöhnliche Mischung von Gold und Ton war dieser Mann. Er hätte ein Angehöriger Ambers sein sollen.

Die Meilen glitten schnell vorbei, und wir kamen allmählich der schwarzen Straße näher, als ich plötzlich einen vertrauten Stich im Kopf verspürte.

Ich reichte Ganelon die Zügel.

»Nehmt!« sagte ich. »Fahrt weiter!«

»Was ist?«

»Später! Fahrt!«

»Soll ich die Pferde antreiben?«

»Nein. Fahrt ganz normal weiter. Seid mal ein paar Minuten still.«

Ich schloß die Augen, stemmte den Kopf in die Hände, leerte meinen Geist und errichtete eine Mauer um die entstehende Leere. Der Ansturm ließ nach und setzte erneut mit voller Macht ein. Ich blockierte ihn ein zweitesmal. Es folgte eine dritte Welle, die ich ebenfalls stoppte. Dann war es vorbei.

Ich seufzte und massierte mir die Augen.

»Alles in Ordnung«, sagte ich.

»Was war los?«

»Jemand versuchte sich auf einem ganz besonderen Wege mit mir in Verbindung zu setzen. Mit ziemlicher Sicherheit war es Benedict. Offenbar hat er eben ein paar Dinge herausgefunden, die ihm den Wunsch eingeben könnten, uns aufzuhalten. Ich übernehme wieder die Zügel. Ich fürchte, daß er uns bald auf der Spur sein wird.«

Ganelon überließ mir die Führung des Wagens.

»Wie stehen unsere Chancen?«

»Mittlerweile nicht schlecht, würde ich sagen. Wir haben immerhin schon ein hübsches Stück zurückgelegt. Sobald das Schwindelgefühl in meinem Kopf aufgehört hat, mische ich noch ein paar Schatten durcheinander.«

Ich steuerte den Wagen, und der Weg wand sich hierhin und

dorthin, verlief eine Zeitlang parallel zu der schwarzen Straße und rückte schließlich näher heran. Wir waren nur noch wenige hundert Meter von ihr entfernt.

Ganelon betrachtete die Erscheinung stumm und sagte schließlich: »Das Ding erinnert mich zu stark an jenen anderen Ort. Die winzigen Nebelfetzen, die um alles herumwallen, das Gefühl, daß sich jemand links oder rechts von einem bewegt, ohne daß man ihn richtig sehen kann . . .«

Ich biß mir auf die Lippen. Der Schweiß brach mir aus. Ich versuchte mich von dem Ding durch die Schatten fortzubewegen – doch ich fühlte Widerstand. Nicht dasselbe Gefühl monolithischer Unbeweglichkeit, wie es eintritt, wenn man in Amber durch die Schatten zu treten versucht. Nein, es war etwas völlig anderes. Es war ein Gefühl der – Unentrinnbarkeit.

Dabei bewegten wir uns tatsächlich durch die Schatten. Die Sonne wanderte über den Himmel, rückte zur Mittagsstunde zurück – der Gedanke an eine Nacht in der Nähe des schwarzen Streifens mißfiel mir –, und der Himmel verlor etwas von seiner blauen Farbe, die Bäume schossen höher neben uns empor, und in der Ferne ragten Berge auf.

War es möglich, daß sich die Straße durch mehrere Schatten zog?

Es mußte so sein. Warum sonst hätten Julian und Gérard sie finden und sich so dafür interessieren sollen?

Lange Zeit fuhren wir parallel zu ihr und kamen ihr allmählich immer näher. Bald trennten uns noch etwa hundert Fuß. Dann fünfzig . . .

. . . Und ich hatte es geahnt: schließlich kam der Augenblick, da sich die Pfade kreuzten!

Ich zog die Zügel an. Ich stopfte meine Pfeife, zündete sie an und rauchte vor mich hin, während ich die Erscheinung studierte. Star und Feuerdrache mochten das schwarze Gebiet offenbar nicht, das unseren Weg kreuzte. Sie wieherten und wollten zur Seite ausbrechen.

Wenn wir auf der Straße bleiben wollten, mußten wir diagonal über die schwarze Fläche fahren. Ein Teil des Terrains lag außerdem hinter einer Reihe Felsen und konnte nicht eingesehen werden. Hohes Gras stand am Rande des schwarzen Gebiets, da und dort auch ein Büschel am Fuße der Felsformationen. Nebelschwaden bewegten sich dazwischen, und über den Senken hingen Dunstwolken. Der Himmel, den man durch die Atmosphäre über dem Streifen sehen konnte, war um etliches dunkler und hatte ein seltsam rußiges, verschmiertes Aussehen. Eine unnatürlich anmutende Stille lag vor uns, fast als sei hier ein unsichtbares Wesen zum Angriff bereit und habe den Atem angehalten.

Dann hörten wir den Schrei. Es war die Stimme eines Mädchens! Der alte Trick mit der Frau in Not?

Er kam von irgendwo rechts, von einer Stelle hinter den Felsen. Die Sache roch mir nach einer Falle. Aber Himmel! Vielleicht war dort wirklich jemand in Gefahr! Ich warf Ganelon die Zügel zu, sprang zu Boden und zog Grayswandir.

»Ich sehe mich mal um«, sagte ich, schritt nach rechts und sprang über den Graben, der neben der Straße verlief.

»Beeilt Euch.«

Ich drängte mich durch lichtes Unterholz und erstieg einen Felshang. Auf der gegenüberliegenden Seite mußte ich ein weiteres Gebüsch überwinden und erreichte schließlich eine höhere Felsformation. Von neuem ein Schrei, und diesmal hörte ich auch andere Geräusche.

Schließlich war ich auf der Anhöhe und vermochte ziemlich weit zu blicken.

Das schwarze Territorium begann etwa vierzig Fuß unter mir, und die Szene, die meine Aufmerksamkeit erregte, spielte sich ungefähr hundertundfünfzig Fuß jenseits der Grenze ab.

Bis auf die Flammen war es ein einfarbiges Bild. Eine Frau mit schwarzem Haar, das ihr bis zu den Hüften herabhing, war an einen der schwarzen Bäume gefesselt, glimmende Äste lagen um ihre Füße aufgehäuft. Ein halbes Dutzend haariger Albinomänner, die schon fast völlig nackt waren und sich beim Herumtanzen weiter entkleideten, stocherten knurrend und lachend mit Stöcken nach der Frau und griffen sich dabei auch immer wieder an die Genitalien. Die Flammen waren inzwischen so hoch, daß sie das weiße Gewand der Frau versengten und den Stoff glimmen ließen. Das Kleid war zerrissen, so daß ich ihren herrlich geformten Körper erkennen konnte, während der Rauch sie dermaßen einhüllte, daß ihr Gesicht nicht auszumachen war.

Ich stürzte vorwärts, betrat das Gebiet der schwarzen Straße, sprang über die langen Grasbüschel und warf mich zwischen die Gestalten. Ich köpfte den ersten und spießte einen zweiten auf, ehe mein Angriff überhaupt bemerkt wurde. Die anderen drehten sich um und hieben brüllend mit den Stöcken auf mich ein.

Grayswandir wütete zwischen ihnen, bis sie zerstückelt zu Boden sanken und keinen Ton mehr von sich gaben. Ihr Blut war schwarz.

Ich wandte mich um und stieß mit einem Fußtritt das Feuer beiseite. Dann näherte ich mich der Frau und durchtrennte ihre Fesseln. Schluchzend fiel sie mir in die Arme.

Erst jetzt bemerkte ich ihr Gesicht – oder eher das Fehlen eines Gesichts. Sie trug eine elfenbeinerne Vollmaske, eine Maske ohne jede Andeutung von Gesichtszügen, bis auf zwei winzige rechteckige Schlitze anstelle der Augen.

Ich zog sie von dem Feuer und den Toten fort. Sie klammerte sich schweratmend an mich, wobei sie sich mit dem ganzen Körper an mich drängte. Nach einer mir angemessen erscheinenden Zeit versuchte ich mich von ihr zu lösen. Doch sie gedachte nicht, mich loszulassen und entwickelte dabei überraschende Kräfte.

»Schon gut«, sagte ich. Sie antwortete nicht.

Ihre festen Hände bewegten sich fordernd über meinen Körper, vollführten rauhe Liebkosungen, die eine überraschende Wirkung auf mich hatten. Von Sekunde zu Sekunde stieg ihre Anziehung auf mich. Ich ertappte mich dabei, daß ich ihr Haar und ihren begehrlichen Körper streichelte, ihre festen Brüste, ihren Leib.

»Es ist alles vorbei«, sagte ich mit rauher Stimme. »Wer seid Ihr? Warum wollte man Euch verbrennen? Was waren das für Männer?«

Doch sie antwortete nicht. Sie hatte zu schluchzen aufgehört, wenn sie auch noch immer heftig atmete, nun allerdings aus anderen Gründen. Sie drängte ihren Leib fordernd an mich.

»Warum tragt Ihr die Maske?« flüsterte ich.

Ich griff danach, aber sie warf den Kopf zurück.

Doch dieses Detail kam mir nicht sonderlich wichtig vor. Während ein nüchterner, logischer Teil meines Ich genau wußte, daß diese Leidenschaft unvernünftig war, war ich zugleich so machtlos wie die Götter der Epikuräer. Ich wollte sie auf der Stelle besitzen und war dazu bereit. Meine Erregung hatte ihren Höhepunkt erreicht. Ich wollte nicht länger zögern, nestelte an meinen Hosen . . .

In diesem Augenblick hörte ich Ganelon meinen Namen rufen und versuchte, mich in seine Richtung zu wenden.

Doch sie hielt mich zurück.

Ihre Kräfte verblüfften mich.

»Kind von Amber«, ertönte ihre vertraut klingende Stimme. »Wir schulden dir dies für die Dinge, die du uns gegeben hast, und wir werden dich jetzt ganz besitzen.«

Wieder drang Ganelons Stimme an meine Ohren, eine endlose Flut von Verwünschungen.

Ich lehnte mich unter Aufbietung sämtlicher Kräfte gegen ihren Griff auf, der schwächer wurde. Meine Hand schoß vor, und ich riß die Maske ab.

Als ich mich befreite, ertönte ein kurzer zorniger Schrei – und vier letzte, verhallende Worte:

»Amber muß vernichtet werden!«

Hinter der Maske war kein Gesicht. Dahinter war überhaupt nichts.

Das Gewand der Frau sank schlaff über meinen Arm. Sie oder es – oder was immer es war – war verschwunden.

Ich machte hastig kehrt und sah Ganelon am Rand der schwarzen Fläche liegen. Seine Beine waren in unnatürlicher Haltung verdreht. Seine Klinge hob und senkte sich langsam, doch ich vermochte nicht zu erkennen, mit was er kämpfte. Ich eilte zu ihm.

Das lange schwarze Gras, das ich übersprungen hatte, lag um seine Knöchel und Unterschenkel. Während er sich freizuhacken versuchte, wippten andere Grashalme hin und her, als wollten sie seinen Schwertarm einfangen. Es war ihm gelungen, sein rechtes Bein teilweise zu befreien, und ich beugte mich vor und vermochte seine Arbeit zu vollenden.

Dann trat ich außer Reichweite der Gräser hinter ihn und warf die Maske fort, die ich, wie ich in diesem Augenblick erkannte, noch immer umklammert hielt. Sie fiel innerhalb der schwarzen Fläche zu Boden und begann sofort zu glimmen.

Ich packte Ganelon unter den Armen und versuchte ihn fortzuzerren. Das Gras widersetzte sich, doch ich riß ihn los. Ich schleppte ihn über das restliche Gras, das uns von der friedlicheren grünen Abart am Straßenrand trennte.

Er kam wieder auf die Füße, mußte sich aber noch schwer auf mich stützen. Er bückte sich und beklopfte seine Beine.

»Betäubt«, sagte er. »Mir sind die Beine eingeschlafen.«

Ich half ihm zum Wagen zurück. Er klammerte sich am Wagenkasten fest und begann mit den Füßen aufzustapfen.

»Es kribbelt!« verkündete er. »Ich habe langsam wieder Gefühl darin . . . autsch!«

Schließlich humpelte er zum vorderen Teil des Wagens. Ich half ihm auf den Kutschbock und folgte ihm.

»Das ist schon besser«, seufzte er. »Meine Füße kommen langsam wieder zu sich. Das Zeug hat mir förmlich die Kraft aus den Beinen gesogen – und aus dem Rest meines Körpers. Was war los?«

»Unser schlechtes Omen hat sein Versprechen wahrgemacht.«

»Was nun?«

Ich ergriff die Zügel und löste die Bremse.

»Wir fahren hinüber«, sagte ich trotzig. »Ich muß mehr über diese Erscheinung erfahren. Haltet Eure Klinge bereit.«

Er knurrte etwas vor sich hin und legte sich die Waffe über die Knie. Den Pferden gefiel mein Kommando gar nicht, doch als ich ihre Flanken mit der Peitsche tätschelte, setzten sie sich in Bewegung.

Wir erreichten das schwarze Territorium, und mir war, als wären wir plötzlich in eine Wochenschau aus dem Zweiten Weltkrieg geraten. Vage, doch ganz in der Nähe, düster, deprimierend, bedrückend. Selbst das Quietschen des Wagens und der Hufschlag klangen irgendwie gedämpft, schienen plötzlich aus der Ferne zu kommen. In meinen Ohren setzte ein schwaches, nachdrückliches Klingen ein. Das Gras am Straßenrand bewegte sich, wenn wir vorbeifuhren, doch ich achtete darauf, den Halmen nicht zu nahe zu kommen. Wir durchquerten mehrere Nebelfelder. Obwohl sie geruchlos waren, vermochten wir kaum darin zu atmen. Als wir uns dem ersten Hügel näherten, begann ich mit der Verschiebung, die uns durch die Schatten bringen sollte.

Wir umrundeten den Hügel.

Nichts.

Die düstere Höllenszene hatte sich nicht verändert.

Da wurde ich wütend. Aus dem Gedächtnis zeichnete ich das Muster auf und hielt es mir flammend vor das innere Auge. Und wieder probierte ich eine Verschiebung.

Sofort begann mein Kopf zu schmerzen. Von der Stirn bis zum Hinterkopf schoß ein Schmerz und verharrte dort wie ein glühender Draht. Aber das stachelte meinen Zorn nur noch mehr an und verstärkte meine Bemühungen, die schwarze Straße im Nichts verschwinden zu lassen.

Die Umgebung verschwamm. Der Nebel verdichtete sich, wallte in Schwaden über die Straße. Die Umrisse wurden undeutlich. Ich schüttelte die Zügel, und die Pferde griffen schneller aus. In meinem Kopf begann es zu dröhnen, als wollte mir der Schädel zerspringen.

Statt dessen zersprang sekundenlang alles andere . . .

Der Boden erbebte, begann da und dort Risse zu zeigen – aber es war mehr als nur das. Durch alles schien ein plötzliches Zucken zu gehen, und die Risse waren nicht nur bloße Bruchstellen im Boden. Es war, als habe jemand gegen einen Tisch getreten, auf dem sich ein lose zusammengelegtes Puzzle befunden hatte. Lücken erschienen in der ganzen Szene: hier ein grüner Stamm, dort ein Wasserflirren, die Ecke eines blauen Himmels, absolute Schwärze, ein weißes Nichts, die halbe Front eines Backsteinhauses, Gesichter hinter einem Fenster, Feuer, ein Stück sternenheller Himmel . . .

Die Pferde jagten dahin, und ich mußte an mich halten, um vor Schmerz nicht aufzuschreien.

Ein Chaos an Geräuschen – tierisch, menschlich, mechanisch – umtoste uns. Ich glaubte Ganelon fluchen zu hören, aber ich war meiner Sache nicht sicher.

Ich glaubte, der Schmerz müßte mir das Bewußtsein rauben, doch aus Sturheit und Zorn beschloß ich, so lange wie möglich durchzuhalten. Ich konzentrierte mich auf das Muster, so wie ein Sterbender sich vielleicht an seinen Gott klammert, und setzte meinen gesamten Willen gegen die Existenz der schwarzen Straße.

Im nächsten Augenblick war der Druck von mir gewichen, und die Pferde stürmten dahin, zerrten uns über ein grünes Feld. Ganelon griff nach den Zügeln, doch ich zog sie bereits an und brüllte den Pferden zu, bis sie anhielten.

Wir hatten die schwarze Straße überquert.

Ich drehte mich um und blickte zurück. Die Szene war schwankend und zuckend, als betrachtete ich sie durch aufgewühltes Wasser. Unser Weg durch die Schwärze zeichnete sich jedoch scharf und reglos ab, wie eine Brücke oder ein Damm, und das Gras am Rand war grün.

»Das war ja schlimmer«, sagte Ganelon, »als der Ritt, auf dem Ihr mich damals ins Exil führtet.«

»Das glaube ich auch«, sagte ich und redete leise auf die Pferde ein, brachte sie schließlich dazu, auf den Weg zurückzukehren und weiterzutrotten.

Die Welt war nun wieder heller. Wir bewegten uns zwischen großen Pinien, deren frischer Geruch in der Luft lag. Eichhörnchen und Vögel bewegten sich in den Ästen. Der Boden war dunkler und fruchtbarer. Wir schienen uns in größerer Höhe zu befinden als vor der Überquerung. Es freute mich, daß wir wirklich eine Verschiebung durchgemacht hatten – und noch dazu in der gewünschten Richtung.

Der Weg krümmte sich, führte ein Stück zurück, verlief wieder gerade. Ab und zu vermochten wir einen Blick auf die schwarze Straße zu werfen. Sie lag nicht allzuweit entfernt zu unserer Rechten. Noch immer fuhren wir etwa parallel dazu. Die Erscheinung zog sich eindeutig durch sämtliche Schatten. Soweit wir erkennen konnten, schien sie wieder in ihren unheimlichen Normalzustand zurückgefunden zu haben.

Meine Kopfschmerzen ließen nach, meine Stimmung verbesserte sich etwas. Wir erreichten eine höherliegende Fläche und hatten einen herrlichen Ausblick auf ein großes Waldgebiet, das mich an Teile von Pennsylvanien erinnerte, durch die ich vor vielen Jahren gefahren war.

Ich reckte mich. »Wie geht es Euren Beinen?« fragte ich.

»Gut«, sagte Ganelon, der sich umgedreht hatte. »Ich kann ziemlich weit schauen, Corwin . . .«

»Ja?«

»Und ich sehe einen Reiter, der schnell dahingaloppiert.«

Ich stand auf und drehte mich um. Vielleicht stöhnte ich, als ich mich wieder auf den Sitz fallen ließ und die Zügel schüttelte.

Er war noch zu weit entfernt, um deutlich sichtbar zu sein – auf der anderen Seite der schwarzen Straße. Aber wer konnte es sonst sein, wer sonst konnte mit solchem Tempo unseren Spuren folgen?

Ich fluchte.

Wir näherten uns einer Anhöhe. Ich wandte mich an Ganelon und sagte: »Macht Euch auf einen weiteren Höllenritt gefaßt.«

»Ist das Benedict?«

»Ich glaube schon. Wir haben vorhin zuviel Zeit verloren. Allein kann er sich sehr schnell bewegen – und besonders durch die Schatten.«

»Glaubt Ihr, daß wir ihn noch abschütteln können?«

»Das werden wir feststellen«, erwiderte ich. »Und zwar ziemlich bald.«

Ich trieb die Pferde mit einem Schnalzen an und schüttelte erneut die Zügel. Wir erreichten die Kuppe, und ein eisiger Wind fuhr uns entgegen. Der Weg flachte ab, und der Schatten eines Felsbrocken zu unserer Linken verdunkelte den Himmel. Als wir daran vorbei waren, hielt sich die Dunkelheit, und feine Schneekristalle prickelten uns auf Gesichtern und Händen.

Wenige Minuten später fuhren wir wieder bergab, und das Schneetreiben war zu einem tobenden Sturm geworden. Der Wind kreischte uns in den Ohren, und der Wagen ratterte und rutschte zur Seite weg. Hastig richtete ich ihn wieder aus. Rasch waren wir von Schneewehen umgeben, und die Straße war weiß. Unser Atem dampfte, Eis schimmerte an Bäumen und Felsen.

Bewegung, vorübergehende Verwirrung der Sinne. Das brauchten wir jetzt ...

Wir rasten weiter, und der Wind bedrängte uns, schmerzte und brüllte. Die Schneewehen rückten bis auf die Straße vor.

Wir kamen um eine Kurve und verließen den Sturm. Noch war die Welt ein eisbedecktes Etwas, noch wehte dann und wann eine Schneeflocke vorbei, doch die Sonne löste sich aus den Wolken, schüttete ihr Licht über das Land, und wieder fuhren wir bergab ...

... Kamen durch einen Nebel und erreichten eine schroffe schneelose Felseinöde ...

... Wir hielten uns rechts, gelangten wieder in die Sonne, folgten einem gewundenen Weg durch hohes, glattes, blaugraues Gestein auf eine Ebene ...

... Wo fern zur Rechten die schwarze Straße Schritt hielt. Hitzewogen überrollten uns, und das Land dampfte. Blasen platzten in brodelnden Massen, die die Krater füllten, entließen ihre giftigen Dämpfe in die stickige Luft. Flache Pfützen erstreckten sich vor uns wie eine Handvoll verstreuter alter Bronzemünzen.

Die Pferde galoppierten dahin, halb irrsinnig vor Angst, als neben dem Weg Geysire auszubrechen begannen. Kochendheißes Wasser sprühte in schimmernden, dampfenden Kaskaden über die Fahrspur, verfehlte uns knapp. Der Himmel schien aus Messing zu bestehen, und die Sonne sah aus wie ein verfaulter Apfel. Der Wind war ein hechelnder Hund mit übelriechendem Atem.

Der Boden erzitterte, und in der Ferne spuckte ein Berg seinen Gipfel zum Himmel empor und warf ihm Feuersbrünste hinterher. Ein ohrenbetäubendes Krachen folgte, und Luftwogen bestürmten uns.

Der Wagen schwankte und brach aus der Spur.

Wir rasten auf eine Reihe schwarzer Berge zu, und die ganze Zeit über bebte der Boden, und der Wind bedrängte uns mit der Stärke eines Hurrikans. Als sich das, was von dem Weg noch übrig war, in die falsche Richtung wandte, verließen wir die Spur und fuhren holpernd und dröhnend über die Ebene. Die Berge wuchsen langsam vor uns empor, tanzten in der aufgewühlten Luft.

Ich wandte mich um, als ich Ganelons Hand auf meinem Arm spürte. Er brüllte irgend etwas, doch ich vermochte ihn nicht zu verstehen. Dann deutete er nach hinten, und ich blickte in die Richtung. Aber dort zeigte sich nichts Überraschendes. Die Luft war turbulent, bewegte Staub, Erdbrocken und Asche. Ich zuckte die Achseln und konzentrierte mich wieder auf die Berge.

Am Fuße der nächsten Anhöhe tat sich eine tiefe Dunkelheit auf. Ich hielt darauf zu.

Als sich der Boden wieder abwärts senkte, wuchs die Schwärze vor mir empor, eine gewaltige Höhlenöffnung, verdeckt durch einen Vorhang aus Staub und fallenden Steinen.

Ich ließ die Peitsche knallen, und wir legten die letzten fünf- oder sechshundert Meter zurück und stürzten uns hinein.

Dann hielt ich die Pferde zurück, ließ sie im Schritt gehen.

Der Weg führte weiter nach unten. Wir bogen um eine Ecke und befanden uns in einer breiten und hohen Grotte. Durch Löcher, die sich hoch über uns befanden, sickerte Licht herein, beleuchtete Stalaktiten und fiel auf zuckende grüne Seen. Der Boden beruhigte sich nicht. Mein Gehör erholte sich. Ich sah einen gewaltigen Stalagmiten zusammenbrechen und vernahm ein leises Klirren.

Wir überquerten einen schwarzen Abgrund auf einer Brücke, die aus Kalkstein zu bestehen schien – ein Bauwerk, das hinter uns zusammenbrach und in der Tiefe verschwand.

Felsbrocken regneten von oben herab. In Ecken und Spalten schimmerte es grün von Moos und rot von Pilzkulturen. Streifen von Mineralien krümmten sich funkelnd, große Kristalle und flache Blumen aus hellem Gestein trugen zu der feuchten, unheimlichen Schönheit dieses Ortes bei. Wir rollten durch Höhlen, die mich an eine Folge von Seifenblasen erinnerten, und fuhren mit einem schäumenden Strom um die Wette, der schließlich in einem schwarzen Loch verschwand.

Ein langer, gewundener Tunnel führte uns schließlich wieder nach oben, und ich hörte schwach und widerhallend Ganelons Stimme: »Ich glaube, ich habe eine Bewegung gesehen – könnte ein Reiter sein – oben auf dem Berg – nur einen Augenblick lang.«

Wir erreichten eine etwas hellere Höhle.

»Wenn das Benedict war, hat er alle Mühe, uns auf der Spur zu bleiben!« rief ich, gefolgt von einem Beben und gedämpften Krachen, als weitere Felsmauern hinter uns zusammenbrachen.

Wir fuhren aufwärts, bis sich schließlich Öffnungen über uns zeigten und den Blick auf einige Stellen des blauen Himmels freigaben. Das Klirren der Hufe und das Grollen des Wagens klangen wieder einigermaßen normal, und wir nahmen wieder ein Echo wahr. Das Beben hörte auf, kleine Vögel schwirrten über uns dahin, und das Licht wurde stärker.

Dann noch eine Wegbiegung, und der Ausgang lag vor uns,

eine breite niedrige Öffnung in den Tag. Wir mußten die Köpfe einziehen, als wir unter dem ausgezackten Überhang hindurchfuhren.

Wir hüpften und tanzten über einen Vorsprung aus moosbedecktem Gestein und schauten schließlich auf ein Kiesbett hinab, das sich wie eine Sensenspur über den Hang zog und zwischen Riesenbäumen unter uns verschwand. Ich schnalzte mit der Zunge, trieb die Pferde von neuem an.

»Die Tiere sind sehr müde«, bemerkte Ganelon.

»Ich weiß. Sie können bald ausruhen – so oder so.«

Der Kies knirschte unter unseren Rädern. Die Bäume dufteten angenehm.

»Habt Ihr es bemerkt? Dort unten, zur Rechten?«

»Was . . .?« begann ich und wandte den Kopf. »Oh«, sagte ich dann.

Die widerliche schwarze Straße war noch immer neben uns, etwa eine Meile entfernt.

»Durch wie viele Schatten zieht sie sich?« fragte ich.

»Offenbar durch alle«, meinte Ganelon.

Grimmig schüttelte ich den Kopf. »Hoffentlich nicht.«

Und wir fuhren in die Tiefe, unter einem blauen Himmel und einer goldenen Sonne, die sich ganz normal dem Westen entgegensenkte.

»Ich hatte beinahe Angst, die Höhle zu verlassen«, sagte Ganelon nach einer Weile. »Was hätte uns hier draußen nicht alles auflauern können!«

»Die Pferde machen nicht mehr lange mit. Ich muß die Sache abschließen. Wenn wir vorhin Benedict gesehen haben, muß sein Pferd in ausgezeichneter Verfassung sein. Er hat es ziemlich stark angetrieben. Und dann all die Hindernisse . . . Ich glaube, er ist zurückgefallen.«

»Vielleicht kennt sich das Tier mit solchen Hindernissen aus«, sagte Ganelon, während wir knirschend in eine Rechtskurve fuhren und der Höhlenschlund unseren Blicken entschwand.

»Die Möglichkeit besteht natürlich«, sagte ich, dachte an Dara und fragte mich, was sie in diesem Augenblick wohl machte.

Allmählich kamen wir immer tiefer, dabei schoben wir uns langsam und unmerklich durch die Schatten. Der Weg führte immer mehr nach rechts, und ich fluchte, als ich erkannte, daß wir uns wieder der schwarzen Straße näherten.

»Verdammt! Das Ding ist ja so aufdringlich wie ein Versicherungsvertreter!« sagte ich, und mein Zorn schlug in eine Art Haß um. »Im geeigneten Augenblick werde ich das Ding vernichten!«

Ganelon antwortete nicht. Er trank gerade einen großen Schluck Wasser. Dann reichte er mir die Flasche, und ich tat es ihm nach.

Schließlich erreichten wir ebenes Terrain, und wie bisher krümmte und wand sich der Weg beim geringsten Anlaß. Ich gab den Pferden die Zügel frei. Hier mußte sogar ein berittener Verfolger das Tempo mäßigen.

Etwa eine Stunde später ließ meine Spannung nach, und wir machten Rast, um zu essen. Wir waren gerade fertig, als Ganelon – der unentwegt den Berg beobachtete – aufstand und die Hand über die Augen legte.

»Nein!« sagte ich und sprang auf. »Ich glaube es einfach nicht!«

Ein einsamer Reiter war aus der Höhle gekommen. Ich sah, wie er einen Augenblick zögerte und dann unserem Weg folgte.

»Was jetzt?« fragte Ganelon.

»Wir suchen unsere Sachen zusammen und fahren weiter. Auf diese Weise können wir das Unvermeidliche vielleicht noch ein Weilchen hinausschieben. Ich brauche noch etwas Zeit zum Nachdenken.«

Und wieder rollten wir dahin, noch immer in einem gemächlichen Tempo, das so gar nicht zur Hast meiner Gedanken paßte. Es mußte eine Möglichkeit geben, ihn aufzuhalten! Wenn möglich, ohne ihn umzubringen!

Doch mir fiel nichts ein.

Abgesehen von der schwarzen Straße, die sich wieder einmal heranschlängelte, war es ein herrlicher Nachmittag an einem wunderschönen Ort. Es war eine Schande, diese Erde mit Blut zu beflecken, besonders wenn es mein eigenes Blut sein sollte. Obwohl Benedict die Klinge nur noch links führen konnte, hatte ich Angst, ihm gegenüberzutreten. Ganelon konnte mir da gar nichts nützen. Benedict würde kaum Notiz von ihm nehmen.

An der nächsten Kurve schob ich uns weiter durch die Schatten. Gleich darauf stieg mir schwacher Rauchgeruch in die Nase. Wieder nahm ich eine leichte Verschiebung vor.

»Er kommt schnell näher!« verkündete Ganelon. »Ich habe ihn eben noch gesehen, wie er . . . Da steigt Rauch auf! Flammen! Der Wald brennt!«

Ich lachte und blickte zurück. Die Hälfte des Hangs war unter Rauchwolken verborgen, und ein orangerotes Phantom raste durch das Grün, und erst in dieser Sekunde erreichte das Krachen und Knistern meine Ohren. Aus eigenem Antrieb erhöhten die Pferde die Geschwindigkeit.

»Corwin! Habt Ihr . . .?«

»Ja! Wenn der Hang steiler und unbewaldet gewesen wäre, hätte ich es mit einer Steinlawine versucht.«

Minutenlang war die Luft voller Vögel. Wir näherten uns dem schwarzen Weg. Feuerdrache warf den Kopf hoch und wieherte. Schaumflocken flogen ihm vom Maul. Er versuchte auszubrechen, stieg auf die Hinterhand und ließ die Vorderläufe durch die Luft wirbeln. Star stieß einen erschreckten Laut aus und zog nach rechts. Ich kämpfte einen Augenblick lang dagegen an, gewann die Kontrolle zurück, beschloß, die Tiere ein Weilchen laufen zu lassen.

»Er kommt trotzdem!« rief Ganelon.

Ich fluchte, und wir holperten dahin. Schließlich führte uns der Weg unmittelbar an der schwarzen Straße entlang. Wir befanden uns auf einer langen Geraden, und ein Blick über die Schulter zeigte mir, daß der ganze Berg in Flammen stand – ein rotes Meer, durch das sich wie eine fürchterliche Narbe der Weg zog. Und jetzt sah ich den Verfolger. Er war auf halbem Wege nach unten und galoppierte wie ein Derbyreiter dahin. Gott! Was für ein Pferd das sein mußte! Ich fragte mich, welcher Schatten das Tier geboren hatte.

Ich zog die Zügel an, zunächst sanft, dann fester, bis wir schließlich wieder langsamer fuhren. Wir waren nur noch wenige hundert Fuß von der schwarzen Straße entfernt, und ich hatte dafür gesorgt, daß es ganz in der Nähe eine Stelle gab, wo die Entfernung nur noch dreißig oder vierzig Fuß betrug. Es gelang mir, die Pferde an diesem Punkt zum Stehen zu bringen. Schweratmend standen sie vor dem Wagen. Ich reichte Ganelon die Zügel, zog Grayswandir und sprang auf die Straße.

Warum auch nicht? Es war ein gutes, ebenes Fleckchen, und vielleicht sprach das schwarze, verkohlte Stück Erde, das so sehr von den Farben des Lebens und Wachsens daneben abstach, einen morbiden Instinkt in mir an.

»Was nun?« wollte Ganelon wissen.

»Wir können ihn nicht abschütteln«, sagte ich. »Und wenn er es durch das Feuer schafft, ist er in wenigen Minuten hier. Eine weitere Flucht wäre sinnlos. Ich erwarte ihn an dieser Stelle.«

Ganelon drehte die Zügel um einen Pflock und griff nach seinem Schwert.

»Nein«, sagte ich. »Ihr könnt das Ergebnis des Kampfes nicht beeinflussen, so oder so. Ich bitte Euch um folgendes: Fahrt mit dem Wagen ein Stück weiter und wartet dort auf mich. Wenn die Sache zu meiner Zufriedenheit ausgeht, reisen wir weiter. Wenn nicht, müßt Ihr Euch Benedict sofort ergeben. Er hat es auf mich abgesehen, und er wäre der einzige, der Euch nach Avalon zurückführen könnte. Er wird es tun. Wenigstens könntet Ihr auf diese Weise in Eure Heimat zurückkehren.« Er zögerte.

»Fahrt los«, sagte ich. »Tut, was ich gesagt habe.«

Er blickte zu Boden. Er löste die Zügel. Er sah mich an.

»Viel Glück«, sagte er und trieb die Pferde an.

Ich verließ den Weg, nahm vor einer kleinen Gruppe junger Bäume Aufstellung und wartete. Ich behielt Grayswandir in der Hand, schaute einmal kurz auf die schwarze Straße und richtete schließlich den Blick auf unseren Weg.

Nach kurzer Zeit erschien er am Rand der Flammen, umgeben von Rauch und Feuer und brennenden Ästen. Es war Benedict; er hatte das Gesicht zum Teil verdeckt, der Stumpf seines rechten Arms war zum Schutz der Augen hochgewinkelt – und er galoppierte herbei wie ein Flüchtling aus der Hölle. Er brach durch einen Schauer aus Funken und glimmenden Aschestücken und erreichte schließlich das Freie und stürmte auf dem Weg herbei.

Schon bald vermochte ich den Hufschlag zu hören. Es wäre nun eines Gentlemans würdig gewesen, die Klinge in der Scheide stekken zu lassen, solange ich wartete. Doch wenn ich das tat, hatte ich vielleicht keine Gelegenheit mehr, sie zu ziehen.

Unwillkürlich überlegte ich, wie Benedict seine Klinge tragen mochte und was für ein Schwert er wohl mitführte. Eine gerade Klinge? Oder gekrümmt? Lang? Kurz? Er verstand sich auf alle. Er hatte mir den Umgang mit Hieb- und Stichwaffen beigebracht . . .

Es mochte nicht nur höflich, sondern auch klug sein, Grayswandir wegzustecken. Vielleicht wollte er sich zuerst nur mit mir unterhalten; die blanke Waffe mochte ihn zur Unbedachtsamkeit herausfordern. Doch als der Hufschlag lauter wurde, machte ich mir klar, daß ich Angst hatte, die Klinge wegzustecken.

Ehe er in Sicht kam, wischte ich mir einmal kurz die Handfläche trocken. An der Kurve hatte er sein Tier gezügelt, und er mußte mich im gleichen Augenblick gesehen haben wie ich ihn. Er ritt direkt auf mich zu und ließ sein Pferd dabei immer langsamer gehen. Doch er schien nicht die Absicht zu haben, sein Tier anzuhalten.

Es war geradezu ein mystischer Augenblick, ich weiß nicht, wie ich es anders ausdrücken soll. Während er näher kam, lief mein Verstand schneller als die Zeit, so daß ich den Eindruck hatte, als stünde mir eine Ewigkeit zur Verfügung, die Annäherung dieses Mannes zu verfolgen, der mein Bruder war. Seine Kleidung war verschmutzt, sein Gesicht geschwärzt, der Stumpf des rechten Arms erhoben, wild hin und her zuckend. Das große Tier unter ihm war schwarz und rot gescheckt und besaß eine wilde rote Mähne und einen ebensolchen Schwanz. Doch es war wirklich ein Pferd, das die Augen rollte, Schaum vor dem Maul hatte und rasselnd atmete. Im nächsten Augenblick erkannte ich, daß er die Klinge auf dem Rücken trug; der Griff ragte über seiner rechten Schulter empor. Sein Pferd zügelnd, den Blick starr auf mich gerichtet, verließ er die Straße und steuerte auf eine Stelle links von mir zu, zog einmal die Zügel an und ließ sie dann los, lenkte das Pferd nur noch mit den Knien. Die linke Hand fuhr in einer grußähnlichen Bewegung an seinem Kopf vorbei nach oben und packte den Griff der Waffe. Sie löste sich geräuschlos und beschrieb einen anmutigen Bogen über ihm, ehe sie in einer tödlichen Position schräg vor seiner linken Schulter zur Ruhe kam – wie ein einzelner Flügel aus mattem Stahl mit einer winzigen Vorderkante, die wie ein Streifen Spiegelglas schimmerte. Sein Anblick brannte sich mit einer gewissen Pracht in meinen Verstand, mit einer Großartigkeit, mit einem Glanz, der irgendwie anrührend war. Die Klinge war eine lange sensenähnliche Waffe, mit der ich ihn schon im Kampf beobachtet hatte. Nur hatten wir damals als Verbündete gegen einen gemeinsamen Gegner gekämpft, den ich für unbesiegbar gehalten hatte. Benedict hatte mir in jener Nacht das Gegenteil bewiesen. Als sich die Waffe nun gegen mich erhob, überfiel mich der Gedanke an meine Sterblichkeit – ein Gedanke, der mich nie zuvor in dieser Weise betroffen hatte. Es war, als sei ein Schutz von der Welt genommen worden, als werfe plötzlich jemand ein grelles Schlaglicht auf den Tod höchstpersönlich.

Der Augenblick war vorbei. Ich wich zwischen die Bäume zurück. Ich hatte mich dort aufgestellt, um die jungen Stämme auszunutzen. Ich wich etwa zehn, zwölf Fuß weit zwischen die Stämme zurück und machte zwei Schritte nach links. Das Pferd stieg im letzten Augenblick auf die Hinterhand und schnaubte und wieherte mit geblähten Nüstern. Dann wandte es sich zur Seite, wobei es große Erdbrocken aufwirbelte. Benedicts Arm bewegte sich mit unglaublicher Geschwindigkeit, wie die Zunge einer Schildkröte, und seine Klinge fuhr durch einen jungen Baum, dessen Stamm ich auf drei Zoll schätzte. Der Baum blieb noch einen Augenblick lang stehen, ehe er langsam umkippte.

Seine Stiefel prallten auf den Boden, und er schritt auf mich zu. Auch aus diesem Grund hatte ich mir die Baumgruppe ausgesucht – er sollte zu mir kommen müssen an einen Ort, da eine lange Klinge durch Äste und Stämme behindert werden mußte.

Doch im Voranstürmen schwang er die Waffe geradezu beiläufig hin und her, und ringsum stürzten die Bäume. Wenn er nur nicht so schrecklich gut gewesen wäre . . .! Wenn er nur nicht Benedict gewesen wäre . . .!

»Benedict«, sagte ich ganz ruhig. »Sie ist längst erwachsen und kann ihre eigenen Entscheidungen treffen.«

Doch er ließ nicht erkennen, ob er mich gehört hatte. Er schritt weiter und schwang dabei die mächtige Klinge hin und her. Sie sirrte durch die Luft, und immer wieder war ein weicher Laut zu hören, wenn sie einen weiteren Baum durchtrennte und davon nur geringfügig verlangsamt wurde.

Ich hob Grayswandir und richtete es auf seine Brust.

»Nicht weiter, Benedict«, sagte ich. »Ich möchte nicht mit dir kämpfen.«

Er hob die Waffe in Angriffsposition und sagte nur ein Wort: »Mörder!«

Dann zuckte seine Hand vor, und fast gleichzeitig wurde mein Schwert zur Seite geschlagen. Ich parierte den nachfolgenden Stich, und er fegte meine Riposte zur Seite und griff von neuem an.

Diesmal machte ich mir nicht die Mühe einer Riposte. Ich parierte einfach, zog mich zurück und trat hinter einen Baum.

»Ich verstehe das nicht«, sagte ich und schlug seine Klinge nieder, die an dem Stamm entlangglitt und mich beinahe aufgespießt hätte. »Ich habe in letzter Zeit niemanden getötet. Jedenfalls nicht in Avalon.«

Wieder ein dumpfer Laut, und der Baumstamm stürzte auf mich zu. Ich brachte mich in Sicherheit und wich, seine Schläge abwehrend, zurück.

»Mörder!« sagte er wieder.

»Ich verstehe nicht, was das soll, Benedict!«

»Lügner!«

Nun endlich blieb ich stehen und verteidigte meine Position. Verdammt! Es war so sinnlos, für etwas zu sterben, das gar nicht stimmte. Ich ripostierte, so schnell ich konnte, suchte überall nach einer Ansatzmöglichkeit. Doch die gab es nicht.

»Dann sag's mir wenigstens!« rief ich. »Bitte!«

Doch er schien nicht mehr reden zu wollen. Er bedrängte mich, und ich mußte erneut zurückweichen. Es war, als versuchte ich mit einem Gletscher zu kämpfen. Mit der Zeit festigte sich meine Überzeugung, daß er den Verstand verloren hatte – was mir allerdings nicht im geringsten weiterhelfen konnte. Bei jedem anderen hätte der Wahnsinn die Reaktionsfähigkeit beeinträchtigt. Doch Benedict hatte im Laufe der Jahrhunderte seine Reflexe perfektioniert.

Unbarmherzig trieb er mich zurück. Ich duckte mich zwischen den Bäumen hindurch, und er hieb sie nieder und bedrängte mich weiter. Ich machte den Fehler anzugreifen und vermochte seine Gegenattacke erst im letzten Augenblick von meiner Brust abzulenken. Ich kämpfte eine Woge der Panik nieder, als ich erkannte, daß er mich auf den Rand der Baumgruppe zutrieb. Bald hatte er mich im Freien, wo ihn keine Bäume mehr behinderten.

Meine Aufmerksamkeit war so total auf ihn gerichtet, daß ich die Störung von außen erst mitbekam, als es zu spät war.

Mit lautem Schrei sprang Ganelon von irgendwo herbei, legte die Arme um Benedict und hielt seinen Schwertarm fest.

Selbst wenn ich es wirklich gewollt hätte – es fehlte mir in diesem Augenblick die Gelegenheit, ihn zu töten. Er war zu schnell, und Ganelon kannte die Kräfte dieses Mannes nicht.

Benedict wendete sich nach rechts und brachte Ganelon auf diese Weise zwischen sich und mich. Gleichzeitig ließ er seinen Armstumpf wie einen Knüppel herumwirbeln und traf Ganelon an der linken Schläfe. Dann zerrte er den linken Arm frei, packte Ganelon am Gürtel, riß ihn von den Füßen und schleuderte ihn in meine Richtung. Als ich zur Seite trat, bückte er sich, nahm die Waffe wieder auf, die vor ihm niedergefallen war, und griff erneut an. Ich hatte kaum Zeit für einen Blick nach hinten, wo Ganelon zehn Fuß entfernt zu Boden gegangen war.

Ich parierte und setzte meinen Rückzug fort. Ich hatte nur noch einen Trick im Ärmel, und es betrübte mich, daß Amber seines rechtmäßigen Herrschers beraubt sein würde, wenn der Versuch mißlang.

Es ist irgendwie schwieriger, mit einem guten Linkshänder zu kämpfen als mit einem guten Rechtshänder; dieser Umstand wirkte sich zusätzlich gegen mich aus. Doch ich mußte einen kleinen Versuch wagen. Ich mußte etwas ausprobieren, auch wenn ich damit ein Risiko einging.

Ich machte einen großen Schritt zurück, entfernte mich vorübergehend aus seiner Reichweite. Dann beugte ich mich vor und griff an. Der Zug war sorgfältig überlegt und wurde sehr schnell vorgetragen.

Ein unerwartetes Ergebnis, das sicher zum Teil auf Glück beruhte, war der Umstand, daß ich ihn tatsächlich traf, allerdings nicht dort, wo ich wollte. Einen Augenblick lang rutschte Grayswandir über eine seiner Paraden und traf ihn am linken Ohr. Dies machte ihn vorübergehend langsamer, doch die Verwundung war minimal und führte sogar dazu, daß er sich noch intensiver einsetzte. Obwohl ich weiter angriff, kam ich einfach nicht mehr durch. Es war nur ein kleiner Schnitt, doch das Blut trat ihm aus dem Ohrläppchen und rann tropfenweise herab.

Nun kam der gefährliche Teil, doch ich mußte es wagen. Ich bot ihm eine kleine Chance, nur einen Sekundenbruchteil lang – wußte ich doch, daß er die Möglichkeit sofort ausnutzen würde.

Das tat er auch, und ich parierte im letzten Augenblick. Ungern erinnere ich mich daran, wie nahe seine Klingenspitze meinem Herzen kam.

Dann gab ich erneut nach, wich zurück, verließ rückwärts die Baumgruppe. Parierend und mich zurückziehend bewegte ich mich an Ganelon vorbei, der am Boden lag. Ich gab weitere fünfzehn Fuß nach, defensiv und konservativ kämpfend.

Dann offerierte ich Benedict eine zweite Möglichkeit.

Wie schon einmal griff er an, und ich vermochte ihn noch einmal abzuwehren. Nun verstärkte er seine Bemühungen noch mehr, drängte mich bis zum Rand der schwarzen Straße zurück.

Dort hielt ich inne und wehrte mich ernsthafter, wobei ich langsam an die Stelle rückte, die ich ausgesucht hatte. Ich mußte ihn noch ein paar Sekunden lang halten, mußte ihn in die richtige Position bringen . . .

Diese Sekunden fielen mir sehr schwer, doch ich kämpfte verzweifelt und hielt mich bereit.

Dann gab ich ihm zum drittenmal dieselbe Chance.

Ich wußte, daß er versuchen würde, sie auf die gleiche Art zu nutzen. Mein rechtes Bein stand hinter dem linken, spannte sich an, als er attackierte. Ich versetzte seiner Klinge nur einen leichten seitlichen Schlag, während ich rückwärts auf die schwarze Straße sprang und dabei sofort den Arm auf volle Länge ausstreckte, um ein Nachstoßen zu verhindern.

Und er tat, was ich gehofft hatte. Er hieb auf meine Klinge ein und rückte normal vor, als ich eine Quarte vollführte . . .

. . . und er trat zwischen die schwarzen Grasbüschel, die ich im Zurückweichen übersprungen hatte.

Im ersten Augenblick wagte ich nicht nach unten zu blicken. Ich setzte mich zur Wehr, ohne zurückzuweichen, und gab der Flora eine Chance.

Es dauerte nur wenige Sekunden. Benedict merkte es, als er sich das nächstemal zu bewegen versuchte. Ich sah den verwirrten

Ausdruck auf seinem Gesicht, dann die Anstrengung. Da wußte ich, daß er in meiner Gewalt war.

Doch ich bezweifelte, daß ihn das Hindernis lange aufhalten würde, und schritt sofort zur Tat.

Ich tänzelte außerhalb der Reichweite seiner Klinge zur Seite, stürmte vor und sprang über den Grasrand von der schwarzen Straße. Er versuchte sich zu drehen, doch die Halme hatten sich bis zu den Knien um seine Beine gewunden. Er schwankte einen Augenblick, konnte sich aber auf den Beinen halten.

Ich ging hinter ihm nach rechts. Mit einem Stich hätte ich ihn nun mühelos töten können, aber dazu bestand natürlich keine Veranlassung mehr.

Er schwang den Arm hinter sich, drehte den Kopf und richtete die Klinge auf mich. Er begann sein linkes Bein freizuziehen.

Doch ich fintete nach rechts, und als er zu parieren versuchte, hieb ich ihm mit aller Kraft die Breitseite Grayswandirs in den Nacken.

Er war betäubt, und ich vermochte mich zu nähern und ihm mit der linken Hand in die Nieren zu schlagen. Er krümmte sich leicht zusammen, und ich blockierte seinen Schwertarm und versetzte ihm einen zweiten Hieb in den Nacken, diesmal mit der Faust. Bewußtlos stürzte er zu Boden, und ich nahm ihm die Klinge aus der Hand und warf sie zu Boden. Das Blut aus dem Ohrläppchen zog sich wie ein exotischer Ohrring an seinem Hals entlang.

Ich legte Grayswandir zur Seite, packte Benedict an den Achselhöhlen und zog ihn von der schwarzen Straße fort. Das Gras leistete heftigen Widerstand, doch ich stemmte mich dagegen und vermochte ihn schließlich loszureißen.

Ganelon hatte sich langsam aufgerichtet. Er humpelte herbei, stellte sich neben mich und starrte auf Benedict hinab.

»Was für ein Bursche!« sagte er. »Was für ein Bursche . . . Was machen wir nur mit ihm?«

Ich stemmte mir meinen Bruder im Feuerwehrgriff auf die Schultern und richtete mich auf.

»Ich bringe ihn zunächst zum Wagen«, sagte ich. »Schafft Ihr bitte die Waffen herbei.«

»Ja.«

Ich schritt die Straße entlang, und Benedict blieb bewußtlos –

was ich sehr begrüßte, wollte ich ihn doch nicht noch einmal niederschlagen, wenn es sich vermeiden ließ. Ich deponierte ihn am Stamm eines großen Baumes neben der Straße.

Als Ganelon mich eingeholt hatte, steckte ich die Klingen wieder in die Scheiden und bat ihn, von mehreren Kisten die Seile zu entfernen. Während er damit beschäftigt war, durchsuchte ich Benedict und fand das Gewünschte.

Anschließend fesselte ich ihn an den Baum, während Ganelon sein Pferd holte. Wir banden das Tier an einen benachbarten Busch, an den ich auch seine Klinge hängte.

Dann bestieg ich den Kutschbock des Wagens, und Ganelon kam herbei.

»Wollt Ihr ihn einfach so zurücklassen?« fragte er.

»Zunächst.«

Wir fuhren weiter. Ich schaute nicht zurück; dafür sah sich Ganelon um so öfter um.

»Er hat sich noch nicht bewegt«, berichtete er und fuhr fort: »Noch nie hat mich ein Mann so vom Boden hochgerissen und fortgeschleudert. Und dazu noch mit einer Hand!«

»Deshalb habe ich Euch auch gebeten, am Wagen zu warten und nicht gegen ihn zu kämpfen, falls ich besiegt worden wäre.«

»Was soll nun aus ihm werden?«

»Ich sorge dafür, daß er gerettet wird – bald.«

»Er kommt doch durch, oder?«

Ich nickte.

»Gut.«

Wir fuhren etwa zwei Meilen weiter, ehe ich die Pferde zügelte. Ich stieg vom Wagen.

»Regt Euch jetzt nicht auf«, sagte ich, »egal was passiert. Ich hole für Benedict Hilfe.«

Ich entfernte mich von der Straße und stellte mich in den Schatten. Dann nahm ich die Trumpfkarten zur Hand, die Benedict bei sich gehabt hatte. Ich blätterte sie durch, fand Gérard und nahm die Karte aus dem Stapel. Den Rest legte ich wieder in den seidenbespannten Intarsienkasten, in dem Benedict das kostbare Spiel aufbewahrte.

Ich hielt Gérards Trumpf vor mich hin und betrachtete ihn.

Nach einer Weile wurde das Bild real und schien sich zu bewegen. Ich spürte Gérards Gegenwart. Er war in Amber. Er schritt durch eine Straße, die ich kannte. Er sah mir ziemlich ähnlich und war nur größer und massiger. Ich bemerkte, daß er noch immer seinen Bart trug.

Er blieb stehen und riß die Augen auf.

»Corwin!«

»Ja, Gérard. Du siehst gut aus.«

»Deine Augen! Du kannst sehen?«

»Ja, ich kann wieder sehen.«

»Wo bist du?«

»Komm zu mir, dann zeige ich es dir.«

Er kniff die Augen zusammen.

»Ich weiß nicht recht, ob ich das wirklich tun sollte, Corwin. Ich bin im Augenblick ziemlich beschäftigt.«

»Es geht um Benedict«, sagte ich. »Du bist der einzige, bei dem ich mich darauf verlassen kann, daß er ihm hilft.«

»Benedict? Ist er in Not?«

»Ja.«

»Warum ruft er mich dann nicht selbst?«

»Das könnte er gar nicht. Er ist verhindert.«

»Warum? Wie denn?«

»Die Geschichte ist zu lang und zu kompliziert, um sie jetzt zu erzählen. Glaub mir, er benötigt deine Hilfe, auf der Stelle.«

Er biß sich auf die bärtige Unterlippe.

»Und du wirst allein nicht damit fertig?«

»Auf keinen Fall.«

»Und du glaubst, ich schaffe es?«

»Ich weiß es.«

Er lockerte seine Klinge in der Scheide.

»Ich will nicht hoffen, daß das eine Art Trick ist, Corwin.«

»Ich versichere dir, daß nichts dahintersteckt. Die lange Zeit, die seither vergangen ist, hätte mir doch sicher Gelegenheit gegeben, eine raffiniertere List auszutüfteln.«

Er seufzte. Dann nickte er.

»Na gut. Ich komme zu dir.«

»Bitte.«

Er verharrte einen Augenblick lang, dann machte er einen Schritt vorwärts.

Und schon stand er neben mir. Er streckte die Hand aus und berührte mich an der Schulter. Er lächelte.

»Corwin«, sagte er. »Es freut mich, daß du dein Augenlicht wieder hast.«

Ich wandte den Blick ab.

»Mich auch. Mich auch.«

»Wer ist das auf dem Wagen?«

»Ein Freund. Er heißt Ganelon.«

»Wo ist Benedict? Was hat er für Probleme?«

Ich machte eine Armbewegung.

»Dort hinten«, sagte ich. »Etwa zwei Meilen von hier an der Straße. Er ist an einen Baum gefesselt. Sein Pferd grast in der Nähe.«

»Was machst du hier?«

»Ich fliehe.«

»Wovor?«

»Vor Benedict. Ich bin derjenige, der ihn gefesselt hat.«

Er runzelte die Stirn.

»Ich verstehe das alles nicht . . .«

Ich schüttelte den Kopf.

»Es gibt da zwischen uns ein Mißverständnis, das ich nicht habe aufklären können. Er wollte mir nicht zuhören, und da haben wir gekämpft. Ich habe ihn bewußtlos geschlagen und gefesselt. Befreien könnte ich ihn nicht – er würde mich sofort wieder angreifen. Andererseits kann ich ihn nicht hilflos zurücklassen. Er könnte Schaden nehmen, ehe er sich selbst befreien kann. Deshalb habe ich dich gerufen. Bitte geh zu ihm, befreie ihn, begleite ihn nach Hause.«

»Was tust du inzwischen?«

»Ich verschwinde von hier, so schnell ich kann, und verliere mich in den Schatten. Wenn du ihn davon abhältst, mir erneut zu folgen, würdest du uns beiden einen Gefallen tun. Ich möchte nicht noch einmal gegen ihn kämpfen müssen.«

»Ich verstehe. Kannst du mir nicht sagen, was geschehen ist?«

»Ich weiß es nicht genau. Er hat mich einen Mörder genannt. Ich gebe dir mein Wort, daß ich während meines Aufenthalts in Avalon keinen Menschen getötet habe. Bitte berichte ihm, daß ich das gesagt habe. Ich hätte gar keinen Grund, dich anzulügen, und ich schwöre, daß ich die Wahrheit sage. Es gibt da noch eine andere Sache, die ihn vielleicht erzürnt hat. Wenn er darauf zu sprechen kommt, sag ihm, dabei müßte er sich mit Daras Erklärung begnügen.«

»Und die wäre?«

Ich zuckte die Achseln. »Du weißt schon Bescheid, wenn er das Thema anschneidet. Wenn nicht, vergiß die Sache.«

»Dara war der Name?«

»Ja.«

»Na schön. Ich tue, was du von mir erbittest . . . Sagst du mir noch schnell, wie du deine Flucht aus Amber bewerkstelligt hast?«

Ich lächelte. »Ist das ein rein akademisches Interesse? Oder hast du das Gefühl, daß du dieses Wissen eines Tages brauchen könntest?«

Er lachte leise. »Die Information könnte eines Tages ganz nützlich sein.«

»Es tut mir leid, lieber Bruder, daß die Welt für diese Erkenntnis noch nicht reif ist. Wenn ich es jemandem erzählen müßte, dann dir – aber es gibt keine Möglichkeit, daß dir die Erkenntnis nützen könnte, während mir meine Verschwiegenheit auch künftig noch von Vorteil sein kann.«

»Mit anderen Worten – du kennst einen Geheimweg von und nach Amber. Was hast du vor, Corwin?«

»Was glaubst du denn?«

»Die Antwort liegt auf der Hand. Allerdings sehe ich die Sache mit gemischten Gefühlen.«

»Würdest du mir das bitte erklären?«

Er deutete auf einen Teil der schwarzen Straße, die von unserem Standort aus sichtbar war.

»Das Ding«, sagte er. »Es führt bereits bis zum Fuße Kolvirs. Eine Unzahl von Geschöpfen benutzt diese Straße, um Amber anzugreifen. Wir verteidigen uns, wir sind noch immer siegreich. Doch die Angriffe werden heftiger und kommen häufiger. Es wäre kein günstiger Augenblick für einen Staatsstreich, Corwin.«

»Oder genau der richtige Zeitpunkt«, erwiderte ich.

»Für dich gewiß, aber nicht unbedingt für Amber.«

»Wie wird Eric mit der Situation fertig?«

»Angemessen. Wie ich schon sagte, wir sind immer noch siegreich.«

»Ich meine nicht die Angriffe. Ich meine das ganze Problem – die Ursachen.«

»Ich bin selbst schon auf der schwarzen Straße gereist – ein weites Stück.«

»Und?«

»Ich vermochte sie nicht bis zum Ende zu beschreiten. Du weißt doch, daß die Schatten wilder und unheimlicher werden, je weiter man sich von Amber entfernt?«

»Ja.«

». . . Bis einem der Verstand verdreht und zum Wahnsinn hin gezwungen wird.«

»Ja.«

». . . Und irgendwo dahinter liegen die Gerichte des Chaos. Die Straße führt weiter, Corwin. Ich bin überzeugt, sie überspannt die volle Strecke.«

»Dann haben sich meine Befürchtungen also bewahrheitet«, sagte ich.

»Das ist der Grund, warum ich unabhängig von meiner Einstellung zu dir davon abrate, jetzt zu handeln. Die Sicherheit Ambers muß über allem anderen stehen.«

»Ich verstehe. Dann brauchen wir uns im Augenblick nicht weiter darüber zu unterhalten.«

»Und deine Pläne?«

»Da du sie nicht kennst, ist es sinnlos, dir zu eröffnen, daß sie unverändert sind. Aber das sind sie.«

»Ich weiß nicht, ob ich dir Glück wünschen soll – jedenfalls wünsche ich dir alles Gute. Ich freue mich, daß du wieder sehen kannst.« Er ergriff meine Hand. »Jetzt sollte ich mich aber um Benedict kümmern. Er ist doch nicht etwa schwer verletzt?«

»Von mir nicht. Ich habe ihn nur geschlagen. Vergiß nicht, ihm meine Worte auszurichten.«

»Nein.«

»Und bring ihn nach Avalon zurück.«

»Ich werd's versuchen.«

»Dann zunächst Lebewohl, Gérard.«

»Leb wohl, Corwin.«

Er machte kehrt und ging die Straße entlang. Ich blickte ihm nach, bis er nicht mehr zu sehen war. Dann erst kehrte ich zum Wagen zurück, schob seinen Trumpf zwischen die anderen Karten und setzte meinen Weg nach Antwerpen fort.

8

Ich stand auf der Spitze des Hügels und blickte auf das Haus hinab. Da ich ringsum von Gebüsch umgeben war, fiel ich nicht besonders auf.

Ich weiß eigentlich nicht, was ich zu sehen erwartete. Eine ausgebrannte Ruine? Einen Wagen in der Auffahrt? Eine Familie auf den Rotholzstühlen der Veranda? Bewaffnete Wächter?

Mir fiel auf, daß das Dach an einigen Stellen neue Schindeln vertragen konnte und daß der Rasen vor langer Zeit in seinen Naturzustand zurückgefallen war. Es überraschte mich, daß ich an der Rückseite nur eine zerbrochene Glasscheibe sehen konnte.

Das Haus sollte also verlassen aussehen. Interessant.

Ich breitete mein Jackett auf dem Boden aus und setzte mich darauf. Dann zündete ich mir eine Zigarette an. Die nächsten Häuser lagen ziemlich weit entfernt.

Für die Diamanten hatte ich fast siebenhunderttausend Dollar bekommen. Das Geschäft war in anderthalb Wochen erledigt gewesen. Von Antwerpen waren wir nach Brüssel gereist und hatten mehrere Abende in einem Klub an der Rue de Char et Pain verbracht, ehe mich der Mann aufstöberte, den ich sprechen wollte.

Arthur zeigte sich ziemlich erstaunt über meine Wünsche. Er war ein schlanker, weißhaariger Mann mit gepflegtem Schnurrbart, ein ehemaliger RAF-Offizier mit Oxford-Erziehung, und er hatte schon nach den ersten beiden Minuten den Kopf zu schütteln begonnen und mich mit Fragen über die Form der Lieferung unterbrochen. Er war zwar kein Sir Basil Zaharoff, doch machte er sich Sorgen, wenn ihm die Pläne eines Kunden zu unausgereift vorkamen. Es beunruhigte ihn, wenn zu bald nach der Lieferung etwas schiefgehen konnte. Er schien anzunehmen, so etwas könnte auf ihn zurückfallen. Aus diesem Grund war er bei der

Verschiffung von Waffen nützlicher als die anderen. Und er hakte bei meinen Transportplänen ein, weil ich überhaupt keine zu haben schien.

Bei einem solchen Arrangement braucht man normalerweise eine Art Endverbraucher-Zertifikat. Im Prinzip handelt es sich dabei um ein Dokument mit der Bestätigung, daß das Land X die fraglichen Waffen bestellt hat. Man braucht diese Bescheinigung, um eine Exporterlaubnis des Herstellerlandes zu bekommen. Mit dem Dokument wahrt der Hersteller den Anschein der Seriosität, auch wenn die Sendung in das Land Y umgeleitet wird, sobald sie die Grenze überquert hat. Zur Beschaffung der Papiere versichert man sich üblicherweise durch entsprechende Zahlungen der Hilfe eines Botschaftsmitgliedes von Land X – vorzugsweise eines Mannes, der zu Hause Verwandte oder Freunde beim Verteidigungsministerium hat. Die Bescheinigung kostet ziemlich viel, und meinem Gefühl nach hatte Arthur die derzeit gültigen Tarife ausnahmslos im Kopf.

»Aber wie wollen Sie die Waffen versenden?« fragte er immer wieder. »Wie wollen Sie sie ans gewünschte Ziel bringen?«

»Das«, erwiderte ich, »ist mein Problem. Darüber zerbreche ich mir den Kopf.«

Doch er setzte sein Kopfschütteln fort.

»Es ist nicht ratsam, sich die Sache in diesem Punkt leichtzumachen, Colonel«, sagte er. (Für ihn galt ich seit unserer ersten Begegnung vor einigen Dutzend Jahren als Colonel. Den Grund weiß ich nicht genau.) »Das ist absolut nicht empfehlenswert. Wenn Sie auf diese Weise ein paar Dollar sparen wollen, können Sie die ganze Ladung verlieren und sich wirklichen Ärger einhandeln. Ich könnte Sie durch eines der jungen afrikanischen Länder problemlos absichern lassen . . .«

»Nein – beschaffen Sie mir nur die Waffen.«

Während des Gesprächs saß Ganelon dabei und trank Bier, rotbärtig und düster-eindrucksvoll wie eh und je, und er nickte zu allem, was ich sagte. Da er kein Englisch verstand, hatte er keine Ahnung vom Stand der Dinge. Ihm war das im Grunde auch egal. Er befolgte allerdings meine Anweisungen und wandte sich von Zeit zu Zeit in Thari an mich, woraufhin wir uns einen Augenblick lang in dieser Sprache über Belanglosigkeiten unterhielten. Der arme alte Arthur war ein vorzüglicher Sprachenkenner und wollte natürlich wissen, für welches Land seine Waffen bestimmt waren. Ich spürte deutlich, daß er sich große Mühe gab, die unbekannten Laute zu identifizieren. Schließlich begann er vor sich hinzunikken, als hätte er eine Lösung gefunden.

Nach weiteren Diskussionen wagte er sich vor. »Ich kenne die Zeitungsberichte«, sagte er. »Ich bin sicher, seine Anhänger können sich die Versicherungskosten leisten.«

Das war es fast wert, ihm die Wahrheit zu sagen.

Doch ich hielt mich an meinen Plan. »Nein«, sagte ich. »Glauben Sie mir – wenn ich die automatischen Gewehre übernehme, werden sie von der Erdoberfläche verschwinden.«

»Das wäre ein hübscher Trick«, sagte er, »zumal ich noch nicht einmal weiß, wo wir sie übernehmen.«

»Der Ort ist egal.«

»Selbstvertrauen ist eine gute Sache. Die nächste Stufe ist die Tollkühnheit . . .« Er zuckte die Achseln. »Wie Sie wollen – Ihr Problem.«

Dann eröffnete ich ihm meine Wünsche hinsichtlich der Munition, und das schien ihn nun endgültig zu überzeugen, ich müsse den Verstand verloren haben. Er starrte mich sekundenlang verdattert an und verzichtete diesmal sogar darauf, den Kopf zu schütteln. Es kostete mich fast zehn Minuten, ihn nur dazu zu bringen, sich die Detailangaben anzusehen. Daraufhin begann er doch wieder mit dem Kopf zu schütteln und murmelte etwas von Silberkugeln und nichtzündenden Zündern.

Der wirksamste Anreiz, Bargeld, ließ ihn schließlich auf meine Wünsche eingehen. Mit den Gewehren oder Lastwagen gab es keine Schwierigkeiten; doch eine Waffenfabrik dazu zu bringen, meine ulkige Munition herzustellen – das würde teuer werden, meinte er. Er war nicht einmal sicher, ob er eine finden würde, die so etwas mitmachte. Als ich ihm sagte, die Kosten spielten keine Rolle, schien ihn das noch mehr aufzuregen. Wenn ich es mir leisten könnte, mit verrückter Versuchsmunition herumzuspielen, meinte er, könnte ein Endverbrauchszertifikat doch auch nicht mehr soviel ausmachen . . .

Ich blieb hart. »Nein«, sagte ich. »Mein Problem, denken Sie daran.«

Er seufzte ergeben und zupfte an seinen Schnurrbartspitzen. Dann nickte er. Also gut, alles sollte so geschehen, wie ich es wünschte.

Natürlich berechnete er mir viel zuviel. Da ich in allen anderen Dingen vernünftig auftrat, schien die Alternative zu einer Psychose darin zu bestehen, daß ich mich auf eine raffinierte Gaunerei eingelassen hatte. Diese Überlegung erregte sicher sein Interesse, doch kam er offenbar zu dem Schluß, er solle lieber die Nase nicht zu tief in ein so kitzliges Unternehmen stecken. Er war sogar bereit, jede Chance zu ergreifen, sich von dem Projekt abzusetzen. Sobald er den Munitionshersteller gefunden hatte – er überzeugte schließlich eine Firma in der Schweiz –, erklärte er sich einverstanden, daß ich direkten Kontakt aufnahm. Auf diese Weise hatte er nichts mehr damit zu tun – natürlich bis auf das Geld.

Ganelon und ich reisten mit falschen Papieren in die Schweiz. Mein Begleiter trat als Deutscher auf, ich als Portugiese. Mir war im Grunde gleichgültig, was meine Papiere auswiesen, solange die Fälschungen gut waren, doch ich hatte Deutsch als die Sprache bestimmt, die Ganelon am besten lernen konnte; schließlich mußte er eine Sprache dieser Schatten-Welt beherrschen, und die deutschen Touristen schienen in der Schweiz besonders zahlreich zu sein. Er machte schnelle Fortschritte. Wenn Ganelon von einem Deutschen oder einem Schweizer nach seiner Herkunft gefragt wurde, sollte er antworten, er sei in Finnland aufgewachsen.

Wir brachten drei Wochen in der Schweiz zu, ehe ich mit der Qualitätskontrolle meiner Munition zufrieden war. Wie angenommen, tat das Zeug in diesem Schatten bei der Zündung keinen Muckser. Doch ich hatte die Formel bis ins letzte Detail ausgearbeitet, worauf es jetzt einzig und allein ankam. Das Silber war natürlich ziemlich teuer. Vielleicht war ich zu vorsichtig. Doch immerhin gibt es in Amber einige Dinge, die man am besten mit diesem Metall beseitigt; außerdem konnte ich's mir leisten. Ganz abgesehen davon: Gab es eine bessere Kugel – einmal abgesehen von Gold – für einen König? Wenn es dazu kam, daß ich Eric erschießen mußte, beging ich auf diese Weise wenigstens keine Majestätsbeleidigung. Habt Nachsicht mit mir, Brüder.

Anschließend überließ ich Ganelon ein wenig sich selbst, da er sich geradezu mit Begeisterung in seine Touristenrolle gefunden hatte. Ich setzte ihn in Italien ab, eine Kamera vor dem Bauch und einen abwesenden Blick in den Augen, und flog zurück in die Vereinigten Staaten.

Zurück? Ja, das heruntergekommene Gebäude am Hang unter mir war fast zehn Jahre lang mein Zuhause gewesen. Zu diesem Haus war ich seinerzeit unterwegs gewesen, als ich von der Straße gedrängt und in den Unfall verwickelt wurde, welcher zu allen bisherigen Ereignissen führte.

Ich zog an meiner Zigarette und betrachtete das Gebäude. Damals war es nicht heruntergekommen gewesen. Ich hatte mich immer gut darum gekümmert. Das Haus war voll bezahlt. Sechs Zimmer und eine angebaute Garage für zwei Wagen. Ein Grundstück von etwa sieben Morgen, praktisch der ganze Hang. Ich hatte dort die meiste Zeit allein gelebt – ein Zustand, der mir gefiel. Einen großen Teil meiner Zeit verbrachte ich im Arbeitszimmer und in der Werkstatt. Ich fragte mich, ob der Holzschnitt von Mori noch im Arbeitszimmer hing. *Von Angesicht zu Angesicht* hieß er – die Darstellung zweier Krieger in tödlichem Kampf. Es wäre nett, wenn ich das Bild zurückhaben könnte. Aber sicher war es längst gestohlen; das sagte mir ein Gefühl. Wahrscheinlich waren die Dinge, die man nicht gestohlen hatte, zur Begleichung ausstehender Steuern versteigert worden. Ich konnte mir vorstellen, daß der Staat New York so etwas fertigbrachte. Es überraschte mich etwas, daß das Haus selbst noch keine neuen Bewohner hatte. Ich setzte meine Wacht fort, um ganz sicherzugehen. Himmel, ich hatte keine Eile. Ich wurde nirgendwo erwartet.

Kurz nach meiner Ankunft in Belgien hatte ich mich mit Gérard in Verbindung gesetzt. Ich hatte überlegt und dann zunächst auf den Versuch verzichtet, mit Benedict zu sprechen. Ich hatte Angst, daß er mich sofort wieder angreifen würde, so oder so.

Gérard hatte mich seltsam lauernd angesehen. Er war irgendwo in offenem Gelände und schien allein zu sein.

»Corwin?« fragte er schließlich. »Ja . . .«

»Ja. Was war mit Benedict?«

»Ich fand ihn, wie du gesagt hattest, und ließ ihn frei. Er wollte dich sofort verfolgen, doch ich konnte ihn überzeugen, daß seit meinem Gespräch mit dir ziemlich viel Zeit vergangen sei. Da du gesagt hattest, er wäre bewußtlos gewesen, hielt ich das für den besten Weg. Außerdem war sein Pferd sehr erschöpft. Wir sind dann gemeinsam nach Avalon zurückgekehrt. Ich bin bis nach der Beerdigung bei ihm geblieben und habe mir dann ein Pferd ausgeliehen. Jetzt reite ich nach Amber zurück.«

»Beerdigung? Was für eine Beerdigung?«

Von neuem traf mich sein lauernder Blick.

»Du weißt es wirklich nicht?«

»Verdammt – würde ich fragen, wenn ich es wüßte?«

»Seine Dienstboten. Sie wurden alle ermordet. Er behauptet, du hättest es getan.«

»Nein!« rief ich. »Nein. Das ist lächerlich! Warum sollte ich seine Bediensteten umbringen? Ich begreife das alles nicht . . .«

»Kurz nach seiner Rückkehr begann er die Leute zu suchen, da sie nicht zur Begrüßung erschienen waren. Er fand sie ermordet vor – und du warst mit deinem Begleiter verschwunden.«

»Ich kann mir vorstellen, wie das auf ihn gewirkt haben muß«, sagte ich. »Wo waren die Leichen?«

»Vergraben, nicht sehr tief, in dem Wäldchen hinter dem Garten.«

Aha . . . Aber ich sollte lieber nicht erwähnen, daß ich von dem Grab gewußt hatte.

»Welchen Grund sollte ich wohl haben, so etwas zu tun?« fragte ich.

»Er ist inzwischen ziemlich verwirrt, Corwin. Er begreift nicht, warum du ihn nicht umgebracht hast, als du die Gelegenheit dazu hattest, und warum du mich geholt hast, wo du ihn doch hättest liegen lassen können.«

»Ich verstehe jetzt, warum er mich während unseres Kampfes immer wieder einen Mörder genannt hat, aber . . . Hast du ihm meine Worte ausgerichtet: daß ich niemanden getötet habe?«

»Ja. Zuerst hat er das als Schutzbehauptung abgetan. Ich sagte ihm, du schienst es ehrlich zu meinen und wärst ziemlich ratlos gewesen. Ich glaube, es hat ihm zu schaffen gemacht, daß du so beharrlich gewesen bist. Er fragte mich mehrmals, ob ich dir glaubte.«

»Und glaubst du mir?«

Er senkte den Blick. »Verdammt, Corwin! Was soll ich wohl

glauben? Ich bin mitten in diese Sache hineingeraten! Wir waren so lange getrennt . . .«

Er hielt meinem Blick stand.

»Das ist aber noch nicht alles«, sagte er dann.

»Was meinst du damit?«

»Warum hast du mich gerufen? Du hattest Benedict ein komplettes Spiel Tarockkarten abgenommen. Du hättest dich an jeden von uns wenden können.«

»Du machst Witze«, sagte ich.

»Nein. Ich möchte eine Antwort haben.«

»Na schön. Du bist der einzige, dem ich noch traue.«

»Ist das alles?«

»Nein. Benedict möchte nicht, daß sein Aufenthaltsort in Amber bekannt wird. Du und Julian, ihr seid die beiden einzigen, von denen ich wußte, daß ihr Benedicts Wohnort kanntet. Und Julian mag ich nicht, ich traue ihm nicht. Also habe ich dich gerufen.«

»Woher wußtest du, daß Julian und ich über Benedict Bescheid wußten?«

»Er hat euch vor einiger Zeit beigestanden, als ihr auf der schwarzen Straße Probleme hattet, und er bot euch Unterkunft, während ihr wieder zu Kräften kamt. Dara hat mir davon erzählt.«

»Dara? Wer ist das überhaupt?«

»Die Waisentochter eines Ehepaars, das einmal für Benedict gearbeitet hat«, sagte ich. »Sie war im Haus, als du und Julian dort wart.«

»Und du hast ihr ein Armband geschickt. Du hast schon einmal von ihr gesprochen, am Straßenrand, als du mich gerufen hattest.«

»Richtig. Was ist denn los?«

»Nichts. Ich erinnere mich nur gar nicht an sie. Sag mir, warum bist du so plötzlich abgereist? Du mußt doch zugeben, daß das der Handlungsweise eines schuldbewußten Menschen entspricht.«

»Ja«, sagte ich. »Ich war auch schuldig – doch nicht eines Mordes. Ich war nach Avalon gekommen, um mir etwas zu besorgen. Ich bekam es und verschwand. Du hast ja selbst meinen Wagen gesehen, auf dem ich eine Ladung hatte. Ich bin vor Benedicts

Rückkehr verschwunden, um ihm keine Fragen beantworten zu müssen über die Ladung. Himmel! Wenn ich einfach nur hätte ausreißen wollen, würde ich doch nicht einen hinderlichen Wagen mitgenommen haben! Ich wäre auf dem Pferderücken geflohen, schnell und mühelos.«

»Was war denn auf dem Wagen?«

»Nein«, entgegnete ich. »Ich wollte Benedict nichts darüber sagen, und ich werde dir auch nichts verraten. Oh, er kann es sicher herausfinden. Doch dazu soll er sich ruhig anstrengen, wenn er unbedingt will. Die Frage ist aber unwichtig. Die Tatsache, daß ich aus einem bestimmten Grund nach Avalon gekommen war und mir das Gewünschte geholt habe, müßte eigentlich ausreichen. In Avalon ist das Material nicht besonders wertvoll – um so mehr aber an einem anderen Ort. Genügt das?«

»Ja«, sagte er. »Das scheint mir jedenfalls einen Sinn zu ergeben.«

»Dann beantworte meine Frage: Glaubst du, daß ich die Leute umgebracht habe?«

»Nein«, entgegnete er. »Ich glaube dir.«

»Was ist mit Benedict? Was glaubt er heute?«

»Er würde dich nicht noch einmal auf der Stelle angreifen – er würde erst mit dir sprechen. Ihn bewegen Zweifel, das weiß ich.«

»Gut. Das ist ja wenigstens etwas. Vielen Dank, Gérard. Ich unterbreche jetzt die Verbindung.«

Ich machte Anstalten, die Karte zu verdecken.

»Warte, Corwin! Warte!«

»Was ist?«

»Wie hast du die schwarze Straße durchtrennt? An der Stelle, an der du sie überquert hast, ist ein Stück zerstört worden. Wie ist dir das gelungen?«

»Mit dem Muster«, sagte ich. »Wenn du je Ärger mit dem Ding bekommst, verwende das Muster als Waffe. Du weißt doch, daß man es sich manchmal im Geiste vorstellen muß, wenn einem die Schatten zu entgleiten drohen und die Lage unhaltbar wird.«

»Ja. Ich hab's versucht, aber es klappte nicht. Ich bekam nur Kopfschmerzen davon. Die Straße ist kein Teil der Schatten.«

»Ja und nein«, sagte ich. »Ich weiß, was sie ist. Du hast dich nicht genug angestrengt. Ich habe das Muster eingesetzt, bis sich mein Kopf anfühlte, als würde er zermalmt, bis ich vor Schmerzen halb blind und einer Ohnmacht nahe war. Doch statt dessen löste sich die Straße ringsum plötzlich auf. Die Sache war beileibe nicht leicht, doch sie hat funktioniert.«

»Ich werd's mir merken«, sagte er. »Wirst du jetzt noch mit Benedict sprechen?«

»Nein«, sagte ich. »Er weiß schon all die Dinge, die wir eben besprochen haben. Da er sich etwas beruhigt hat, wird er sich wieder mehr mit den Tatsachen beschäftigen. Mir ist lieber, wenn er das allein tut – und ich möchte keinen neuen Kampf riskieren. Wenn ich jetzt Schluß mache, werde ich mich lange nicht mehr melden. Ich werde mich auch allen Kontaktversuchen widersetzen.«

»Was ist mit Amber, Corwin? Was ist mit Amber?«

Ich senkte den Blick.

»Bleib mir aus dem Weg, wenn ich zurückkehre, Gérard. Glaub mir, die Sache wird kein Wettstreit . . .«

»Corwin . . . Warte. Ich möchte dich bitten, dir die Sache noch einmal gründlich zu überlegen. Greif Amber nicht gerade jetzt an. Es ist schwach, doch aus anderen Gründen.«

»Tut mir leid, Gérard. Aber ich bin sicher, daß ich in den letzten fünf Jahren mehr und öfter über das Problem nachgedacht habe als ihr alle zusammen.«

»Dann tut es mir leid.«

»Ich sollte jetzt lieber gehen.«

Er nickte. »Auf Wiedersehen, Corwin.«

»Auf Wiedersehen, Gérard.«

Nachdem ich mehrere Stunden lang auf den Sonnenuntergang gewartet hatte, der das Haus in ein vorzeitiges Dämmerlicht hüllte, drückte ich meine letzte Zigarette aus, zog meine Jacke an und stand auf. Auf dem Grundstück hatte sich nichts gerührt, niemand bewegte sich hinter den Fenstern, hinter der zerbrochenen Scheibe. Vorsichtig stieg ich den Hügel hinab.

Floras Haus in Westchester war bereits vor einigen Jahren verkauft worden – ein Umstand, der mich nicht überraschte. Aus reiner Neugier hatte ich mich dort umgesehen, da ich zufällig in der Gegend war. Ich war sogar einmal an dem Grundstück vorbeigefahren. Sie hatte schließlich keinen Grund, auf der Schatten-Erde zu bleiben. Nachdem ihr langes Wächteramt mit einem Erfolg geendet hatte, stand sie nun am Hofe Ambers in hohen Gnaden; das war jedenfalls der Stand der Dinge, als ich sie zum letztenmal gesehen hatte. Meiner Schwester solange so nahe gewesen zu sein, ohne von ihr zu wissen, war doch ziemlich ärgerlich.

Ich hatte überlegt, ob ich mich mit Random in Verbindung setzen sollte, war aber davon abgekommen. Er konnte mir im Grunde nur mit Informationen über die aktuellen Ereignisse in Amber nützen. Das mochte zwar ganz unterhaltsam sein, war aber nicht absolut erforderlich. Ich war ziemlich sicher, daß ich ihm trauen konnte. Schließlich hatte er mir schon einmal geholfen. Zugegeben, seine Motive waren nicht gerade altruistisch gewesen – doch immerhin war er etwas weiter gegangen, als er es nötig gehabt hätte. Das Ganze lag allerdings schon fünf Jahre zurück, und seither war viel geschehen. Er wurde in Amber wieder geduldet und hatte inzwischen eine Frau. Vielleicht lag ihm daran, sich etwas Ansehen zu verschaffen. Ich wußte es nicht. Doch als ich die möglichen Vorteile gegen die Risiken aufwog, hielt ich es doch für besser zu warten und ihn bei meinem nächsten Besuch in Amber persönlich zu sprechen.

Ich hatte mein Wort gehalten und mich allen Kontaktversuchen widersetzt. In den ersten beiden Wochen auf der Schatten-Erde verspürte ich das vertraute Bohren fast täglich. Doch inzwischen waren mehrere Wochen vergangen, ohne daß ich belästigt worden war. Warum sollte ich jemandem freien Zugang zu meiner Denkmaschine gewähren? Nein danke, Brüder.

Ich näherte mich der Rückseite des Hauses, schob mich von der Seite an ein Fenster heran, wischte es mit dem Ellbogen sauber. Drei Tage lang beobachtete ich das Haus nun schon und hielt es für sehr unwahrscheinlich, daß sich jemand im Innern aufhielt. Trotzdem . . .

Ich lugte hinein.

Drinnen herrschte natürlich ein fürchterliches Durcheinander, und ein großer Teil der Einrichtung fehlte. Einige Stücke waren allerdings noch vorhanden.

Ich bewegte mich nach links und drehte den Türknopf. Verschlossen. Leise lachte ich vor mich hin.

Ich ging auf die Terrasse. Neunter Stein von links, vierter Stein von unten. Der Schlüssel lag noch dort. Ich wischte ihn an meiner Jacke sauber und kehrte zurück. Dann betrat ich das Haus.

Überall lag Staub, der allerdings da und dort Spuren aufwies. Kaffeedosen, Sandwichhüllen und die Überbleibsel eines versteinerten Hamburgers im Kamin. In meiner Abwesenheit hatte sich die Natur durch den Schornstein Einlaß verschafft. Ich ging hinüber und schloß die Klappe.

Ich stellte fest, daß das Schloß der Vordertür aufgebrochen worden war. Ich drückte dagegen. Die ganze Füllung schien zugenagelt zu sein. An die Flurwand hatte jemand einen obszönen Spruch gemalt. Ich ging in die Küche, die völlig versaut war. Was von den Dieben nicht mitgenommen worden war, lag auf dem Boden herum. Herd und Eisschrank waren fort, der Fußbodenbelag zeigte noch die Kratzspuren, die die Einbrecher dabei hinterlassen hatten.

Ich kehrte in den Flur zurück und sah mich in meinem Arbeitszimmer um. Auch dort hatten die Langfinger tüchtig zugegriffen; es war praktisch nichts mehr übrig.

Ich ging weiter und war überrascht, mein Bett vorzufinden, noch immer ungemacht, und zwei teure Stühle, die niemand angerührt hatte.

Und eine noch angenehmere Überraschung wartete auf mich. Der große Tisch war mit Unrat und Staub bedeckt – aber das war auch schon früher so gewesen. Ich zündete mir eine Zigarette an und setzte mich dahinter. Wahrscheinlich war der Tisch zu schwer zum Mitnehmen. Meine Bücher standen auf den Regalen. Nur Freunde stehlen Bücher. Und dort ...

Ich traute meinen Augen nicht! Ich stand auf und ging quer durch das Zimmer und starrte aus der Nähe darauf.

Yoshitoshi Moris herrlicher Holzschnitt hing dort, wo er immer gehangen hatte, sauber, eindrucksvoll, elegant, gewalttätig. Der Gedanke, daß sich niemand mit einem meiner Lieblingsstücke davongemacht hatte ...

Sauber?

Ich starrte auf das Bild. Ich fuhr mit dem Finger über den Rahmen.

Zu sauber. Hier fehlten der Staub und der Schmutz, die alles andere bedeckten.

Ich suchte nach Alarmdrähten, ohne welche zu finden, nahm das Bild vom Haken, senkte es.

Nein, die Wand dahinter war nicht heller als der Rest – die Tapete war grau wie überall.

Ich stellte Moris Werk auf die Fensterbank und kehrte an meinen Tisch zurück. Unruhe hatte mich befallen – und das war zweifellos beabsichtigt. Jemand hatte das Bild offenbar an sich genommen und gut aufbewahrt, was ich nicht ohne Dankbarkeit vermerkte, und hatte es erst kürzlich wieder hierhergehängt. Es war, als hätte jemand meine Rückkehr erwartet.

Was eigentlich ein Grund zur sofortigen Flucht war, nehme ich an. Aber das war dumm. Wenn dies zu einer Falle gehörte, war sie längst zugeschnappt. Ich zerrte die Automatic aus meiner Jackentasche und steckte sie griffbereit in den Gürtel. Ich hatte ja selbst nicht gewußt, daß ich hierher kommen würde. Ich hatte mich kurzfristig dazu entschlossen, weil ich etwas Zeit hatte. Ich war mir nicht einmal sicher, warum ich das Haus eigentlich wiedersehen wollte.

Es handelte sich also um eine Art Vorsichtsmaßnahme. Wenn ich an den alten Herd zurückkehrte, dann vielleicht, um den einzigen Gegenstand an mich zu bringen, dessen Besitz sich lohnte. Also galt es diesen Gegenstand zu erhalten und so aufzuhängen, daß ich ihn bemerken *mußte*. Schön, ich hatte das Bild bemerkt. Man hatte mich noch nicht angegriffen, also schien es sich nicht um eine Falle zu handeln. Was sonst?

Eine Nachricht. Eine Art Botschaft.

Was? Wie? Und von wem?

Der sicherste Ort im Haus war, wenn man ihn nicht aufgebrochen hatte, der Safe. Allerdings war er vor den Fähigkeiten meiner Geschwister nicht sicher. Ich näherte mich der rückwärtigen Wand, drückte auf die Verkleidung und ließ das Paneel aufschwingen. Ich drehte das Zahlenschloß, stellte die Kombination ein, öffnete behutsam und aus sicherer Deckung die Tür mit meinem alten Offiziersstab.

Keine Explosion. Gut. Ich hatte eigentlich auch keine erwartet.

Im Safe hatten sich keine sonderlich wertvollen Dinge befunden – ein paar hundert Dollar in bar, etliche Wertpapiere, Quittungen, Korrespondenz.

Ein Umschlag. Ein frischer weißer Umschlag lag ganz obenauf. Ich konnte mich nicht daran erinnern . . .

Er enthielt einen Brief und eine Karte.

Bruder Corwin, begann der Brief, *wenn Du dies liest, ist unser Denken noch insoweit ähnlich, als ich in mancher Beziehung Deine Schritte vorausahnen kann. Ich danke Dir für die Leihgabe des Holzschnitts – nach meiner Auffassung einer von zwei möglichen Gründen für Deine Rückkehr in diesen trostlosen Schatten. Ich trenne mich ungern davon, da auch unser Geschmack in mancher Beziehung ähnlich ist und das Bild nun schon seit einigen Jahren meine Räume schmückt. Die Darstellung rührt etwas ganz Besonderes in mir an. Die Rückgabe des Bildes möge als Zeichen meines guten Willens verstanden werden und als Bitte um Deine Aufmerksamkeit. Da ich ehrlich sein muß, wenn ich die Chance haben will, Dich von irgend etwas zu überzeugen, werde ich mich für nichts entschuldigen. Ich bedaure nur, daß ich Dich nicht umgebracht habe, als ich die Möglichkeit dazu hatte. Es war die Eitelkeit, die mich schließlich als Narren dastehen läßt. Zwar mag die Zeit Deine Augen geheilt haben, doch ich bezweifle, daß sie es jemals vermag, unsere Gefühle füreinander wesentlich zu beeinflussen. Dein Brief »Ich komme zurück« liegt in diesem Augenblick auf meinem Schreibtisch. Hätte ich ihn geschrieben, dann wüßte ich, daß ich zurückkehren würde. Da wir in mancher Beziehung gleich sind, erwarte ich also Dein Auftauchen – und nicht ohne einen Anflug von Sorge. Da ich weiß, daß Du kein Dummkopf bist, rechne ich damit, daß Du möglicherweise mit einer Armee eintriffst. Und das ist der Punkt, da die Eitelkeit der Vergangenheit den Stolz der Gegenwart zunichtemacht. Ich würde mir Frieden zwischen uns wünschen, Corwin, im Interesse des ganzen Landes – nicht in meinem Interesse. Aus den Schatten sind starke Kräfte hervorgebrochen, die Amber vernichten wollen, und ich begreife nicht, was dahintersteckt. Zur Abwehr dieser Attacken, die schlimmste Gefahr, die meiner Erinnerung nach Amber jemals bedroht hat, ist die Familie geschlossen hinter mich getreten. Ich möchte auch Dich bitten, mir in diesem Kampf Deine Unterstützung zu gewähren. Wenn Du Dich dazu nicht bereit erklären kannst, bitte ich Dich, auf Deine Invasion zunächst zu verzichten. Entschließt Du Dich zur Mithilfe, erwarte ich nicht, daß*

Du Dich unterwirfst, sondern Du solltest lediglich meine Führung für die Dauer der Krise anerkennen. Dir würden Deine normalen Ehren zuteil. Es ist wichtig, daß Du Dich mit mir in Verbindung setzt, um Dich zu überzeugen, daß ich die Wahrheit sage. Da ich Dich durch Deinen Trumpf nicht erreichen konnte, lege ich den meinen bei für Deinen Gebrauch. Zwar wird Dich die Möglichkeit beschäftigen, daß ich lüge, doch ich gebe Dir mein Wort, daß das nicht der Fall ist. – Eric, Lord von Amber.

Ich las den Brief ein zweitesmal und lachte leise vor mich hin. Was glaubte er denn, wozu ein Fluch gut war?

Das genügt nicht, liebes Brüderchen. Es war nett von dir, in der Not an mich zu denken – und ich glaube dir, keine Sorge, denn wir sind doch alle Männer von Ehre – doch unser Zusammentreffen wird nach *meinem* Plan ablaufen, nicht nach dem deinen. Und was Amber angeht, so bin ich mir seiner Bedürfnisse durchaus bewußt, und ich werde mich zu einem von mir gewählten Zeitpunkt und auf meine Weise darum kümmern. Eric, du begehst den Fehler, dich für unersetzbar zu halten. Die Friedhöfe sind voll mit Männern, die in der irrigen Auffassung lebten, es gäbe keinen Ersatz für sie. Doch ich will warten und dir diese Wahrheit ins Gesicht sagen.

Ich schob seinen Brief und den Trumpf in meine Jackentasche. Dann drückte ich in dem schmutzigen Aschenbecher auf dem Tisch meine Zigarette aus. Schließlich holte ich ein Laken aus dem Schlafzimmer, um meine ›Kämpfenden‹ einzuwickeln. Sie sollten diesmal an einem besser gesicherten Ort auf mich warten.

Als ich noch ein letztesmal durch das Haus ging, fragte ich mich, warum ich wirklich hierher zurückgekehrt war. Ich dachte an einige Menschen, die ich gekannt hatte, als ich hier lebte, und überlegte, ob sie jemals an mich dachten, ob sie sich wohl fragten, was aus mir geworden war. Eine Frage, die natürlich niemals eine Antwort finden würde.

Die Nacht war hereingebrochen, der Himmel war klar, und die ersten Sterne schimmerten hell, als ich ins Freie trat und die Tür hinter mir verschloß. Ich ging um die Ecke und legte den Schlüssel ins Versteck zurück. Dann erstieg ich den Hügel.

Als ich einen letzten Blick in die Tiefe warf, schien das Haus in der Dunkelheit eingeschrumpft zu sein, schien zu einem Stück der ganzen Trostlosigkeit ringsum geworden zu sein, wie eine leere Bierdose am Straßenrand. Ich ging über den Kamm und stieg wieder hinab, ging auf die Stelle zu, wo ich meinen Wagen abgestellt hatte, und wünschte mir, ich hätte nicht zurückgeschaut.

9

Ganelon und ich verließen die Schweiz in zwei Lastwagen. Wir hatten sie von Belgien aus dorthin gefahren – wobei ich die Gewehre transportierte. Die dreihundert Stück wogen etwa anderthalb Tonnen. Nachdem wir auch die Munition übernommen hatten, blieb genug Platz für Treibstoff und andere Vorräte. Natürlich hatten wir eine Abkürzung durch die Schatten gewählt, um jenen Leuten zu entgehen, die an den Grenzen den Verkehr verzögern. Auf die gleiche Weise reisten wir wieder ab, wobei ich die Führung übernahm, um gewissermaßen den Weg zu bereiten.

Ich steuerte uns durch ein Land düsterer Berge und langgestreckter Dörfer, in denen wir nur an Pferdewagen vorbeikamen. Als der Himmel in einem hellen Zitronengelb schimmerte, boten sich die Lasttiere den Blicken gestreift und manchmal sogar gefiedert dar. Stundenlang fuhren wir dahin und stießen schließlich auf die schwarze Straße, bewegten uns eine Zeitlang parallel zu ihr und schlugen dann wieder eine andere Richtung ein. Der Himmel machte ein Dutzend Veränderungen durch, und die Konturen der Landschaft verschmolzen und flossen von Hügeln in Ebenen und wölbten sich wieder auf. Wir krochen auf schlechten Straßen dahin und rutschten über ebene Stellen, die so hart und glatt waren wie Glas. Wir mühten uns einen Berghang hinauf und wichen einem weindunklen Meer aus. Wir kamen durch Unwetter und ausgedehnte Nebelgebiete.

Es kostete mich einen halben Tag, um sie wiederzufinden – zumindest einen Schatten, der ihrer Welt so nahe war, daß es keinen Unterschied machte. Ja, die Welt jener Wesen, die ich schon einmal ausgenutzt hatte. Es waren stämmige gedrungene Gestalten, sehr haarig, sehr dunkel, mit langen Schneidezähnen und einziehbaren Krallen. Doch sie hatten Finger, mit denen sich ein Abzug betätigen ließ, und sie verehrten mich. Meine Rückkehr freute sie sehr. Dabei kam es wenig darauf an, daß ich vor fünf Jahren die besten Männer dieses Volkes in ein fremdes Land geführt hatte – zum Sterben. Göttern stellt man keine Fragen, sondern verehrt sie, betet sie an und gehorcht ihnen.

Sie waren sehr enttäuscht, daß ich diesmal nur ein paar hundert Mann brauchte. Tausende von Freiwilligen mußte ich wieder nach Hause schicken.

Diese Soldaten hatten nicht viel zu fürchten, waren sie doch die einzigen Kämpfer mit Schußwaffen. In ihrer Heimat war die Munition allerdings noch immer unentzündbar, und wir mußten mehrere Tage weit durch die Schatten wandern, ehe wir ein Land erreichten, das Amber so weit ähnelte, daß die Zündung endlich klappte. Das einzige Problem lag darin, daß die Schatten einem Gesetz der Kongruenz folgen, so daß dieser Ort schon ziemlich nahe bei Amber lag. Dieser Umstand machte mich während der Ausbildung meiner Soldaten etwas nervös. Zwar war es unwahrscheinlich, daß einer meiner Brüder zufällig gerade durch diesen Schatten streifte, doch es hatte schon schlimmere Zufälle gegeben.

Wir übten fast drei Wochen lang, ehe ich zu dem Schluß kam, daß wir ausreichend gewappnet waren. An einem schönen, frischen Morgen hoben wir unser Lager auf und bewegten uns in die Schatten. Die Kolonne der Männer marschierte hinter den Lastwagen. Die Motoren der Lkws würden vollends streiken, wenn wir uns Amber näherten – sie begannen bereits erhebliche Schwierigkeiten zu machen –, doch wir hatten vor, sie zu benutzen, solange sie unsere Ausrüstung befördern konnten.

Diesmal gedachte ich Kolvir vom Norden her zu bezwingen und mich nicht noch einmal an den Hang, der zum Meer hin liegt, zu wagen. Die Männer kannten die Gegend von meinen Beschreibungen, und der Aufmarsch der Gewehrbrigaden war genauestens festgelegt und geübt.

Wir machten Mittagspause, aßen gut und setzten unseren Weg fort, wobei die Schatten langsam an uns vorbeiglitten. Der Himmel nahm ein leuchtend dunkles Blau an – der Himmel Ambers. Der Boden schimmerte schwarz zwischen dem Felsgestein und dem hellgrünen Gras. Das Laub von Bäumen und Büschen hatte einen feuchten Schimmer. Die Luft war süß und rein.

Bei Anbruch der Nacht hielten wir zwischen den mächtigen Bäumen am Rande des Waldes von Arden. Wir schlugen unser Lager auf und teilten ausreichend Wachen ein. Ganelon, der eine Khakiuniform mit Käppi trug, saß bis spät in die Nacht bei mir und ging ein letztesmal die Pläne durch, die ich gezeichnet hatte. Bis zum Berg waren es noch etwa vierzig Meilen.

Die Lkws gaben am folgenden Nachmittag den Geist auf. Sie machten mehrere schnelle Veränderungen durch, blieben wiederholt stehen und ließen sich schließlich nicht mehr starten. Wir schoben sie in ein enges Tal und tarnten sie mit Ästen. Dann verteilten wir Waffen und Munition und den Rest der Rationen auf die Männer und marschierten weiter.

Dabei verließen wir den festgetretenen Lehmweg und arbeiteten uns durch den Wald voran. Natürlich kamen wir nicht mehr so schnell von der Stelle, und die Chance, daß uns eine von Julians Patrouillen überraschte, wurde größer. Die Bäume ragten riesig empor, da wir inzwischen schon ziemlich weit nach Arden vorgedrungen waren, und nach und nach kam mir die Gegend immer bekannter vor.

Wir sahen an diesem Tag jedoch nichts Gefährlicheres als Füchse, Rotwild, Kaninchen und Eichhörnchen. Der Geruch des Waldes, seine grünen, goldenen und braunen Farbtöne weckten die Erinnerung an angenehmere Zeiten. Kurz vor Sonnenuntergang erstieg ich einen riesigen Baum und vermochte die Bergkette auszumachen, über der sich Kolvir erhob. Über den Bergen entlud sich gerade ein Unwetter, dessen Wolken die höchsten Gipfel einhüllten.

Zur Mittagsstunde des nächsten Tages stießen wir auf eine Patrouille Julians. Ich weiß nicht mehr, wer wen überraschte oder wer mehr überrascht war. Es wurde sofort geschossen. Ich schrie mich fast heiser bei dem Versuch, die Knallerei zu unterbinden, da jedermann begierig zu sein schien, seine Waffe an einem lebendigen Ziel zu erproben. Es war nur eine kleine Truppe von achtzehn Mann, und wir töteten alle. Auf unserer Seite gab es nur einen Ausfall; ein Mann verwundete einen anderen. Anschließend marschierten wir mit erhöhtem Tempo weiter: hatten wir doch ziemlich viel Lärm verursacht, und ich wußte nicht, ob vielleicht noch weitere Einheiten in der Nähe waren.

Bis zum Beginn der Dunkelheit legten wir eine große Strecke zurück und bewältigten einen ansehnlichen Höhenunterschied, und bei klarer Sicht konnten wir die Berge erkennen. Noch immer wallten die Gewitterwolken um die Gipfel. Meine Männer waren aufgeregt von der Schießerei und brauchten einige Zeit zum Einschlafen.

Am nächsten Tag erreichten wir die Vorberge, wobei wir zwei Patrouillen rechtzeitig entdeckten und ihnen aus dem Weg gingen. Ich ließ bis tief in die Nacht weitermarschieren, um eine besonders geschützte Stelle zu erreichen, die ich von früher kannte. Als wir uns endlich schlafen legten, waren wir etwa eine halbe Meile höher als in der Nacht zuvor.

Obwohl wir uns dicht unter einer Wolkendecke befanden, gab es keinen Regen; allerdings machte sich jene atmosphärische Spannung bemerkbar, wie sie oft einem Unwetter vorausgeht. In dieser Nacht schlief ich sehr unruhig. Ich träumte von dem brennenden Katzenkopf und von Lorraine.

Am Morgen setzten wir den Marsch unter einem grauen Himmel fort. Unbarmherzig trieb ich die Männer zur Eile an; dabei führte der Weg steil bergauf. Fernes Donnergrollen drang an unsere Ohren, und die Luft bebte und war elektrisch geladen.

Einige Stunden später führte ich unsere Kolonne einen gewundenen Felsweg hinauf. Da hörte ich plötzlich einen Schrei hinter mir, gefolgt von mehreren Gewehrsalven. Sofort hastete ich zurück.

Eine kleine Gruppe von Männern, zu der auch Ganelon gehörte, starrte auf etwas am Boden, unterhielt sich mit leisen Stimmen. Ich drängte mich zwischen sie.

Ich wollte meinen Augen nicht trauen. Soweit ich mich zurückerinnern konnte, war ein Wesen dieser Art in der Nähe Ambers noch nicht gesehen worden. Etwa zwölf Fuß lang, mit der scheußliche Parodie eines Menschengesichts auf den Schultern eines Löwen, mit adlergleichen Flügeln, die die blutigen Flanken bedeckten, ein noch immer zuckender Schwanz, der mich an einen Skorpion denken ließ. Ein einziges Mal hatte ich bisher einen

Manticora gesehen auf einer Insel, die im tiefen Süden lag – ein fürchterliches Ungeheuer, das auf meiner Liste gräßlicher Lebewesen ziemlich weit oben stand.

»Es hat Rall zerrissen, es hat Rall zerrissen«, wiederholte einer der Männer immer wieder.

Etwa zwanzig Schritt entfernt sah ich die Überreste Ralls. Wir bedeckten ihn mit einer Plane, die mit Felsbrocken beschwert wurde. Mehr konnten wir nicht tun. Wenn der Zwischenfall überhaupt einen Nutzen hatte, dann den, daß wir die Welt mit neuer Vorsicht betrachteten, etwas, das uns nach dem gestrigen leichten Sieg verlorengegangen war. Die Männer marschierten stumm und wachsam dahin.

»Ein scheußliches Wesen«, sagte Ganelon. »Besitzt es die Intelligenz eines Menschen?«

»Das weiß ich nicht.«

»Ich habe so ein merkwürdiges Gefühl, ich bin nervös, Corwin. Als würde etwas Schreckliches passieren. Ich weiß nicht, wie ich es sonst ausdrücken soll.«

»Ich weiß.«

»Fühlt Ihr es auch?«

»Ja.«

Er nickte.

»Vielleicht ist es das Wetter«, sagte ich.

Wieder nickte er, diesmal zögernder.

Während wir unseren Aufstieg fortsetzten, wurde der Himmel immer dunkler, und das Donnergrollen hörte überhaupt nicht mehr auf. Im Westen zuckten Hitzeblitze auf, und der Wind wurde kräftiger. Wenn ich aufblickte, vermochte ich die gewaltigen Wolkenmassen über den höheren Gipfeln zu erkennen. Schwarze, vogelähnliche Gestalten zeichneten sich ständig davor ab.

Kurz darauf stießen wir auf einen zweiten Manticora, den wir aber zu töten vermochten, bevor er uns angreifen konnte. Etwa eine Stunde später wurden wir von einer Horde riesiger Ungeheuer mit rasiermesserscharfen Schnäbeln angegriffen. Solche Wesen kamen mir zum erstenmal unter die Augen. Wir konnten sie zwar verscheuchen, doch der Zwischenfall beunruhigte mich noch mehr.

Wir kletterten weiter und fragten uns immer wieder, wann das Unwetter losbrechen würde. Der Wind wurde immer heftiger.

Es dunkelte, obwohl die Sonne noch nicht untergegangen sein konnte. Als wir uns den Wolkenbänken näherten, bekam die Luft etwas Nebliges, Dunstiges. Ein Gefühl der Feuchtigkeit machte sich überall bemerkbar. Die Felsen wurden glitschiger. Ich war geneigt, die Kolonne halten zu lassen, doch Kolvir war noch ziemlich weit, und ich wollte unsere Versorgungslage nicht gefährden.

Wir bewältigten noch etwa vier Meilen und mehrere tausend Fuß Höhenunterschied, ehe wir schließlich doch rasten mußten. Inzwischen war es stockdunkel geworden, und die einzige Beleuchtung stammte von den immer wieder aufflammenden Blitzen. Wir lagerten in einem großen Kreis auf einem harten, kahlen Hang, umgeben von Posten. Der Donner erdröhnte wie Kriegsmusik – eine Lärmkulisse ohne Ende. Die Temperatur sank ins Bodenlose. Es wäre sinnlos gewesen, das Anzünden von Lagerfeuern zu erlauben – wir hatten keinen Brennstoff. Wir machten uns auf eine kalte, feuchte, düstere Nacht gefaßt.

Manticoras griffen mehrere Stunden später an, überraschend, lautlos. Mehrere Männer kamen ums Leben, und wir töteten sechzehn Ungeheuer. Ich habe keine Ahnung, wie viele Angreifer fliehen konnten. Ich verfluchte Eric, während ich meine Wunden verband und mich fragte, aus welchem Schatten er diese Geschöpfe herbeigerufen hatte.

Während der Zeit, die hier als Vormittag galt, legten wir auf unserem Weg zum Kolvir noch etwa fünf Meilen zurück, ehe wir nach Westen abbogen. Wir wählten eine von drei möglichen Routen; ich hatte sie stets für diejenige gehalten, die sich am besten zu einem Angriff eignete. Wieder belästigten uns die Vögel – und zwar mehrmals und in größerer Zahl und viel beharrlicher als tags zuvor. Doch wir brauchten nur ein paar zu erschießen, um die ganze Schar zu verscheuchen.

Schließlich umrundeten wir den Fuß eines riesigen Felsvorsprungs. Eben noch bewegten wir uns in schwindelnder Höhe durch Donnergrollen und Nebel – doch plötzlich hatten wir freie Sicht, weit hinab und in die Ferne, Dutzende von Meilen über das Tal des Garnath, das sich rechts von uns erstreckte.

Ich ließ die Truppen halten und trat vor, um mir einen Überblick zu verschaffen.

Als ich dieses einst so schöne Tal zum letztenmal gesehen hatte, war es eine verdorrte Wildnis gewesen. Inzwischen war die Lage noch schlimmer geworden. Die schwarze Straße zog sich durch das Tal, verlief bis zum Fuße Kolvirs und endete dort. Mitten im Tal tobte eine Schlacht. Berittene Streitkräfte galoppierten durcheinander, kämpften, trennten sich wieder. Infanteristen rückten reihenweise vor, stießen aufeinander, wichen zurück. Blitze zuckten und trafen zwischen den Kämpfenden auf. Die schwarzen Vögel umschwirrten die Männer wie Ascheflocken im Wind.

Über allem lag die Feuchtigkeit wie eine kalte Decke. Die Echos des Donners rollten zwischen den Gipfeln hin und her. Verwirrt starrte ich auf den Konflikt tief unter uns.

Die Entfernung war zu groß, um die Kämpfenden zu erkennen. Zuerst kam mir der Gedanke, daß dort vielleicht jemand dasselbe versuchte wie ich – daß Bleys seinen damaligen Sturz vielleicht überlebt hatte und nun mit einer neuen Armee vorrückte.

Aber nein. Diese Geschöpfe kamen von Westen heran, auf der schwarzen Straße. Und ich erkannte nun auch, daß die Vögel die Angreifer begleiteten, ebenso herumhüpfende Gestalten, die weder Pferde noch Menschen waren. Vielleicht Manticoras.

Die Blitze stürzten sich auf die heraneilenden Soldaten, zersprengten die Kolonnen, verbrannten und vernichteten sie. Als mir klar wurde, daß sie niemals in der Nähe der Verteidiger einschlugen, fiel mir ein, daß Eric offenbar eine gewisse Kontrolle über jenes Gebilde gewonnen hatte, das Juwel des Geschicks genannt wird. Mit diesem Juwel hatte Vater dem Wetter rings um Amber seinen Willen aufgezwungen. Eric hatte diese Waffe schon vor fünf Jahren mit erheblicher Wirkung gegen uns eingesetzt.

Die Angreifer aus den Schatten, von denen ich gehört hatte, waren also doch stärker, als ich angenommen hatte. Ich hatte mir Scharmützel vorgestellt – doch keine Entscheidungsschlacht am Fuße des Kolvir. Ich starrte auf das Gewirr in der Schwärze. Die Straße schien sich unter der herrschenden Aktivität förmlich zu winden.

Ganelon erschien neben mir. Er sagte lange Zeit nichts.

Ich wollte nicht, daß er mir die Frage stellte, doch ich brachte es nicht über mich, die Worte auszusprechen, ohne dazu aufgefordert zu sein.

»Was jetzt, Corwin?«

»Wir müssen das Tempo steigern«, sagte ich. »Ich möchte heute abend noch in Amber sein.«

Wir setzten den Marsch fort. Eine Zeitlang kamen wir schneller voran, und das war uns eine Erleichterung. Das regenlose Unwetter ging weiter, Blitz und Donner nahmen an Helligkeit und Lautstärke zu.

Durch Dämmerlicht setzten wir unseren Weg fort.

Als wir am Nachmittag einen sicher aussehenden Ort erreichten – eine Stelle knapp fünf Meilen vor den nördlichen Ausläufern Ambers –, ließ ich erneut halten, zur letzten Rast und Mahlzeit. Da wir einander anbrüllen mußten, wenn wir uns verständigen wollten, konnte ich nicht zu den Männern sprechen. Ich ließ die Parole ausgeben, daß wir ziemlich nahe vor der Stadt stünden und uns zum Kampf bereit halten müßten.

Während die anderen rasteten, nahm ich meine Rationen und kundschaftete das Gebiet vor uns aus. Etwa eine Meile entfernt erkletterte ich eine steile Felsformation. Auf den vor uns liegenden Hängen war ebenfalls eine Art Schlacht im Gange.

Ich blieb in Deckung und beobachtete. Eine Streitmacht Ambers war in einen Kampf gegen Angreifer verwickelt, die entweder vor uns den Hang erstiegen haben mußten oder auf einem gänzlich anderen Weg gekommen waren. Ich vermutete das letztere, da uns überhaupt keine frischen Spuren aufgefallen waren. Der Kampf erklärte auch, warum wir bei unserem Aufstieg bisher keinen Patrouillen begegnet waren – ein großes Glück für uns.

Ich schlich näher heran. Zwar hätten die Angreifer einen der beiden anderen Wege benutzen können, doch fand ich jetzt einen weiteren Hinweis darauf, daß dies wohl nicht der Fall war. Die Angreifer trafen nämlich noch immer ein – ein schrecklicher Anblick: Sie kamen aus der Luft!

Sie wehten aus dem Westen herbei wie gewaltige Wogen vom Wind getriebener Blätter. Die Flugbewegungen, die ich aus der Ferne wahrgenommen hatte, stammten von größeren Wesen als den angriffslustigen Vögeln. Hier oben schwebten die Fremden auf geflügelten Zweibeinern heran, die sich am ehesten mit einem heraldischen Flugdrachen vergleichen ließen. Nie zuvor hatte ich solche Tiere gesehen.

In den Reihen der Verteidiger taten zahlreiche Bogenschützen ihr Werk. Sie forderten ihren Tribut in den Reihen der heranstürmenden Flugwesen. Auch hier tobte die Hölle der Elemente; die Blitze zuckten und ließen die Angreifer wie Kohlestücke aufflammen und zu Boden stürzen. Doch immer weiter rückten die Ungeheuer vor und landeten, so daß Soldat und Ungeheuer die Verteidiger getrennt angreifen konnten. Ich suchte und fand den pulsierenden Schimmer, den das Juwel des Geschickes verstrahlt, wenn es eingeschaltet ist. Das Licht glühte mitten in der größten Verteidigergruppe, die sich am Fuße einer hohen Klippe festgesetzt hatte.

Ich starrte hinab, verfolgte die Entwicklung und konzentrierte mich schließlich auf den Träger des Juwels. Nein, ein Zweifel war unmöglich: es war Eric.

Ich warf mich zu Boden und kroch auf dem Bauch weiter. Ich sah, wie der Anführer der nächsten Verteidigergruppe zu einem gewaltigen Schwerthieb ausholte und den Kopf eines landenden Drachen vom Rumpf trennte. Mit der linken Hand packte er die Rüstung des Reiters und schleuderte ihn gut dreißig Fuß weit fort, über die Kante des Felsplateaus. Als er sich dann umwandte, um einen Befehl zu geben, erkannte ich Gérard. Er schien einen Flankenangriff auf eine Gruppe Angreifer zu leiten, die die Streitkräfte am Fuß der Klippe bedrängte. Auf der gegenüberliegenden Seite vollführte eine andere Einheit ein ähnliches Manöver. Noch ein Bruder?

Ich fragte mich, wie lange die Schlacht schon im Gange war – im Tal und hier oben. Vermutlich schon ziemlich lange, wenn man bedachte, seit wann uns der unnatürliche Sturm begleitete.

Ich schob mich nach rechts und wandte meine Aufmerksamkeit dem Westen zu. Der Kampf im Tal ging mit unverminderter Heftigkeit weiter. Aus der Entfernung ließ sich nicht mehr erkennen, wer zu welcher Seite gehörte, geschweige denn beurteilen, welche Partei im Vorteil war. Allerdings zeichnete sich ab, daß keine neuen Soldaten aus dem Westen eintrafen, um die Truppen der Angreifer zu verstärken.

Ich wußte nicht, was ich machen sollte. Auf keinen Fall konnte ich Eric angreifen, solange er in einen Kampf verwickelt war, der für den Bestand Ambers entscheidend sein konnte. Es war sicher am besten, abzuwarten und später die Überreste aufzusammeln. Doch schon nagten die spitzen Zähne des Zweifels an diesem Plan.

Selbst ohne neue Verstärkung für die Angreifer war der Ausgang der Schlacht keinesfalls klar. Die Invasoren waren kampfstark und zahlreich. Ich hatte keine Ahnung, ob Eric noch über eine Reserve verfügte. In diesem Augenblick war nicht zu beurteilen, ob es sich lohnte, auf Ambers Sieg zu setzen. Wenn Eric verlor, mußte ich mich später gegen die Invasoren durchsetzen, nachdem ein großer Teil von Ambers Streitkräften sinnlos aufgerieben worden war.

Schaltete ich mich jedoch mit meinen automatischen Waffen in die Auseinandersetzung ein, konnten wir die Drachenreiter sofort niederringen, daran bestand für mich kein Zweifel. Überhaupt mußte sich einer oder zwei meiner Brüder unten im Tal befinden. Auf diese Weise ließ sich über die Trümpfe ein Tor für meine Truppen schaffen. Sicher waren die unbekannten Angreifer überrascht, wenn Amber plötzlich mit Gewehrschützen auftrumpfte.

Ich richtete meine Aufmerksamkeit wieder auf den Konflikt in meiner Nähe. Nein, die Sache stand nicht gut. Ich versuchte mir über die Folgen meines Eingreifens schlüssig zu werden. Eric war bestimmt nicht in der Lage, sich gegen mich zu wenden. Zusätzlich zu dem Mitgefühl, das mir für die von seiner Hand erlittene Pein entgegenschlug, hatte ich ihm dann auch noch die Kastanien aus dem Feuer geholt. Für die Errettung aus einer gefährlichen Situation mochte er mir zwar dankbar sein, doch die allgemeine Stimmung, die sich daraus ergab, würde ihm weniger behagen. O nein. Corwin frei in Amber, begleitet von einer gefährlichen persönlichen Leibwache und den Sympathien der Bevölkerung. Ein interessanter Gedanke. Hier bot sich mir ein viel eleganterer Weg zu meinem Ziel als der bisher vorgesehene brutale Angriff, der mit meiner Thronbesteigung enden sollte.

Ja.

Ich lächelte. Ich gedachte, mich zum Helden aufzuschwingen.

Doch ich muß um Nachsicht bitten. Vor die Wahl gestellt zwischen einem Amber mit Eric auf dem Thron und einem vernichteten Amber, war es natürlich keine Frage, daß meine Entscheidung in jedem Falle dieselbe sein mußte – nämlich Angriff. Der Kampf stand nicht gut genug, um des Ausgangs sicher zu sein. Zwar mochte es zu meinem Vorteil sein, den Sieg zu gewährleisten, doch in letzter Konsequenz waren meine Interessen nicht wichtig. Eric, ich könnte dich nicht so hassen, würde ich Amber nicht so lieben!

Ich zog mich zurück und hastete den Hang hinab. Die Blitze ließen Schatten in alle Richtungen zucken.

Am Rand unseres Lagers blieb ich stehen. Auf der gegenüberliegenden Seite unterhielt sich Ganelon schreiend mit einem einzelnen Reiter. Ich erkannte das Pferd.

Ich eilte weiter, und auf ein Zeichen des Reiters hin setzte sich das Pferd in Bewegung, suchte sich einen Weg zwischen den Soldaten, wandte sich in meine Richtung. Ganelon schüttelte den Kopf und folgte.

Der Reiter war Dara. Kaum war sie in Hörweite, da begann ich auch schon zu brüllen.

»Zum Teufel, was machst du hier?«

Lächelnd stieg sie ab und stand im nächsten Augenblick vor mir.

»Ich wollte doch nach Amber«, sagte sie. »Jetzt bin ich hier.«

»Wie bist du hierhergekommen?«

»Ich bin Großvater gefolgt«, sagte sie. »Ich habe festgestellt, daß es leichter ist, einem anderen durch die Schatten zu folgen, als selbst den Weg zu finden.«

»Benedict ist hier?«

Sie nickte.

»Unten. Er führt die Streitkräfte im Tal. Julian ist bei ihm.«

Ganelon kam herbei und blieb in der Nähe stehen.

»Sie sagt, sie sei uns hier herauf gefolgt!« rief er. »Sie ist schon seit Tagen hinter uns.«

»Stimmt das?« fragte ich.

Wieder nickte sie. Sie lächelte immer noch.

»Das war nicht weiter schwer.«

»Aber warum das alles?«

»Um nach Amber zu gelangen! Ich möchte das Muster beschreiten! Dorthin gehst du doch auch, nicht wahr?«

»Natürlich. Aber leider ist auf dem Weg dorthin noch ein Krieg im Gange!«

»Was tust du dagegen?«

»Ich werde ihn natürlich gewinnen!«

»Gut. Ich warte solange!«

Ich fluchte einige Sekunden lang, um Zeit zum Nachdenken zu gewinnen. Dann fragte ich: »Wo warst du, als Benedict zurückkehrte?« Das Lächeln verblaßte.

»Ich weiß es nicht«, entgegnete sie. »Als du abgefahren warst, bin ich ausgeritten und den ganzen Tag fortgeblieben. Ich wollte allein sein und nachdenken. Als ich am Abend zurückkehrte, war er nicht mehr da. Am nächsten Tag bin ich wieder ausgeritten. Ich habe dabei eine ziemlich weite Strecke zurückgelegt, und als es dunkel wurde, beschloß ich im Freien zu übernachten. Das tue ich oft. Ehe ich am nächsten Nachmittag nach Hause zurückkehrte, hielt ich auf eine Bergspitze zu und sah ihn unten vorbeireiten, in Richtung Osten. Ich beschloß, ihm zu folgen. Der Weg führte durch die Schatten. Ich weiß nicht, wie lange wir unterwegs waren. Die Zeit geriet völlig durcheinander. Er kam hierher, und ich erkannte den Ort von einem der Bilder auf den Karten. In einem Wald im Norden traf er sich mit Julian, und beide stürzten sich in die Schlacht dort unten!« Sie deutete in das Tal hinab. »Ich hielt mich mehrere Stunden lang im Wald auf – wußte ich doch nicht, was ich tun sollte. Ich hatte Angst, mich zu verirren, wenn ich auf unserer Spur zurückritt. Dann sah ich deine Armee den Berg ersteigen. Ich sah dich und Ganelon an der Spitze. Da ich wußte, daß in dieser Richtung Amber lag, bin ich euch gefolgt. Mit der Annäherung habe ich bis jetzt gewartet, weil ich wollte, daß du Amber zu nahe bist, um mich zurückzuschicken.«

»Ich glaube nicht, daß du mir die ganze Wahrheit sagst«, erwiderte ich. »Doch ich habe jetzt keine Zeit, mich damit zu beschäftigen. Wir reiten in Kürze weiter, und es wird zu einem Kampf kommen. Es wäre das sicherste, wenn du hier bliebst. Ich stelle einige Leibwächter für dich ab.«

»Die will ich aber nicht!«

»Mir ist egal, was du willst. Du wirst dich mit den Leibwächtern abfinden müssen. Wenn der Kampf vorüber ist, lasse ich dich holen.«

Ich wandte mich um, wählte zwei Männer aus und befahl ihnen zurückzubleiben und das Mädchen zu bewachen. Sie waren nicht sonderlich begeistert von dieser Aufgabe.

»Was sind das für Waffen, die deine Soldaten da haben?« fragte Dara.

»Später«, erwiderte ich. »Jetzt habe ich zu tun.«

Ich gab meinen Soldaten die notwendigsten Anweisungen und teilte die Einheiten ein.

»Du scheinst nur wenige Männer zu haben«, sagte sie.

»Sie genügen jedenfalls«, erwiderte ich. »Bis später!«

Ich ließ sie mit den Wächtern zurück.

Wir schlugen den Weg ein, den ich vorhin schon zurückgelegt hatte. Ein Stück weiter hörte das Donnern plötzlich auf, und die Stille war weniger eine Erleichterung als ein Grund zu weiterer Besorgnis. Dämmerlicht umgab uns, und unter der feuchten Decke der Luft begann ich zu schwitzen.

Kurz bevor wir meinen ersten Beobachtungspunkt erreichten, ließ ich halten. In Deckung schlich ich voran, begleitet von Ganelon.

Die Drachenreiter waren praktisch überall, und ihre Flugtiere griffen ebenfalls in den Kampf ein. Sie drängten die Verteidiger am Fuße der Felswand zusammen. Ich versuchte Eric und den glühenden Edelstein zu finden, konnte aber nichts entdecken.

»Welches sind denn die Feinde?« wollte Ganelon wissen.

»Die Monsterreiter.«

Nachdem die himmlische Artillerie das Feuer eingestellt hatte, begannen die Angreifer nun gezielt zu landen. Kaum berührten sie festen Boden, griffen sie auch schon zielstrebig an. Ich suchte die Reihen der Verteidiger ab, doch Gérard war nicht mehr zu sehen.

»Holt die Soldaten«, sagte ich und hob mein Gewehr. »Und sagt ihnen, sie sollen sowohl auf die Reiter als auch auf die Tiere schießen!«

Ganelon zog sich zurück, und ich zielte auf einen landenden Drachen und schoß. Mitten im Landeanflug begann das Tier wild mit den Flügeln zu schlagen. Es prallte gegen den Hang, überschlug sich und blieb zuckend am Boden liegen. Ich schoß ein zweitesmal. Im Sterben begann das Ungeheuer zu brennen. Innerhalb kürzester Zeit hatte ich vier Brände entfacht. Ich kroch in meine zweite Stellung vor. Dort angekommen, hob ich die Waffe und schoß von neuem.

Ich erlegte einen weiteren Angreifer, doch schon waren einige Wesen in meine Richtung geschwenkt. Ich verfeuerte den Rest meiner Munition und lud hastig nach. Mehrere Flugtiere rasten auf mich zu. Sie waren ziemlich schnell.

Ich vermochte sie aufzuhalten und lud gerade nach, als die erste Schützeneinheit eintraf. Gleich darauf wehrten wir uns mit verstärkter Feuerkraft und rückten weiter vor.

Nach zehn Minuten war alles vorbei. Sehr schnell erkannten unsere Gegner, daß sie keine Chance hatten, und begannen auf den Rand des Plateaus zuzurennen, wo sie sich in die Luft warfen und davonflogen. Doch erbarmungslos schossen wir sie herunter, und ringsum lagen brennendes Fleisch und glimmende Knochen.

Links von uns erhob sich das feuchte Felsgestein zu einer steilen Klippe, die in den Wolken verschwand und daher kein Ende zu haben schien. Noch immer tobte der Wind durch Rauch und Nebel, und der Boden war voller Blut. Als wir schießend vorrückten, erkannten die Streitkräfte Ambers sofort, daß wir Hilfe brachten, und begannen ihrerseits vom Fuß des Felsens her vorzurücken. Ich sah, daß sie von meinem Bruder Caine angeführt wurden. Einen Augenblick lang trafen sich von ferne unsere Blicke, dann stürzte er sich in den Kampf.

Als die Angreifer weiter zurückwichen, fanden sich verstreute Amber-Gruppen zu einer zweiten Streitmacht zusammen. Sie verengten allerdings unser Schußfeld, indem sie begannen, die gegenüberliegende Flanke der Monstermenschen auf ihren Drachenvögeln anzugreifen, doch ich sah keine Möglichkeit, ihnen das verständlich zu machen. Wir rückten weiter vor und bemühten uns, genau zu zielen.

Eine kleine Gruppe von Männern blieb am Fuß der Felswand zurück. Ich hatte den Eindruck, Eric sei vielleicht verwundet worden, da das Unwetter sehr plötzlich aufgehört hatte. Ich löste mich von den anderen und schlug die Richtung ein.

Als ich in die Nähe der Gruppe gelangte, ließ die Schießerei bereits wieder nach. Was nun geschah, bemerkte ich erst, als es zu spät war.

Etwas Großes raste von hinten heran und war in Sekundenschnelle an mir vorbei. Ich stürzte zu Boden und ließ mich abrollen, wobei ich automatisch das Gewehr hob. Doch mein Finger krümmte sich nicht um den Abzug. Es war Dara, die soeben auf dem Pferderücken an mir vorbeigaloppiert war. Als ich ihr nachbrüllte, drehte sie sich im Sattel um und lachte.

»Komm zurück! Verdammt! Du wirst dich noch umbringen!«

»Wir sehen uns in Amber!« rief sie und galoppierte über das graue Gestein auf den Weg, der dahinter begann.

Ich war zornig. Aber ich konnte im Augenblick nichts unternehmen. Wutschnaubend rappelte ich mich wieder auf und setzte meinen Weg fort.

Als ich die Gruppe erreichte, hörte ich mehrmals meinen Namen. Köpfe wandten sich in meine Richtung. Männer traten zur Seite, um mich durchzulassen. Ich erkannte viele Gesichter, doch ich kümmerte mich nicht um die Umstehenden.

Ich glaube, ich entdeckte Gérard in demselben Augenblick wie er mich. Er hatte mitten in der Gruppe gekniet und stand jetzt auf und wartete. Sein Gesicht war ausdruckslos.

Als ich näher kam, sah ich, daß meine Vermutungen richtig gewesen waren. Gérard hatte am Boden gekniet, um einen Verwundeten zu versorgen. Es war Eric.

Ich erreichte die Gruppe, nickte Gérard zu und blickte dann auf Eric hinab. Widerstreitende Gefühle tobten in mir. Das Blut mehrerer Brustwunden schimmerte sehr hell – und er verlor sehr viel. Das Juwel des Geschicks, das noch an einer Kette um seinen Hals hing, war damit besudelt. Wie ein herausgerissenes Herz pulsierte es weiter unter der roten Schicht. Erics Augen waren geschlossen, sein Kopf lag auf einem zusammengerollten Mantel. Er atmete schwer.

Ich kniete nieder, unfähig, den Blick von dem aschgrauen Gesicht zu wenden. Ich versuchte meinen Haß beiseite zu schieben, da er so offenkundig im Sterben lag, damit ich eine Chance hatte, diesen Mann, der mein Bruder war, in den Minuten, die ihm noch blieben, ein wenig besser zu verstehen. Ich stellte fest, daß ich so etwas wie Mitleid aufbringen konnte, indem ich an all die Dinge dachte, die er zusammen mit dem Leben verlieren würde, und indem ich mich fragte, ob ich wohl jetzt an seiner Stelle läge, wenn ich vor fünf Jahren gesiegt hätte. Ich versuchte etwas zu finden, das zu seinen Gunsten sprach, fand aber nur die Worte: *Er starb im Kampf um Amber*. Das war immerhin etwas. Der Satz ging mir immer wieder durch den Kopf.

Er kniff die Augen zusammen, öffnete sie zuckend. Sein Gesicht blieb ausdruckslos, als er den Blick auf mich richtete. Ich war nicht sicher, ob er mich überhaupt erkannte.

Doch er sagte meinen Namen und fuhr fort: »Ich wußte, daß du es sein würdest.« Er schwieg einige Atemzüge lang und fuhr fort: »Sie haben dir Arbeit abgenommen, nicht wahr?«

Ich antwortete nicht. Er wußte, was ich gesagt hätte.

»Eines Tages bist auch du an der Reihe«, fuhr er fort. »Dann sind wir wieder gleich.« Er lachte leise und erkannte zu spät, daß er das lieber nicht hätte tun sollen. Ein gurgelnder Hustenreiz packte ihn. Als es vorbei war, starrte er mich düster an.

»Ich habe deinen Fluch gespürt«, sagte er. »Überall. Die ganze Zeit. Du brauchtest nicht einmal zu sterben, um ihn wirksam werden zu lassen.«

Als könnte er meine Gedanken lesen, lächelte er gespenstisch. »Nein«, sagte er. »Ich werde dich nicht mit meinem Todesfluch belegen. Den habe ich mir für die Feinde Ambers aufgehoben – dort draußen.« Er machte eine Bewegung mit den Augen. Dann sprach er flüsternd den Fluch, und ich erschauderte, als ich die Worte hörte.

Schließlich kehrte sein Blick zu meinem Gesicht zurück; einen Augenblick lang starrte er mich an. Er zupfte an der Kette, die um seinen Hals lag.

»Das Juwel . . .« sagte er. »Nimm es mit in die Mitte des Musters. Halte den Stein empor. Ganz dicht – vor ein Auge. Blicke hinein – und stell dir vor, es wäre eine Schatten-Welt. Versuche dich selbst – hineinzuprojizieren. Du dringst nicht ein. Doch es gibt – ein Erleben . . . Dann weißt du, wie du den Stein nutzen kannst . . .«

»Wie . . .?« sagte ich und stockte. Er hatte mir bereits gesagt, wie man sich auf den Edelstein einstellte. Warum sollte er seinen Atem mit der Erklärung verschwenden, wie er darauf gekommen war? Doch er erkannte, was ich wissen wollte. »Dworkins Notizen . . . unter dem Kamin . . . mein . . .«

Dann überkam ihn ein neuer Hustenreiz, und Blut quoll ihm aus

Nase und Mund. Er holte tief Atem und stemmte sich mit rollenden Augen in eine sitzende Position hoch.

»Führe dich so gut, wie ich es getan habe – Bastard!« sagte er, sank in meine Arme und machte seinen letzten blutigen Atemzug.

Ich verharrte mehrere Sekunden lang und brachte ihn dann in die frühere Stellung. Seine Augen waren noch offen, und ich hob die Hand und schloß sie. Fast automatisch legte ich seine Hände auf dem erloschenen Edelstein zusammen. Ich brachte es nicht über mich, ihm das Schmuckstück jetzt schon abzunehmen. Dann stand ich auf, zog meinen Mantel aus und bedeckte ihn damit.

Als ich mich umdrehte, sah ich, daß alle mich anstarrten. Viele altvertraute Gesichter, einige unbekannte dazwischen. Doch viele, die in jener Nacht dabeigewesen waren, als ich in Ketten zum Bankett geführt wurde . . .

Nein. Jetzt war nicht der Augenblick, daran zu denken. Ich schlug mir den Gedanken aus dem Kopf. Das Schießen hatte aufgehört. Ganelon zog die Truppen zurück und brachte sie in Formation.

Ich trat vor und ging zwischen den Amberianern hindurch. Ich schritt zwischen Toten dahin, ging an meinen Soldaten vorbei und trat an den Rand der Klippe.

Im Tal unter uns ging der Kampf weiter. Die Kavallerie strömte hierhin und dorthin wie ein aufgewühltes Gewässer, vorschäumend, stockend, Strudel bildend, zurückweichend, umschwärmt von der insektengleichen Infanterie.

Ich nahm die Karten zur Hand, die ich Benedict abgenommen hatte. Ich zog sein Abbild aus dem Spiel. Es schimmerte vor mir, und nach einer Weile kam es zum Kontakt.

Er saß auf dem mir bekannten rotschwarzgescheckten Tier, mit dem er mich verfolgt hatte. Er war in Bewegung, ringsum wurde gekämpft. Da ich sah, daß er einem anderen Reiter gegenüberstand, blieb ich still. Er sagte nur ein einziges Wort.

»Warte!«

Er erledigte seinen Gegner mit zwei schnellen Klingenbewegungen. Dann ließ er das Pferd herumwirbeln und begann sich aus dem Kampf zu lösen. Ich sah, daß die Zügel des Tieres verlängert und um den Stumpf seines rechten Arms gebunden waren. Es kostete ihn gut zehn Minuten, sich an eine einigermaßen sichere Stelle zurückzuziehen. Als er soweit war, sah er mich an, und ich erkannte, daß er sich zugleich die Szene hinter mir ansah.

»Ja, ich bin auf dem Plateau«, sagte ich. »Wir haben gesiegt. Eric ist in der Schlacht gefallen.«

Sein Blick blieb starr auf mich gerichtet; er wartete darauf, daß ich weitersprach. Sein Gesicht war reglos.

»Wir haben gesiegt, weil ich Gewehrschützen in den Kampf führen konnte«, sagte ich. »Ich habe schließlich doch einen Explosivstoff gefunden, der hier funktioniert.«

Er kniff die Augen zusammen und nickte. Ich hatte das Gefühl, daß er sofort wußte, worum es sich bei dem Zeug handelte und woher es stammte.

»Es gibt zwar viele Dinge, die ich mit dir besprechen möchte«, fuhr ich fort, »aber zunächst will ich mich deiner Gegner annehmen. Wenn du den Kontakt hältst, schicke ich dir mehrere hundert Schützen hinunter.«

Er lächelte.

»Beeil dich«, sagte er.

Ich rief nach Ganelon, der mir ganz aus der Nähe antwortete. Ich trug ihm auf, die Männer zusammenzuholen und hintereinander Aufstellung nehmen zu lassen. Er nickte, entfernte sich und begann Befehle zu brüllen.

Während wir auf seine Rückkehr warteten, sagte ich: »Benedict. Dara ist hier. Sie vermochte dir durch die Schatten zu folgen, als du von Avalon hierherrittest. Ich möchte . . .«

Er bleckte die Zähne und brüllte: »Zum Teufel, wer ist diese Dara, von der du andauernd redest? Ich kannte sie überhaupt nicht, ehe du zu mir kamst! Bitte, sag's mir! Ich möchte es wirklich gern wissen!«

Ich begann zu lächeln.

»Sinnlos«, sagte ich und schüttelte den Kopf. »Ich weiß über sie Bescheid – doch ich habe niemandem verraten, daß du eine Enkelin hast.«

Unwillkürlich öffneten sich seine Lippen, und seine Augen waren plötzlich weit aufgerissen.

»Corwin«, sagte er. »Entweder bist du verrückt, oder du hast dich hübsch hinters Licht führen lassen. Soviel ich weiß, besitze ich eine derartige Verwandte nicht. Und was die Möglichkeit betrifft, mir durch die Schatten zu folgen – ich bin durch Julians Trumpf hierhergelangt.«

Natürlich! Meine einzige Entschuldigung, warum ich sie nicht sofort entlarvt hatte, war meine Konzentration auf die Auseinandersetzung. Benedict hatte natürlich durch den Trumpf von der Schlacht erfahren. Warum sollte er auf einer weiten Reise kostbare Zeit verschwenden, wenn eine schnelle Transportmöglichkeit zur Verfügung stand?

»Verdammt!« sagte ich. »Sie muß inzwischen in Amber sein! Hör zu, Benedict! Ich hole Gérard oder Caine – die sollen den Transport der Truppen zu dir durchführen. Ganelon wird die Männer begleiten. Gib deine Befehle durch ihn.«

Ich sah mich um und entdeckte Gérard, der sich mit mehreren Edelleuten unterhielt. Ich rief ihn mit lauter Stimme zu mir. Hastig wandte er den Kopf und rannte in meine Richtung.

»Corwin! Was ist?« Benedict hatte ebenfalls die Stimme erhoben.

»Ich weiß nicht! Jedenfalls stimmt etwas nicht!«

Ich schob Gérard den Trumpf in die Hand.

»Sieh zu, daß die Soldaten zu Benedict durchkommen!« sagte ich. »Ist Random im Palast?«

»Ja.«

»Frei oder eingesperrt?«

»Frei – mehr oder weniger. Er ist sicher in Begleitung einiger Wächter. Eric traut – traute ihm noch immer nicht.«

Ich machte kehrt. »Ganelon!« rief ich. »Tut, was Gérard Euch sagt. Er wird Euch dort hinabschicken – zu Benedict.« Ich machte eine Handbewegung. »Sorgt dafür, daß meine Männer Benedicts Befehle ausführen. Ich muß sofort nach Amber.«

»Gut!« gab er zurück.

Gérard lief auf ihn zu, und ich blätterte erneut die Spielkarten durch. Ich fand Randoms Bild und konzentrierte mich. In diesem Augenblick begann es endlich zu regnen.

Augenblicklich hatte ich Kontakt.

»Hallo, Random«, sagte ich, als sein Bild sich belebte. »Erinnerst du dich an mich?«

»Wo bist du?« fragte er.

»In den Bergen«, entgegnete ich. »Diese Schlacht haben wir gerade gewonnen, und ich schicke Benedict die Hilfe, die er braucht, um im Tal aufzuräumen. Doch zunächst brauche ich deine Hilfe. Hol mich zu dir!«

»Ich weiß nicht recht, Corwin. Eric . . .«

»Eric ist tot.«

»Wer führt dann das Kommando?«

»Na, was glaubst du wohl? Hol mich zu dir!«

Er nickte hastig und streckte die Hand aus. Ich hob den Arm, ergriff sie und tat einen Schritt. Im nächsten Augenblick stand ich neben ihm auf einem Balkon, der auf einen der Innenhöfe hinabblickte. Die Balustrade bestand aus weißem Marmor, und der Hof unten war ziemlich kahl. Wir befanden uns im zweiten Stockwerk.

Ich schwankte, und er ergriff meinen Arm.

»Du bist ja verletzt!« sagte er.

Ich schüttelte den Kopf und bemerkte, wie müde ich war. In den letzten Nächten hatte ich nicht besonders gut geschlafen. Das und noch viel mehr . . .

»Nein«, sagte ich und starrte auf die blutige Hemdbrust. »Ich bin nur müde. Das Blut stammt von Eric.«

Er fuhr sich mit der Hand durch das strohfarbene Haar und schürzte die Lippen.

»Du hast ihn also doch erledigt . . .«, sagte er leise.

Wieder schüttelte ich den Kopf.

»Nein – als ich ihn erreichte, lag er bereits im Sterben. Komm mit! Beeil dich! Es ist wichtig!«

»Wohin? Was ist denn los?«

»Zum Muster«, sagte ich. »Warum? Den Grund kenne ich nicht genau. Ich weiß nur, daß es wichtig ist. Komm schon!«

Wir betraten den Palast und näherten uns der Treppe. Zwei Wächter standen an der obersten Stufe, doch sie salutierten bei unserer Annäherung und versuchten uns nicht aufzuhalten.

»Ich bin froh, daß die Gerüchte über deine Augen stimmen«, sagte Random unterwegs. »Kannst du wirklich wieder gut sehen?«

»Ja. Wie ich gehört habe, bist du noch immer verheiratet.«

»Ja.«

Als wir das Erdgeschoß erreichten, hasteten wir nach rechts. Unten an der Treppe warteten zwei weitere Wächter, doch sie kümmerten sich nicht um uns.

»Ja«, wiederholte er, während wir zur Mitte des Palasts strebten. »Das überrascht dich, nicht wahr?«

»Allerdings. Ich dachte, du wolltest das Jahr hinter dich bringen und die Sache dann beenden.«

»Das dachte ich zuerst auch«, sagte er. »Doch ich habe mich in sie verliebt. Wirklich und wahrhaftig.«

»Es hat schon seltsamere Dinge gegeben.«

Wir durchquerten den marmornen Speisesaal und betraten den langen schmalen Korridor, der scheinbar endlos durch Schatten und Staub führte. Ich unterdrückte einen Schauder, als ich daran dachte, in welchem Zustand ich gewesen war, als ich diesen Weg das letztemal benutzt hatte.

»Sie mag mich wirklich«, sagte er. »Wie nie jemand zuvor.«

»Das freut mich für dich.«

Wir erreichten die Tür, die zu der Plattform am oberen Ende der langen Wendeltreppe führte. Sie stand offen. Wir schritten hindurch und begannen mit dem Abstieg.

»Mich nicht«, sagte er. »Ich wollte mich nicht verlieben. Damals nicht. Wie du weißt, waren wir die ganze Zeit in Gefangenschaft. Darauf kann sie doch niemals stolz sein!«

»Damit ist es nun vorbei«, sagte ich. »Du bist gefangengesetzt worden, weil du meinem Beispiel gefolgt bist und Eric töten wolltest, nicht wahr?«

»Ja. Aber dann kam sie hierher zu mir.«

»Das werde ich nicht vergessen«, sagte ich.

Wir eilten weiter. Es war ein weiter Weg in die Tiefe, und nur etwa alle vierzig Fuß brannte eine Laterne. Es war eine riesige, natürlich gewachsene Höhle. Ich fragte mich, ob überhaupt ein Mensch wußte, wie viele Tunnel und Korridore sie enthielt. Plötzlich überkam mich Mitleid mit den armen Geschöpfen, die in den Verliesen dort unten verkamen – aus welchen Gründen auch immer. Ich beschloß, sie freizulassen oder eine bessere Verwendung für sie zu finden.

Minuten vergingen. Ich sah das Flackern der Fackeln und Laternen unter mir.

»Es geht um ein Mädchen«, sagte ich. »Sie heißt Dara. Sie hat mir erzählt, sie sei Benedicts Urenkelin – und zwar äußerst glaubhaft. Sie besitzt eine gewisse Macht über die Schatten und war sehr darauf aus, das Muster abzuschreiten. Als ich sie zuletzt sah, galoppierte sie zur Stadt. Benedict hat mir inzwischen geschworen, sie sei nicht seine Enkelin. Und plötzlich habe ich Angst. Ich möchte sie vom Muster fernhalten. Ich möchte sie ausfragen.«

»Seltsam«, sagte er. »Sehr seltsam, da muß ich dir recht geben. Glaubst du, daß sie schon unten ist?«

»Wenn nicht, dann kommt sie bestimmt bald. Das sagt mir mein Gefühl.«

Endlich erreichten wir den Boden, und ich hastete durch die Dunkelheit auf den richtigen Tunnel zu.

»Warte!« brüllte Random mir nach.

Ich blieb stehen und wandte mich um. Es dauerte einen Augenblick, bis ich ihn entdeckte, da er sich hinter der Treppe befand. Ich kehrte um.

Meine Frage blieb unausgesprochen. Ich sah, daß er neben einem großen bärtigen Mann kniete.

»Tot«, sagte er. »Eine sehr schmale Klinge. Ein geschickter Stich. Gar nicht lange her.«

»Weiter!«

Wir rannten zu dem Tunnel und bogen ein. Die siebente Abzweigung war die gesuchte. Im Laufen zog ich Grayswandir, denn die große metallbeschlagene Tür stand weit offen.

Ich stürmte hindurch, dicht gefolgt von Random. Der Boden des gewaltigen Raums ist schwarz und wirkt eben wie Glas, wenn er auch nicht so glatt ist. Das Muster brennt auf diesem Boden, in diesem Boden, ein komplizierter, schimmernder Irrgarten aus gekrümmten Linien, etwa hundertundfünfzig Meter lang. Mit weit aufgerissenen Augen blieben wir am Rand stehen.

Etwas war dort draußen, etwas beschritt das Muster. Ich spürte den kribbelnden Kältehauch, der mich immer überfällt, wenn ich das Gebilde betrachte. War es Dara? Ich vermochte die Gestalt nicht zu erkennen inmitten der Funkenfontänen, die immer wieder ringsum emporsprangen. Wer immer es war – es mußte jemand von königlichem Blute sein, denn es war allgemein bekannt, daß jeder andere vom Muster vernichtet wurde, und dieser Mensch hatte bereits die Große Kurve überwunden und beschäftigte sich gerade mit der komplizierten Serie von Bögen, die zum Letzten Schleier führte.

Die Flammengestalt schien mit der Bewegung auch die Form zu verändern. Eine Zeitlang widersetzten sich meine Sinne den winzigen unterbewußten Eindrücken, die zu mir durchdrangen. Ich hörte Random neben mir keuchen, und dieser Laut schien den Damm meines Unterbewußtseins zu brechen. Eine Horde von Impressionen überflutete meinen Geist.

In dem durchscheinend wirkenden Raum schien es zu riesiger Größe anzuschwellen. Dann schien es zu schrumpfen, zu ersterben, bis es fast nur noch ein Nichts war. Einen Augenblick lang sah es aus wie eine schlanke Frau – vielleicht Dara, deren Haar von dem Schimmer erhellt war, wehend, flatternd, knisternd von statischer Elektrizität. Doch im nächsten Augenblick waren das keine Haare mehr, sondern mächtige Hörner auf einer breiten gewölbten Stirn. Hörner, deren krummbeiniger Besitzer Hufe über den funkensprühenden Weg zu ziehen versuchte. Dann wieder etwas anderes . . . Eine riesige Katze . . . Eine gesichtslose Frau . . . Ein hellgeflügeltes Gebilde von unbeschreiblicher Schönheit . . . Ein Ascheturm . . . »Dara!« rief ich. »Bist du das?«

Meine Stimme wurde zurückgeworfen, und das war alles. Wer immer, was immer sich dort draußen befand, es mühte sich mit dem Letzten Schleier. In automatischer Reaktion auf die Anstrengung regten sich meine Muskeln.

Schließlich brach es durch.

Ja, es war Dara! Groß und herrlich anzuschauen. Schön und zugleich schrecklich. Ihr Anblick rüttelte an den Grundfesten meines Verstandes. Freudig hatte sie die Arme gehoben, während ein unmenschliches Lachen über ihre Lippen kam. Ich wollte den Blick abwenden, konnte mich aber nicht bewegen. Hatte ich wahrlich dieses – *Wesen* in den Armen gehalten, liebkost, beschlafen? Ich war von einem schrecklichen Widerwillen erfüllt und zugleich von einer starken Sehnsucht, wie nie zuvor. Ein überwältigender Widerstreit der Gefühle tobte in mir, den ich nicht verstand.

Dann sah sie mich an.

Das Lachen hörte auf. Ihre veränderte Stimme erklang.

»Lord Corwin. Seid Ihr jetzt Herr von Amber?«

Von irgendwoher verschaffte ich mir die Kraft zu einer Antwort.

»Gewissermaßen schon«, sagte ich.

»Gut! Dann erschaut Eure Nemesis!«

»Wer seid Ihr? *Was* seid Ihr?«

»Das werdet Ihr niemals erfahren«, sagte sie. »Dazu ist es nun ein bißchen zu spät.«

»Das verstehe ich nicht. Was meint Ihr?«

»Amber«, sagte sie, »wird vernichtet werden.«

Und sie verschwand.

»Was war denn das, zum Teufel?« fragte Random.

Ich schüttelte den Kopf.

»Ich weiß es nicht. Wirklich, ich weiß es nicht. Dabei habe ich das Gefühl, daß es auf dieser Welt nichts Wichtigeres gibt als die Aufgabe, eine Antwort auf diese Frage zu finden.«

Er ergriff meinen Arm.

»Corwin«, sagte er. »Sie . . . es . . . hat jedes Wort im Ernst gesprochen. Und es wäre durchaus möglich, weißt du.«

Ich nickte. »Ich weiß.«

»Was machen wir jetzt?«

Ich steckte Grayswandir in die Scheide zurück und wandte mich zur Tür.

»Wir sammeln die Scherben auf«, sagte ich. »Das, was ich seit jeher zu erstreben glaubte, dürfte nun leicht zu erringen sein – ich muß es mir nun sichern. Und ich darf nicht auf die Dinge warten, die auf Amber zukommen. Ich muß die Gefahr suchen und beseitigen, bevor sie Amber erreicht.«

»Weißt du, wo du sie suchen mußt?« wollte er wissen.

Wir bogen in den Tunnel ein.

»Ich glaube, sie lauert am anderen Ende der schwarzen Straße«, sagte ich.

Wir schritten durch die Höhle zur Treppe, an deren Fuß der tote Wächter lag, und bewegten uns in der Dunkelheit über ihm immer wieder im Kreise, stiegen die Spirale empor zum Tageslicht.